Monica Hesse

DAS MÄDCHEN IM BLAUEN MANTEL

## DIE AUTORIN

Monica Hesse stammt aus Illinois und ist Journalistin bei der Washington Post. Sie lebt mit ihrem Mann und einem verrückten Hund in Washington. »Das Mädchen im blauen Mantel« ist ihr erster Roman, der auf Deutsch erscheint. Das Buch erhielt zahlreiche Preise, darunter den renommierten Edgar Award in der Kategorie »Junge Erwachsene«. Es wurde von der Jugendjury für den Deutschen Jugendliteraturpreis 2019 nominiert.

Monica Hesse

# Das Mädchen im blauen Mantel

Aus dem amerikanischen Englisch
von Cornelia Stoll

cbt

Sollte diese Publikation Links auf Webseiten Dritter enthalten, so übernehmen wir für deren Inhalte keine Haftung, da wir uns diese nicht zu eigen machen, sondern lediglich auf deren Stand zum Zeitpunkt der Erstveröffentlichung verweisen.

FSC
www.fsc.org
MIX
Papier aus verantwortungsvollen Quellen
FSC® C014496

Wir produzieren Klimaneutral
ClimatePartner.com/14044-1912-1001
Druckprodukt

Verlagsgruppe Random House
FSC® N001967

Unterrichtsmaterialien zu diesem Buch sind erhältlich unter:
www.schullektuere.de

4. Auflage
Erstmals als cbt Taschenbuch November 2019

Die Originalausgabe erschien unter dem Titel
»The Girl in the Blue Coat« bei Little, Brown and Company
in der Verlagsgruppe Hachette Book Group, Inc., New York

Aus dem amerikanischen Englisch von Cornelia Stoll
Umschlaggestaltung: Geviert, Grafik und Typografie,
unter Verwendung von Fotografien von
© Arcangel (Marc Owen, Gil Guelfucci),
© Shutterstock (Phoenutria, moglimoglzahn)
kk · Herstellung: SeS
Satz & Druck: GGP Media GmbH, Pößneck
ISBN 978-3-570-31319-0
Printed in Germany

www.cbj-verlag.de
Dieses Buch ist auch als E-Book erhältlich.

Lange bevor Bas starb, stritten wir uns einmal spielerisch über die Frage, wessen Schuld es war, dass er sich in mich verliebt hatte. *Du bist schuld, weil du so liebenswert bist,* sagte er. Ich sagte, das sei falsch. Er mache es sich zu einfach, mir die Schuld zuzuschieben. Das sei unverantwortlich.

Ich erinnere mich noch genau an dieses Gespräch. Wir saßen im Wohnzimmer seiner Eltern und hörten Musik aus dem neuen Radio der Familie. Ich hörte ihn für eine Geometriearbeit ab, die wir beide ziemlich unwichtig fanden. Im Radio sang die amerikanische Sängerin Judy Garland »You made me love you«. Das war der Auslöser für unser Gespräch. Bas sagte, ich hätte ihn in mich verliebt gemacht. Ich neckte ihn, weil er nicht merken sollte, wie heftig mein Herz schlug, als er die Worte »verliebt« und »in dich« im selben Satz nannte.

Dann sagte er, ich sei auch schuld daran, dass er mich küssen wolle. Und ich sagte, es sei seine Schuld, wenn ich es zuließe. Dann kam sein großer Bruder ins Zimmer und sagte, es sei unsere Schuld, wenn ihm von unserem Gerede schlecht würde.

Erst später, auf dem Nachhauseweg – als ich noch nach Hause gehen konnte, ohne befürchten zu müssen, von Soldaten wegen Überschreitung der Sperrstunde angehalten oder verhaftet zu werden –, merkte ich, dass ich ihm gar nicht geantwortet hatte. Er hatte mir zum ersten Mal gesagt, dass er mich liebte, und ich hatte nicht daran gedacht, zu sagen, dass ich ihn auch liebte.

Das war ein Fehler. Hätte ich damals gewusst, was geschehen würde und was ich über Liebe und Krieg lernen sollte, hätte ich bestimmt nicht vergessen, es ihm zu sagen.

Das ist meine Schuld.

# Januar 1943

# Kapitel 1

***Dienstag***

»Hallo, Kleine. Was hast du da? Ist das für mich?«

Ich halte an, weil der Soldat ein junges, hübsches Gesicht hat und weil in seiner Stimme ein Zwinkern mitschwingt und weil er mich garantiert zum Lachen brächte, würden wir nachmittags im Kino sitzen.

Das ist gelogen.

Ich halte an, weil der Soldat ein nützlicher Kontakt sein könnte, weil er vielleicht Dinge beschaffen kann, die nicht mehr zu kriegen sind, weil er garantiert haufenweise köstliche Schokoladentafeln und Strümpfe ohne Laufmaschen zu Hause hat.

Auch das ist nicht die Wahrheit.

Aber manchmal ist mir die Wahrheit egal, weil ich mir dann leichter einbilden kann, ich würde aus Vernunftgründen entscheiden. Weil ich mir dann leichter einbilden kann, ich hätte die Freiheit, zu entscheiden.

Ich halte an, weil der Soldat eine grüne Uniform trägt. Nur deshalb halte ich an. Weil seine Uniform grün ist, und weil das bedeutet, dass ich gar keine andere Wahl habe.

»Das sind viele Päckchen für so ein hübsches Mädchen.«

Er spricht mit leichtem Akzent, aber ich bin überrascht, wie gut sein Niederländisch ist. Viele von der Grünen Polizei sprechen überhaupt kein Niederländisch und ärgern sich, wenn wir kein Deutsch verstehen. Als hätten wir nichts Besseres zu tun gehabt, als uns unser ganzes Leben lang auf den Tag vorzubereiten, an dem sie unser Land besetzen würden.

Ich halte an, steige aber nicht vom Rad. »Die Anzahl der Päckchen stimmt genau.«

»Was hast du da drin?« Er beugt sich über die Lenkstange und wühlt seelenruhig in dem Korb, der daran befestigt ist.

»Sie wollen sie sehen? Sie wollen *alle Päckchen* aufmachen?«

Ich kichere und schlage meine Augen nieder, damit er nicht sieht, wie viel Routine in meiner Entgegnung steckt. Mein Kleid ist über die Knie gerutscht. Der Soldat bemerkt es. Das Kleid ist marineblau und sitzt viel zu eng und der Saum ist ausgefranst, es ist uralt, aus der Zeit vor dem Krieg. Ich verlagere ein wenig das Gewicht, der Saum rutscht noch höher, bis halb über meine Schenkel, die von einer Gänsehaut überzogen sind.

Die Begegnung wäre mir unangenehmer, wenn er älter wäre, wenn er Falten hätte oder schlechte Zähne oder einen Hängebauch. Es wäre unangenehmer, aber ich würde ebenso mit ihm flirten. Ich habe das schon unzählige Male gemacht.

Er beugt sich weiter vor. Hinter ihm liegt die trübe, nach Fisch stinkende Herrengracht. Ich könnte ihn in den Kanal stoßen und auf meinem klapperigen Gebrauchtfahrrad davonfahren und wäre schon halb zu Hause, bevor er wieder herausgekraxelt wäre. Ich mache ein Spiel daraus, mir so etwas auszumalen, wenn ich von einem Grünen Polizisten angehalten werde. *Wie kann ich dich bestrafen, und wie weit komme ich, bevor du mich kriegst?*

»Das hier ist ein Buch für meine Mutter.« Ich zeige auf ein in Zeitungspapier gewickeltes Päckchen. »Und das sind die Kartoffeln fürs Abendessen. Und das ist der Pullover, den ich vom Flicken geholt habe.«

»*Hoe heet je?*« Er will wissen, wie ich heiße, und er fragt es auf eine lässige, beiläufige Art – so wie ein junger Draufgänger auf einem Fest ein unerfahrenes Mädchen ansprechen würde. Das ist gut, denn es ist besser, er interessiert sich für mich als für die Päckchen in meinem Fahrradkorb.

»Hanneke Bakker.« Ich würde ihn lieber anlügen, aber da wir jetzt alle Ausweispapiere dabeihaben müssen, wäre das zwecklos. »Und wie heißen Sie, Soldat?«

Er reckt seine Brust, als ich ihn mit »Soldat« anspreche. Die Jungen unter ihnen sind noch verliebt in ihre Uniform. Ein Goldkettchen blitzt an seinem Hals auf.

»Und was haben Sie da für einen Anhänger?«, frage ich.

Sein Lächeln stockt, und er greift hastig an die Kette, die von seinem Kragen halb verdeckt wird. An der Kette hängt ein goldenes, herzförmiges Medaillon. Wahrscheinlich mit der Fotografie eines rotbackigen deutschen Mädels, das ihm in Berlin die Treue geschworen hat. Es war ein Risiko, ihn danach zu fragen, aber wenn ich richtig getippt habe, funktioniert es immer.

»Ist das eine Fotografie Ihrer Mutter? Sie muss Sie abgöttisch lieben, wenn sie Ihnen so eine hübsche Kette geschenkt hat.«

Das Gesicht des Soldaten läuft rot an und er stopft die Kette wieder unter seinen gestärkten Kragen.

»Oder von Ihrer Schwester?«, frage ich weiter. »Oder Ihrem Schoßhündchen?« Es ist eine Gratwanderung, genau das richtige Maß an Naivität zu treffen. Es muss so unschuldig klingen, dass er keinen Grund sieht, mir böse zu sein, aber gleichzeitig so abweisend, dass er mich lieber loswerden will, als mich wegen der Päckchen zu verhören. »Ich habe Sie noch nie gesehen. Sind Sie jeden Tag hier auf Posten?«, frage ich.

»Ich habe keine Zeit für dumme Mädchen wie dich. Geh nach Hause, Hanneke.«

Ich strample davon, die Lenker zittern kaum merklich. Ich habe nicht gelogen. Die oberen drei Päckchen enthalten tatsächlich ein Buch, einen Pullover und ein paar Kartoffeln. Doch unter den Kartoffeln liegen Würste im Gegenwert von vier Lebensmittelmarken, sie gehörten einem Verstorbenen. Und darunter sind Lippenstifte und Salben, ebenfalls aus der Ration eines Toten, und darunter Zigaretten und Alkohol, von dem Geld gekauft, das mir mein Chef, Herr Kreuk, für diesen Zweck heute Morgen ausgehändigt hat. Nichts davon gehört mir.

Die meisten Leute würden sagen, ich bin Schwarzmarkthändlerin und tausche illegal Waren. Ich bezeichne mich aber lieber als »Finderin«. Ich suche und finde Sachen. Ich finde eine Extraration Kartoffeln, Fleisch und Speck. Am Anfang fand ich Zucker oder Schokolade, aber das ist in letzter Zeit schwierig geworden, das passiert nur noch ab und zu. Ich finde Tee. Ich finde Speck. Wegen Leuten wie mir bleiben die reichen Holländer dick und rund. Ich finde Sachen, auf die man hier schon lange verzichten muss, außer man weiß, wo man suchen muss.

Meine letzte Frage, ob diese Straße sein neuer Posten ist, hat er nicht beantwortet – schade. Wenn er nämlich jetzt immer hier steht, muss ich überlegen, ob ich nett zu ihm bin oder lieber meine Route ändere.

Meine erste Station an diesem Morgen ist Fräulein Akkerman, die mit ihren Großeltern in einem alten Haus beim Museum wohnt. Fräulein Akkerman bekommt die Salben und den Lippenstift. Letzte Woche war es Parfüm. Ich kenne wenige Frauen, denen solche Dinge noch wichtig sind, aber sie hat mir einmal erzählt, sie hofft, dass ihr Freund ihr vor ihrem nächsten Geburtstag einen Antrag macht. Menschen geben für abwegigere Gründe Geld aus.

Sie öffnet mir die Tür mit aufgesteckten, noch feuchten Haaren. Wahrscheinlich ist sie heute Abend mit Theo verabredet.

»Hanneke! Komm herein, ich hole nur schnell mein Portemonnaie.« Sie findet immer einen Grund, mich hereinzubitten. Ich glaube, es ist ihr langweilig den ganzen Tag allein mit den Großeltern, die immer so laut sprechen und nach Kohlsuppe riechen.

Im Haus ist es muffig und düster. Der Großvater von Fräulein Akkerman sitzt in der angrenzenden Küche am Frühstückstisch.

»Wer ist an der Tür?«, brüllt er.

»Eine Lieferung, Opa«, ruft Fräulein Akkerman zurück.

»Wer?«

»Für mich.« Sie dreht sich wieder zu mir um und senkt ihre Stimme. »Hanneke, du musst mir helfen. Heute Abend kommt Theo. Er will meine Großeltern fragen, ob ich bei ihm einziehen darf. Ich weiß noch nicht, was ich anziehen soll. Bleib, wo du bist, ich zeige dir, welche Kleider zur Auswahl stehen.«

Wieso sollte ein Kleid ihre Großeltern dazu bewegen können, damit einverstanden zu sein, dass sie vor der Ehe mit ihrem Freund zusammenzieht? Andererseits wäre dies nicht das erste Mal, dass ein junges Paar in diesem Krieg auf die Tradition pfeift.

Als Fräulein Akkerman wieder in die Diele kommt, heuchle ich großes Interesse an ihren Kleidern, obwohl ich in Wirklichkeit die Wanduhr im Auge habe. Ich habe keine Zeit, mit meinen Kunden privat zu verkehren. Nachdem ich ihr zu dem grauen Kleid geraten habe, zeige ich auf das Päckchen, das ich schon die ganze Zeit in der Hand halte. »Das ist für Sie. Würden Sie bitte nachsehen, ob alles richtig ist?«

»Bestimmt ist alles richtig. Möchtest du zum Kaffee bleiben?«

Ich frage sie nicht, ob es echter Kaffee ist. Ihre einzige Chance, an echten Kaffee zu kommen, wäre über mich, und da ich ihr keinen gebracht habe, meint sie mit Kaffee gemahlene Eicheln oder Wurzeln. *Ersatzkaffee.*

Der andere Grund, warum ich nicht bleibe, ist derselbe, aus dem ich ihrer wiederholten Aufforderung, sie »Irene« zu nennen, nicht nachkomme. Ich möchte nicht, dass sie unsere Beziehung mit Freundschaft verwechselt. Ich möchte nicht, dass sie glaubt, es würde nichts ausmachen, wenn sie irgendwann einmal nicht zahlen kann.

»Ich kann nicht. Ich muss vor dem Mittagessen noch eine andere Lieferung erledigen.«

»Wirklich? Du könntest doch hier essen – ich mache das Essen sowieso gleich fertig – und dann könnten wir meine Frisur für heute Abend überlegen.«

Ich habe eine eigenartige Beziehung zu meinen Kunden. Sie glauben, wir seien Kameraden. Sie glauben, wir seien durch unser Geheimnis, durch unsere gemeinsame illegale Aktion miteinander verbunden. »Ich esse immer mit meinen Eltern zu Mittag.«

»Natürlich, Hanneke.« Sie ist verlegen, weil sie mich so gedrängt hat. »Dann bis zum nächsten Mal.«

Draußen ist es trüb und bedeckt, Winter in Amsterdam. Ich fahre mit dem Fahrrad durch die engen, verwinkelten Straßen. Amsterdam ist eine Stadt aus Kanälen. Holland liegt sehr tief, sogar unter dem Meeresspiegel. Die Bauern, die das Land vor Jahrhunderten urbar machten, schufen ein ausgedehntes System von Wasserwegen, damit die Bevölkerung nicht in der Nordsee untergeht. Mein alter Geschichtslehrer hat zu diesem Teil unserer Vergangenheit immer einen beliebten Spruch zitiert: »Gott hat die Welt erschaffen, aber die Holländer haben die Niederlande erschaffen.« Er sagte das, als ob wir stolz darauf sein könnten, für mich drückte dieser Spruch aber auch eine Warnung aus: »Verlasse dich nicht darauf, dass jemand uns retten wird. Wir sind ganz auf uns gestellt.«

Zu Beginn der Besatzungszeit vor zweieinhalb Jahren bombardierten die Deutschen siebenundfünfzig Kilometer weiter südlich die Stadt Rotterdam, töteten neunhundert Zivilisten und zerstörten große Teile der Stadt. Zwei Tage danach marschierten die Deutschen in Amsterdam ein. Wir müssen nun mit ihrer Anwesenheit leben, aber wir konnten unsere Stadt vor der Zerstörung bewahren. Das war ein schlechter Handel – wie alles heutzutage, außer man weiß – wie ich –, wie man Gewinn daraus schlägt.

Meine nächste Kundin ist Frau Janssen. Sie wohnt nicht weit in einem großen blauen Haus, in dem sie mit Mann und drei Söhnen gelebt hat, bis ein Sohn nach London zog, ein anderer nach Amerika auswanderte und der dritte, der jüngste, an die Front ging, wo zweitausend holländische Soldaten getötet wurden, die vergeblich versuchten, unsere Grenzen zu schützen. Holland fiel innerhalb von fünf Tagen. Wir sprechen nicht mehr viel über Jan.

Ich frage mich aber, ob er während des Einmarschs in Bas' Nähe war.

Dies und vieles andere frage ich mich, weil ich die letzten Minuten des Jungen, den ich liebte, rekonstruieren möchte. War er bei Bas oder starb Bas allein?

Der Mann von Frau Janssen verschwand im vergangenen Monat, kurz bevor sie meine Kundin wurde. Ich habe sie nie nach ihm gefragt. Vielleicht hatte er dem *Verzet*, dem Widerstand, angehört oder er war gerade am falschen Ort zur falschen Zeit gewesen oder er war gar nicht tot, sondern trank Tee mit seinem ältesten Sohn in England, egal, das geht mich nichts an. Ich habe Frau Janssen noch nicht viel verkauft. Ihren Jan kannte ich ein wenig. Er war ein Nachzüglerkind, das zwanzig Jahre nach seinen großen Brüdern zur Welt kam, da waren die Janssens schon alt und grau. Jan war ein netter Junge.

Hier und jetzt entscheide ich, dass Jan in Bas' Nähe war, als die Deutschen unser Land überfielen. Hier und jetzt bin ich überzeugt, dass Bas nicht einsam starb. Solche optimistischen Gedanken erlaube ich mir fast nie.

Frau Janssen erwartet mich schon unter der Tür. Das ärgert mich, denn ein deutscher Soldat, der nach verdächtigen Dingen Ausschau halten soll, fände es bestimmt komisch, wenn eine alte Frau auf ein fremdes Mädchen mit voll bepacktem Fahrrad wartet.

»Guten Morgen, Frau Janssen. Sie müssen nicht hier draußen auf mich warten. Wie geht es Ihnen?«

»Danke, gut!«, ruft sie, als lese sie einen Text ab, und fasst nervös an eine Locke, die sich aus ihrem Dutt gelöst hat. Sie trägt immer einen Dutt und die Brille rutscht ihr immer auf die Nasespitze. Ihre Kleider erinnern mich an einen Vorhang oder ein Sofa. »Komm doch herein!«

»Ich konnte nicht so viele Würste beschaffen, wie Sie bestellt haben, aber ein paar habe ich bekommen«, informiere ich sie, nachdem ich mein Fahrrad abgestellt und die Tür hinter mir geschlossen habe. Sie geht langsam vor mir her. Seit einiger Zeit benutzt sie einen Gehstock und verlässt kaum noch das Haus. Sie hat mir erzählt, dass sie den Stock hat, seitdem Jan gestorben ist. Ich weiß nicht, ob sie ein körperliches Leiden hat oder ob der Kummer sie so gebrochen hat.

Das Wohnzimmer sieht geräumiger aus als sonst, und ich brauche eine Weile, bis ich draufkomme, was anders ist. Normalerweise steht zwischen dem Geschirrschrank und dem Sessel ein Ausklappbett. Es sieht aus wie ein Bücherschrank, aber wenn Gäste da sind, kann es zum

Schlafen ausgeklappt werden. Ich vermute, Herr Janssen hat es gebaut, wie alles in diesem Haus. Mama und ich sind früher oft an seinem Laden vorbeigegangen und haben die ausgestellten Möbel im Schaufenster bewundert, aber wir konnten uns nie so etwas leisten. Ich wundere mich, wo das Klappbett ist. Wenn Frau Janssen so bald nach dem Verschwinden ihres Mannes das Bett verkauft hat, muss sie Geldsorgen haben, aber das geht mich nichts an, solange sie mich bezahlen kann.

»Kaffee, Hanneke?« Frau Janssen verschwindet in der Küche, ich folge ihr. Ich möchte ihre Einladung zum Kaffee eigentlich ausschlagen, aber sie hat bereits zwei Tassen gedeckt, von ihrem guten Geschirr, dem berühmten blau-weißen Delfter Porzellan.

»Ich habe die Wurst dabei, wenn Sie wollen –«

»Später«, unterbricht sie mich. »Zuerst wollen wir Kaffee trinken und eine *Stroopwafel* essen und uns unterhalten.«

Neben ihr steht eine staubbedeckte Dose, der ein erdiger Duft entströmt. Echte Kaffeebohnen. Ich frage mich, wie lange sie sie schon aufgespart hat. Auch die Stroopwafelen. Die Leute kaufen sich für ihre Lebensmittelmarken keine Süßigkeiten, sondern Brot. Und sie verköstigen damit auch keine Liefermädchen vom Schwarzmarkt. Doch Frau Janssen schenkt mir Kaffee in die Porzellantasse und deckt sie mit einer Stroopwafel ab, sodass die Doppelwaffel im Kaffeedampf langsam weich wird und der Sirup an den Seiten herausquillt.

»Setz dich, Hanneke.«

»Ich habe keinen Hunger«, sage ich, obwohl mich das Knurren meines Magens Lügen straft.

Ich *habe* Hunger, aber diese Stroopwafelen machen mich nervös. Auch die Art, wie Frau Janssen mich zum Sitzen drängt, und überhaupt das Ungewöhnliche dieser Situation. Hat sie die Grüne Polizei verständigt und ihnen einen Schwarzmarkthändler versprochen? Eine Frau, die so verzweifelt ist, dass sie das Klappbett ihres Mannes verkauft, ist vielleicht zu allem fähig.

»Nur eine Minute?«, bittet sie.

»Tut mir leid, aber ich habe noch jede Menge zu tun.«

Sie betrachtet den wunderschön gedeckten Tisch. »Jan, mein Jüngster. Das hat er am liebsten gegessen. Ich habe immer welche da gehabt, wenn er von der Schule kam. Ihr wart befreundet?« Sie lächelt mich voller Hoffnung an.

Ich seufze. Sie ist nicht gefährlich, sie ist nur einsam. Sie vermisst ihren Sohn, und sie möchte eine ehemalige Klassenkameradin mit der Süßigkeit verwöhnen, die er immer nach der Schule bekommen hatte. Das ist ganz gegen meine Regeln und ihre flehende Stimme ist mir unangenehm. Aber draußen ist es kalt und der Kaffee ist heiß, und obwohl ich Frau Janssen von meiner vielen Arbeit erzählt habe, habe ich noch ein Stündchen Zeit, bevor meine Eltern mich zum Mittagsessen erwarten. Ich lege das Päckchen mit der Wurst auf den Tisch, streiche mir die Haare glatt und versuche, mich daran zu erinnern, wie man sich bei einer Einladung benimmt. Früher habe ich das gewusst. Wenn ich mit Bas zusammen lernte, schenkte seine Mutter mir in der Küche immer heißen Kakao ein und fand ständig einen Anlass, nach dem Rechten zu sehen, damit wir uns nicht küssten.

»Ich habe schon lang keine Stroopwafel mehr gegessen«, sage ich schließlich, meine eingerosteten Konversationskenntnisse erprobend. »Mein Lieblingsgebäck war immer *Banketstaaf.*«

»Mit Mandelfüllung?«

»Hmm.«

Der Kaffee ist heiß und stark, ein wohltuendes Betäubungsmittel. Er verbrennt meine Kehle, aber ich trinke und trinke und merke erst, wie viel ich getrunken habe, als ich die Tasse wieder abstelle und sehe, dass sie halb leer ist. Frau Janssen gießt sie sofort wieder voll.

»Der Kaffee ist gut«, sage ich.

»Ich brauche deine Hilfe.«

*Aha.* Der Grund der Kaffeeeinladung.

Sie schenkt mir etwas und möchte jetzt eine Gegenleistung. Sie hätte mir keinen Honig ums Maul schmieren müssen. Ich arbeite für Geld, nicht für Freundlichkeit.

»Ich brauche deine Hilfe, um etwas zu finden.«

»Was brauchen Sie? Mehr Fleisch? Oder Kerosin?«

»Ich brauche deine Hilfe, um *jemanden* zu finden.«

Die Tasse bleibt auf dem halben Weg zu meinem Mund stehen, und einen Augenblick lang weiß ich nicht mehr, ob ich sie zum Mund führen oder absetzen wollte.

»Ich brauche deine Hilfe, um jemanden zu finden«, wiederholt sie, da ich immer noch nicht reagiere.

»Ich verstehe nicht.«

»Jemand, der mir viel bedeutet.« Sie sieht nach hinten, und ich folge ihrem Blick, der an einem Familienfoto neben der Tür zur Speisekammer hängen bleibt.

»Frau Janssen.« Ich suche nach den richtigen Worten, um ihr eine höfliche Antwort zu geben. *Ihr Mann ist fort,* das müsste ich ihr sagen. *Ihr Sohn ist tot. Ihre anderen Söhne werden nicht zurückkommen.* Ich suche keine Gespenster. Ich besitze keine Bezugsscheine, die ein totes Kind ersetzen.

»Frau Janssen, ich suche keine Menschen. Ich suche Sachen. Lebensmittel, Kleidung.«

»Du musst jemanden für mich finden –«

»Einen Menschen. Das sagten Sie bereits. Aber wenn Sie jemanden suchen, müssen Sie zur Polizei gehen. Die sind zuständig für solche Sachen.«

»Ich komme damit zu dir.« Sie beugt sich vor. »Nicht zur Polizei. Ich brauche *dich.* Ich weiß nicht, wen ich sonst fragen soll.«

In der Ferne läuten die Glocken der Westerkerk, es ist halb zwölf. Zeit für mich, aufzubrechen. »Ich muss jetzt gehen.« Ich schiebe meinen Stuhl nach hinten. »Meine Mutter wartet mit dem Mittagessen. Zahlen Sie jetzt für die Wurst oder wollen Sie bei Herrn Kreuk anschreiben lassen?«

Sie erhebt sich ebenfalls, begleitet mich aber nicht zur

Tür, sondern packt meine Hand. »Nur einen Blick, Hanneke. Bitte. Nur einen Blick, bevor du gehst.«

Weil ich nicht so abgebrüht bin, als dass ich meine Hand dem Griff einer alten Frau entwinden könnte, folge ich ihr zur Speisekammer und bleibe pflichtbewusst vor dem Bild ihrer Söhne stehen. Sie stehen nebeneinander in einer Reihe, die gleichen großen Ohren, der gleiche kräftige Nacken. Aber Frau Janssen bleibt nicht vor der Fotografie stehen, sondern öffnet die Tür zur Speisekammer. »Hier entlang«, bedeutet sie mir.

*Verdorie.* Verdammt. Sie ist noch verrückter, als ich gedacht habe. Sollen wir zwischen ihren Einmachgläsern in der Dunkelheit sitzen und Kontakt mit den Toten aufnehmen? Vielleicht bewahrt sie hier seine Kleider auf, in Mottenkugeln verpackt.

Drinnen sieht es aus wie in jeder anderen Speisekammer: ein kleiner Raum mit Gewürzen und eingelegten Lebensmitteln in den Wandregalen, nur weniger als vor dem Krieg.

»Es tut mir leid, Frau Janssen, aber ich weiß nicht –«

»Warte.« Sie fasst an das eine Ende des Gewürzregals und schiebt einen kleinen Riegel zurück, den ich vorher nicht bemerkt habe.

»Was machen Sie da?«

»Warte kurz.« Sie macht an dem Riegel herum, und plötzlich bewegt sich das ganze Regal nach vorn und gibt den Blick auf einen hinter der Speisekammer verborgenen, kleinen Raum frei. Er ist schmal und lang, so hoch, dass man darin stehen kann, aber zu dunkel, um viel zu erkennen.

»Was ist das?«, flüstere ich.

»Das hat Hendrik für mich gebaut«, sagt sie. »Als die Kinder noch klein waren. Das Kämmerchen war aber zu nichts nutze, es war zu schmal und die Decke zu schräg. Deshalb bat ich ihn, einen Teil davon als Speisekammer abzutrennen. Den hinteren Teil wollte ich als Abstellraum nutzen.«

Meine Augen gewöhnen sich allmählich an die Dunkelheit. Wir befinden uns in dem Hohlraum unterhalb der Treppe. Die Decke fällt schräg ab und endet im hinteren Teil knapp über dem Boden. Weiter vorne, ungefähr auf Augenhöhe, steht ein Regal mit einer halb niedergebrannten Kerze, einem Kamm und einer Kinozeitschrift, deren Titel ich wiedererkenne. Den größten Teil des Raums nimmt Frau Janssens verschwundenes Schrankbett ein. Es ist aufgeklappt, als erwarte es einen Gast. Auf dem Bett liegen eine Decke mit Sternenmuster und ein Kissen. Es gibt keine Fenster. Wenn die Geheimtür zu ist, fällt höchstens ein schmaler Lichtstrahl darunter durch.

»Siehst du?« Sie ergreift wieder meine Hand. »Deshalb kann ich nicht zur Polizei gehen. Die Polizei kann niemanden suchen, der offiziell gar nicht existiert.«

»Die verschwundene Person.«

»Das verschwundene Mädchen ist eine Jüdin«, sagt Frau Janssen. »Ich brauche deine Hilfe, um sie zu finden, bevor die Nazis sie finden.«

# Kapitel 2

Frau Janssen wartet immer noch auf meine Antwort. In dem dunklen Raum ist die Luft abgestanden und es riecht schwach nach alten Kartoffeln.

»Hanneke?«

»Sie haben jemanden versteckt?« Das Wort will kaum über meine Lippen. Sie verriegelt die Geheimtür, schließt die Tür zur Speisekammer und führt mich wieder an den Esstisch. Ich weiß nicht, was größer ist, mein Schrecken oder meine Angst. Ich weiß, dass es so etwas gibt. Dass manche der verschwundenen Juden wie Winterwäsche in die Keller anderer Leute gepackt werden, um sie vor der Umsiedlung ins Arbeitslager zu bewahren. Aber das ist so gefährlich, dass niemand offen darüber sprechen würde.

Frau Janssen beantwortet meine Frage mit einem Nicken.

»Hier drin? Sie haben hier jemanden versteckt? Seit wann?«

»Wo soll ich anfangen?« Sie nimmt ihre Serviette und verdreht sie zwischen den Händen.

Ich will überhaupt nicht, dass sie anfängt. Vor zehn Minuten habe ich mir noch Sorgen gemacht, dass sie die Polizei rufen und mich verhaften lassen könnte. Jetzt weiß ich, dass sie diejenige ist, die verhaftet werden könnte. Auf das Verstecken eines Juden steht Gefängnis, eine kalte, feuchte Zelle in Scheveningen. Ich habe gehört, dass die Leute dort über Monate verschwinden, ohne eine Anhörung oder ein Verfahren. Die Strafe für den *Onderduiker*, die Person, die untergetaucht ist, ist die sofortige Deportation.

»Schon gut«, sage ich hastig. »Schon gut. Ich muss es gar nicht wissen. Ich gehe jetzt einfach.«

»Bitte nimm doch wieder Platz«, fleht sie. »Ich habe den ganzen Morgen auf dich gewartet.« Sie hält die Kaffeekanne hoch. »Noch etwas Kaffee? Du kannst haben, so viel du willst. Bitte setz dich. Wenn du mir nicht hilfst, muss ich jemand anderen finden.«

Ich bin hin- und hergerissen. Ich möchte ihren Bestechungskaffee nicht. Aber ich bleibe wie angewurzelt stehen. Bevor ich gehe, muss ich mehr von dieser Geschichte erfahren. Wenn Frau Janssen jemand anderen um Hilfe bittet, bringt sie sich und womöglich auch mich in Gefahr.

»Erzählen Sie, was geschehen ist«, sage ich endlich.

»Der Geschäftspartner meines Mannes war ein guter Mann«, beginnt Frau Janssen, und die Worte sprudeln nur so aus ihr hervor. »Herr Roodveldt, David. Er hat zehn Jahre lang mit Hendrik zusammengearbeitet. Er hatte eine Frau, sie hieß Rose, sie war sehr schüchtern –

weil sie lispelte, war sie sehr gehemmt –, aber sie konnte wunderbar stricken. Die beiden hatten zwei Töchter. Lea, die verhätschelte jüngste, war gerade zwölf geworden. Und die ältere. Fünfzehn, unabhängig, immer mit ihren Freundinnen unterwegs. Mirjam.« Ihre Stimme stockt, als sie den Namen ausspricht. Sie schluckt, bevor sie weiterspricht.

»Die Roodveldts waren Juden. Keine praktizierenden Juden, deshalb dachten sie am Anfang, sie seien nicht in Gefahr. Was natürlich nicht so war. David erzählte Hendrik, sie hätten eine Lösung gefunden. Eine Bekannte auf dem Land würde sie bei sich aufnehmen. Das zerschlug sich aber, als die Frau ihnen aus Angst wieder absagte. Im Juli dann, nach der großen Razzia, als so viele Juden verhaftet wurden, kam David zu Hendrik und sagte, er brauche seine Unterstützung, um ein Versteck für sich und seine Familie zu finden.«

»Und Hendrik hat sie dann hierhergebracht?«

»Nein. Er wollte mich nicht in Gefahr bringen. Er brachte sie in seinen Möbelladen. Er baute für die Roodveldts eine Geheimkammer hinter einer eingezogenen Wand im Holzlager. Ich wusste nichts davon.«

»Sie wussten es nicht?« Ich kann mir nicht vorstellen, dass meine Eltern ein solches Geheimnis voreinander verbergen würden.

»Ich merkte, dass Hendrik sich häufiger in der Firma aufhielt. Ich dachte, er müsste länger arbeiten, weil David ihm nicht mehr helfen konnte. Ich dachte, die Roodveldts seien auf dem Land und in Sicherheit. Ich wusste nicht, dass alle hier waren, in dem Versteck.«

»Wann hat er es Ihnen erzählt?«

»Überhaupt nicht. Im vergangenen Monat – ich war allein zu Hause – hörte ich ein Klopfen an meiner Tür. Ein verzweifeltes Klopfen. Es war bereits Ausgangssperre. Ich dachte, Hendrik hätte seinen Schlüssel vergessen, aber als ich aufmachte, stand da ein Mädchen, ein bleiches Mädchen in einem blauen Mantel. Sie war so groß geworden. Ich hatte sie schon ein paar Jahre lang nicht mehr gesehen und hätte sie nicht erkannt, wenn sie sich nicht vorgestellt hätte. Sie erzählte mir, dass mein Mann sie versteckt hätte, aber dass sie jetzt ein neues, sicheres Versteck bräuchte. Sie sagte, alle anderen seien tot.«

»Mirjam Roodveldt.«

Frau Janssen nickt. »Sie zitterte vor Angst. Sie erzählte, dass die Nazis in der vergangenen Nacht in die Fabrik gekommen und schnurstracks ins Holzlager gegangen waren. Jemand hatte Hendrik denunziert, ein Angestellter oder ein Kunde. Hendrik wollte den Nazis das Versteck nicht zeigen. Er tat, als hätte er keine Ahnung, wovon sie sprachen. Dann bedrohten die Offiziere ihn. Und David hörte das und wollte helfen. Aber die Offiziere hatten Gewehre.«

Sie schluckt. »Als die Schießerei vorbei war, war Hendrik tot und David und Rose und Lea auch. Nur Mirjam konnte fliehen.«

Es muss ein furchtbares Chaos gewesen sein. Ich habe schon von Leuten gehört, die ins Gefängnis gesperrt und verschleppt wurden und nie mehr aufgetaucht sind. Aber *vier Menschen,* darunter eine Frau und ein Kind, kaltblütig erschossen?

»Wie konnte Mirjam entkommen?«, frage ich. Sie hatten alle anderen getötet. Wie konnte ein junges Mädchen vor bewaffneten Nazis fliehen?

»Die Toilette. Vorne im Laden gibt es eine Toilette. Die Roodveldts konnten sie benutzen, wenn der Laden geschlossen war. Mirjam war gerade dort, um sich bettfertig zu machen, als die Nazis kamen. Als sie die Schüsse hörte, rannte sie zur Ladentür hinaus und zum nächsten sicheren Ort, der ihr einfiel. Mein Haus. Das war vor drei Wochen. Bis gestern Abend habe ich sie hier versteckt.«

»Und was ist gestern Abend passiert?«

Frau Janssen greift in die Tasche ihrer Weste und zieht ein gefaltetes Blatt Papier hervor. »Ich habe alles aufgeschrieben, damit ich dir den genauen zeitlichen Ablauf erzählen kann.«

Sie fährt mit ihrem Zeigefinger über die erste Zeile. »Gestern um zwölf war sie noch hier, da habe ich ihr Brot und eine Ausgabe von *Het Parool* gebracht. Sie hat sich sehr für die Nachrichten aus dem Untergrund interessiert, hat sie immer wieder gelesen und sogar die Kleinanzeigen auswendig gelernt.«

»Und Sie wissen genau, dass es zwölf Uhr mittags war?«

»Ich habe die Glocken der Westerkerk gehört und draußen sind die Leute in ihre Mittagspause gegangen.« Sie schaut wieder auf das Papier, um weiter vorzulesen. »Um Viertel nach vier war sie noch hier, da ging ich zu ihr, um ihr zu sagen, dass Christoffel, mein Laufbursche, gleich etwas vorbeibringen würde und sie ganz still sein müsse. Sie war um halb sechs noch hier, da habe ich sie gefragt, ob sie Abendessen haben wolle, aber sie sagte, sie habe Kopfschmerzen und wolle sich gleich hinlegen. Kurz darauf kam meine Nachbarin Frau Veenstra vorbei und bat mich zu sich. Ihr Sohn Koos war nicht nach Hause gekommen und sie machte sich Sorgen. Ich war ungefähr eine Stunde bei ihr, dann kam Koos die Straße entlang. Sein Fahrrad war kaputt und er hatte es fünfundzwanzig Kilometer weit schieben müssen. Ich ging wieder nach Hause und rief Mirjam, weil ich sie fragen wollte, ob es ihr besser gehe. Sie antwortete nicht. Ich nahm an, dass sie eingeschlafen war. Nach einer Weile öffnete ich die Tür, um nachzusehen, ob ich etwas für sie tun könnte.«

»Sie war weg?«

»Verschwunden. Ihr Bett war leer. Ihr Mantel war weg. Ihre Schuhe waren weg. Sie war weg.«

»Wie spät war es da?«

»Ungefähr zehn. Während der Ausgangssperre. Irgendwann zwischen halb sechs, als sie sich hinlegen wollte, und zehn ist Mirjam verschwunden, und ich habe keine Erklärung dafür.«

Sie ist mit ihrer Geschichte zu Ende, faltet das Papier zusammen und möchte es wieder einstecken, aber dann gibt sie es mir. Neben dem Herd liegen Zündhölzer. Ich nehme eins, streiche es an und verbrenne die detektivischen Aufzeichnungen von Frau Janssen, bis nur noch ein Aschehäufchen übrig ist.

»Was machst du da?«, fragt sie.

»Was haben Sie sich gedacht? Sie wollen doch nicht einen schriftlichen Bericht über das Mädchen, das Sie illegal versteckt haben, aufbewahren?«

Sie massiert ihre Stirn. »Daran habe ich nicht gedacht. Ich kenne mich mit so etwas nicht aus. Deshalb brauche ich deine Hilfe, Hanneke.«

Wieder läuten die Glocken der Westerkerk. Wieder ist eine Viertelstunde verstrichen. Vorher habe ich die Zeit als Ausrede gebraucht, aber jetzt wird es wirklich spät. Ich verschränke meine Arme über der Brust. »Sie waren eine Stunde bei der Nachbarin. Könnte Mirjam nicht in dieser Zeit hinausgeschlüpft sein?«

»Frau Veenstra wohnt genau gegenüber. Wir saßen auf den Stufen vor ihrem Haus, genau mit Blick auf meine Haustür, gestern war es ziemlich mild. Ich hätte Mirjam sehen müssen, wenn sie zur Haustür hinausgegangen wäre.«

»Gibt es auch eine Hintertür?« Ich sollte ihr mit solchen Fragen keine falschen Hoffnungen machen, da ich nicht vorhabe, ihr zu helfen. Aber die Situation, die sie geschildert hat, klingt wirklich sehr merkwürdig und ist kaum zu glauben. Ich habe den Eindruck, dass sie etwas durcheinanderbringt.

»Die Hintertür schließt nicht richtig – seit Jahren schon. Ich war deshalb oft böse auf Hendrik. Ein Möbeltischler, der nicht einmal Zeit findet, seine eigene Tür zu reparieren. Letztes Jahr hatte ich die Nase voll und habe selbst einen Riegel angebracht. Nachdem ich Mirjams Verschwinden entdeckte, habe ich sofort nachgesehen. Die Tür war immer noch verriegelt. Sie hätte nicht durch die Hintertür hinausgehen und die Tür anschließend wieder von innen verriegeln können.«

»Ein Fenster vielleicht?« Das erscheint auch mir unwahrscheinlich. In dieser wohlhabenden Wohngegend würden aus dem Fenster kletternde Mädchen auffallen.

»Nein, kein Fenster. Verstehst du, sie hatte keine Möglichkeit wegzugehen. Und auch keinen Grund. Dies war der letzte sichere Ort für sie. Aber sie kann auch nicht verraten worden sein, denn wenn die Nazis sie geholt hätten, hätten sie mich ebenfalls mitgenommen.«

Es muss eine logische Erklärung geben. Vielleicht hat sich Frau Janssen für ein paar Minuten ihrer Nachbarin zugewandt und nicht gesehen, wie das Mädchen weggegangen ist. Oder sie hat die Zeiten durcheinandergebracht, und das Mädchen ist gegangen, als Frau Janssen ein Nickerchen gemacht hat.

Es spielt eigentlich keine Rolle, ich kann ihr sowieso nicht helfen, egal wie traurig ihre Geschichte ist. Es ist zu gefährlich. Das Überleben geht vor. Das ist meine Devise.

Nach dem Tod von Bas könnte das mein Lebensmotto werden. Das Überleben geht vor, Hauptsache, überleben. Früher war ich eher sorglos, aber man sieht, wohin das geführt hat. Jetzt fahre ich Schwarzmarktartikel aus, aber nur, weil ich damit mich und meine Familie durchbringen kann. Ich flirte mit deutschen Soldaten, aber nur, weil ich dadurch meine Haut rette. Ein verschwundenes Mädchen zu suchen, bringt mir überhaupt nichts.

Draußen geht quietschend die Haustür auf und die Stimme eines jungen Mannes ruft: »Hallo?« Weiter weg bellt ein Hund. Wer ist da? Die Gestapo? Die NSB? Wir hassen die Gestapo und die Grüne Polizei, am meisten aber hassen wir die *Nationaal-Socialistische Beweging*. Die holländischen Nazis, die ihr eigenes Volk verraten haben.

Frau Janssen reißt erschrocken die Augen auf, aber dann weiß sie, wem die Stimme gehört. »Christoffel, ich bin in der Küche«, ruft sie. »Ich habe ganz vergessen, dass er heute noch mal vorbeikommt«, flüstert sie mir zu.

»Nimm deine Tasse. Benimm dich ganz normal.«

Christoffel, der Laufbursche, hat blonde Locken und große blaue Augen und die empfindliche Haut eines Jungen, der sich noch nicht lange rasieren muss.

»Frau Janssen?« Er hält verlegen seine Kappe zwischen den Händen, es ist ihm unangenehm, dass er uns unterbrochen hat. »Ich komme wegen des Klappbetts. Um diese Zeit, haben Sie doch gesagt?«

»Ja, natürlich.« Sie will sich erheben, aber Christoffel gibt ihr ein Zeichen, dass sie sitzen bleiben soll.

»Ich schaffe das auch allein. Ich habe einen Karren dabei, und draußen wartet ein Freund, der mir hilft.« Er zeigt mit dem Kinn zum Fenster, wo ein großer, kräftiger Junge steht und zu uns hereinwinkt.

Als Christoffel wieder nach draußen gegangen ist, sieht Frau Janssen meine erschrockene Miene und beruhigt mich. »Nicht dieses Bett. Nicht das von Mirjam. Er holt das Bett aus Hendriks Büro. Ich betrete es kaum noch. Ich habe Christoffel gefragt, ob er einen Käufer dafür findet. Das Geld wollte ich nutzen, um Mirjam zu unterstützen.«

»Und jetzt?«

»Jetzt werde ich das Geld nutzen, um dich für deine Hilfe zu bezahlen.« Ich protestiere kopfschüttelnd, aber sie unterbricht mich. »Du musst sie finden, Hanneke. Ich werde meine großen Söhne vielleicht nie mehr wiedersehen. Mein jüngster Sohn ist tot, mein Mann ist gestorben, als er Mirjams Familie helfen wollte, und ihre Familie ist gestorben, als sie ihm helfen wollte. Ich habe jetzt niemanden mehr und sie auch nicht. Mirjam und ich müssen wie eine Familie füreinander da sein. Ich darf sie nicht verlieren. Bitte hilf mir.«

Das Quietschen von Christoffels Karren, auf den er und sein Freund das andere Schrankbett geschnallt haben, erspart mir eine Antwort. Es hat mehr Verzierungen als das Bett in der Speisekammer, das Holz ist glatt und glänzend und riecht schwach nach zitronigem Möbelöl. »Frau Janssen? Ich gehe jetzt«, sagt er.

»Warte«, sage ich zu ihm. »Frau Janssen, vielleicht müssen Sie das Bett jetzt doch nicht verkaufen. Schlafen Sie noch einmal eine Nacht darüber.« Auf diese Weise möchte ich ihr signalisieren, dass ich ihren Vorschlag nicht annehmen kann.

»Nein, ich verkaufe es«, sagt sie bestimmt. »Ich muss. Christoffel, was schulde ich dir für das Abholen?«

»Nichts, Frau Janssen, das habe ich gern gemacht.«

»Ich bestehe darauf.« Sie nimmt ihre Handtasche und zählt aus einem kleinen Geldbeutel Münzen auf den Tisch. »Oh je, ich dachte, ich hätte –«

»Das ist wirklich nicht nötig«, bekräftigt Christoffel. Er errötet und schaut mich hilfesuchend an.

»Frau Janssen«, sage ich leise, »Christoffel hat noch anderes zu erledigen. Warum lassen wir ihn nicht einfach gehen?«

Sie lässt von ihrem Geldbeutel ab und klappt ihn beschämt zu. Als Christoffel gegangen ist, sinkt sie auf ihren Stuhl. Sie sieht müde und alt aus. »Wirst du mir helfen?«, fragt sie.

Ich trinke den restlichen, kalten Kaffee. Was stellt sie sich vor, was ich tun kann? Ich wüsste nicht einmal, wo ich anfangen sollte. Selbst wenn Mirjam es fertiggebracht hatte, zu fliehen, wie weit würde ein fünfzehnjähriges Mädchen mit einem gelben Judenstern auf dem Mantel kommen? Ich brauche das Geld von Frau Janssen nicht, um zu wissen, was mit einem Mädchen wie Mirjam geschehen wird oder schon geschehen ist: Sie wird aufgegriffen und in ein Arbeitslager nach Deutschland oder Polen gebracht werden, die Art von Lager, aus der bisher noch nie jemand zurückgekommen ist. Aber wie ist sie überhaupt hier rausgekommen?

*Es muss eine logische Erklärung dafür geben,* denke ich wieder. Leute lösen sich nicht einfach in Luft auf.

Aber das ist eine Lüge. In dieser Besatzungszeit lösen sich jeden Tag Leute in Luft auf. Hunderte von Menschen, die aus ihren Wohnungen vertrieben werden.

Sie kann unmöglich erwarten, dass ich einen von ihnen finde.

# Kapitel 3

Mamas Lippen sind ein dünner, harter Strich, als ich nach Hause komme. »Du kommst spät«, begrüßt sie mich unter der Tür. Wahrscheinlich hat sie am Fenster gelauert.

»Es ist zwölf Uhr fünfzehn.«

»Es ist zwölf Uhr neunzehn.«

»Vier Minuten, Mama!«

Unsere Wohnung riecht nach gebratenen Pastinaken mit Würstchen, die habe ich gestern mitgebracht. Die Wohnung ist klein. Eine Stube, eine Küche, eine Toilette und zwei winzige Schlafzimmer im zweiten Stock eines fünfstöckigen Mietshauses. Gemütlich.

Papa sitzt in seinem Sessel und liest ein Buch. Er benutzt dabei den selbst gebauten Buchständer, der das Buch flach drückt, wenn er mit seinem guten Arm die Seiten umblättert. Sein verkrüppelter rechter Arm liegt auf seinem Schoß.

»Hannie.« Er spricht mich mit meinem Kosenamen an, als ich mich zu ihm hinunterbeuge und ihm einen Kuss gebe.

Die Verletzung stammt von vor meiner Geburt, im Ersten Weltkrieg. Er lebte damals auf der flandrischen Seite des *Dodendraat*, des Grenzhochspannungszauns, der das von den Deutschen besetzte Belgien von Holland trennte. Meine Mutter lebte auf der holländischen Seite. Er wollte über den Zaun springen, um sie zu beeindrucken. Ich wollte ihm diesen Teil der Geschichte nicht glauben, als er sie mir das erste Mal erzählte. Doch dann zeigte er mir ein Buch. Die Menschen hatten den Todeszaun auf alle möglichen und unmöglichen Arten überwunden, sie hatten große Leitern benutzt oder ihre Kleidung mit Porzellanplättchen besetzt, um sich vor der Elektrizität zu schützen. Als er damals hinüberwollte, streifte sein Schuh den Zaun und er stürzte zu Boden. Und so ist mein Vater nach Holland emigriert.

Seine ganze rechte Körperseite bis zu den Füßen und ein Teil seines Gesichts sind seitdem gelähmt und deshalb spricht er auch so langsam und schleppend. Als Kind war mir das peinlich, aber jetzt fällt es mir kaum noch auf.

Papa zieht mich sanft näher und flüstert mir ins Ohr. »Deine Mutter hat Angst, weil sie Herrn Bierman holen wollten. Sei lieb zu ihr.«

Herr Bierman betreibt den Gemüseladen auf der anderen Straßenseite. Juden ist es schon seit Monaten nicht mehr erlaubt, Geschäfte zu betreiben, aber da seine Frau Christin ist, hat er ihr den Laden überschrieben. Sie haben keine Kinder, nur eine kokette weiße Katze, die Schnee heißt.

»Wer wollte ihn holen?«, frage ich. »Die NSB-Bullen?«

Papa legt einen Finger an die Lippen und zeigt zur Zimmerdecke. »Psst.« Der Nachbar über uns ist NSB-Mitglied. Seine Frau hat mir früher Zöpfe geflochten und an Sinterklaas Spekulatius für mich gebacken. Hinter mir klappert Mama mit dem Tablett und deckt unseren kleinen Esstisch. Ich küsse Papa auf die andere Wange und setze mich an den Tisch.

»Warum kommst du so spät, Hannie?«, fragt Mama.

»Damit du endlich lernst, dich nicht wegen vier Minuten Verspätung aufzuregen.«

»Aber du kommst nie zu spät.«

*Ich bin auch noch nie gebeten worden, ein verschwundenes Mädchen zu suchen,* denke ich. Unwillkürlich sehe ich Frau Janssen vor mir, die besorgt vor der leeren Speisekammer steht.

Mama schöpft einen Löffel Pastinaken auf meinen Teller. Unser Essen ist besser als das vieler anderer Leute. Würden Papa und Mama mehr aus dem Haus gehen, würden sie wahrscheinlich fragen, wie und woher ich so viele Lebensmittel bekomme.

»Es ist nichts passiert.« Die Pfefferwurst wärmt mich von innen. »Ein deutscher Polizist hat mich angehalten.« Das ist die Wahrheit. Ich habe nur nicht erwähnt, dass das schon morgens war, bevor ich von Mirjam erfahren habe.

»Du hast ihn hoffentlich nicht provoziert«, sagt Mama spitz. Ich bin nicht die Einzige in der Familie, die der Krieg verändert hat. Früher hat Mama in unserer Wohnung Musik unterrichtet und aus unseren Fenstern klangen Akkorde von Chopin. Heute hat niemand mehr Geld für Klavierstunden, auch nicht für Übersetzungen, was Papa früher gemacht hat.

»Er hat Holländisch gesprochen«, erzähle ich, um auf ihre Frage nicht eingehen zu müssen. »Fast fließend.«

Papa schnaubt. »Nach dem letzten Krieg haben wir sie gemästet, und jetzt sind sie zurückgekommen, um uns auszuhungern.« Nach dem Ersten Weltkrieg waren die Deutschen so arm, dass viele Familien ihre Kinder nach Holland schickten, um sie mit holländischem Käse und holländischer Milch aufpäppeln zu lassen. Ohne uns wären sie gestorben. Jetzt sind die Kinder groß geworden und manche von ihnen sind als Soldaten wiedergekommen.

»Wann musst du wieder zur Arbeit?«, fragt Mutter.

»Zwanzig Minuten habe ich noch Zeit.«

Offiziell arbeite ich als Empfangsdame für einen Bestattungsunternehmer. Das ist nicht mein Wunschberuf, aber ich hatte nicht viele Möglichkeiten. Niemand wollte ein junges Mädchen ohne Arbeitserfahrung oder Schreibmaschinenkenntnisse einstellen. Auch Herr Kreuk hätte mich nicht eingestellt, hätte ich ihm eine Wahl gelassen. Ich war schon von sieben oder acht Geschäften abgelehnt worden, als ich das Schild »Aushilfe gesucht« in seinem Schaufenster sah. Ich weigerte mich zu gehen, bis er mir die Stelle gab.

Herr Kreuk ist ein guter Mensch. Er bezahlt mich anständig. Und er hat mir die andere, geheime Arbeit gegeben, die sich noch mehr lohnt.

Die Deutschen geben in Holland, wahrscheinlich auch im übrigen Europa, monatliche Bezugsscheine aus, die Marken für Lebensmittel, Kleidung, Benzin und Gummi enthalten. Aus der Zeitung erfahren die Menschen, was sie dafür kaufen können: fünfhundert Gramm Zucker, zwei Liter Milch, zwei Kilo Kartoffeln. An diesem Punkt setzt die Arbeit von Herrn Kreuk ein. Herr Kreuk verwendet die Bezugsscheine von Verstorbenen, um Vorräte anzuhäufen, die er dann zu einem höheren Preis weiterverkauft. Jedenfalls glaube ich, dass es so funktioniert. Ich stelle keine Fragen. Ich weiß nur, dass Herr Kreuk vor ein paar Monaten mit einem Stapel Bezugsscheine zu mir kam und mich bat, für ihn einige Einkäufe zu erledigen.

Ich hatte zuerst fürchterliche Angst, aber noch mehr Angst hatte ich, meine Arbeit zu verlieren. Nach einer Weile machte ich das richtig gut und nach noch einer Weile kam ich mir sogar edel dabei vor. Die Nazis haben uns die Marken überhaupt erst aufgezwungen, und wenn ich dieses System untergrabe, untergrabe ich auch die Nazis. Überteuerter Schinken, das ist meine einzige Möglichkeit, mich an denen zu rächen, die Bas getötet haben, aber an dieser kleinen Befriedigung halte ich fest.

Was wir machen, ist eigentlich illegal. Kriegsgewinnler werden solche Leute genannt. Aber Herr Kreuk ist nicht reich und ich schon gar nicht. Ich finde, wir versuchen nur, in einem Land, in dem jeder Sinn verloren gegangen ist, ein sinnloses System neu zu organisieren.

»*Hannie.*« Anscheinend hat Mama etwas zu mir gesagt. »Ich habe dich gefragt, was du zu dem Grünen Polizisten gesagt hast.«

Macht ihr das immer noch Sorgen? Wenn sie wüsste, wie oft ich jede Woche auf Soldaten treffe. »Ich habe ihm gesagt, dass er aus meinem Land verschwinden und nie mehr wiederkommen soll. Ich habe ihm vorgeschlagen, dass er sich lieber an Tulpenzwiebeln austoben soll.«

Mama schlägt entsetzt die Hand vor den Mund. »Hannie!«

Ich seufze. »Ich habe gemacht, was ich immer mache, Mama. Ich habe mich, so schnell es ging, aus dem Staub gemacht.«

Aber Mama achtet nicht mehr auf mich. »Johan.« Ihre Stimme ist nur noch ein Flüstern und sie packt Vater an seinem guten Arm. »Johan, sie sind wieder da. Hör doch.«

Ich höre es auch. Auf der anderen Straßenseite ertönt Geschrei. Ich renne zum Fenster und schaue hinter dem Vorhang hinaus. »Hannie«, warnt Mama, aber als ich nicht reagiere, gibt sie es auf. Drei NSB-Männer in pechschwarzer Uniform donnern an die Haustür der Biermans und befehlen Herrn Bierman herauszukommen.

Seine Frau kommt an die Tür. Ihre Hände zittern so stark, dass ich es sogar aus der Entfernung sehen kann.

»Ihr Mann sollte sich letzte Woche zur Deportation melden«, sagt einer der Männer, dem Aussehen nach der älteste. Unsere Straße ist ziemlich schmal und er spricht nicht leise. Ich verstehe fast jedes Wort.

»Er – er ist nicht da«, sagt Frau Bierman. »Ich weiß nicht, wo er ist. Ich habe ihn seit Tagen nicht mehr gesehen.«

»Frau Bierman.«

»Ich schwöre. Ich habe ihn nicht gesehen. Ich bin vom Einkaufen gekommen und er war weg. Ich habe das ganze Haus nach ihm abgesucht.«

»Weg da«, befiehlt der Offizier, und als sie nicht reagiert, schiebt er sie zur Seite. Mama ist neben mich getreten. Sie packt mich so fest am Arm, dass ich ihre Fingernägel durch meinen Pullover spüre. *Bitte, lass Herrn Bierman wirklich fort sein,* flehe ich. *Bitte lass ihn fortgegangen sein, als Frau Bierman einkaufen war.*

Mama bewegt stumm ihre Lippen, ich glaube, sie betet, obwohl wir das schon lange nicht mehr machen. Die Soldaten tauchen wieder an der Haustür auf, sie zerren einen Mann mit sich. Es ist Herr Bierman, er blutet aus der Nase und sein rechtes Auge ist aufgeschlagen und geschwollen.

»Gute Neuigkeiten, Frau Bierman«, sagt der Soldat. »Wir haben Ihren Mann doch noch gefunden.«

»Lotte!«, ruft Herr Bierman, als die Soldaten ihn auf einen wartenden Laster stoßen.

»Pieter«, sagt sie.

»Sie sollte ich auch gleich mitnehmen, dann können Sie ihm Gesellschaft leisten«, sagt der Offizier. »Aber ich hätte ein schlechtes Gewissen, wenn ich eine brave Christin bestrafe, die so dumm ist, dass sie nicht einmal weiß, wo ihr Mann steckt.« Er dreht mir den Rücken zu, ich sehe sein Gesicht nicht, aber ich höre den Hohn in seiner Stimme.

»Lotte, es ist gut«, ruft Herr Bierman vom Lastwagen herab. »Ich bin bald wieder zu Hause.«

Sie weint immer noch nicht. Sie sieht ihn nur an und schüttelt den Kopf hin und her, als wollte sie sagen: *Nein, nein, du wirst nicht bald wieder zu Hause sein.*

Der Laster entfernt sich. Frau Bierman steht immer noch unter der Tür. Es gehört sich nicht, sie zu beobachten, aber ich kann meine Augen nicht von ihr abwenden. Auch Frau Bierman hat mir früher am Sinterklaas-Tag Geschenke gemacht. Und wenn ich in ihren Laden gekommen bin, durfte ich Erdbeeren naschen, auch wenn wir keine gekauft haben.

Mama reißt mich vom Fenster fort. Sie packt meinen Ärmel und zieht mich zum Tisch. »Iss auf«, sagt sie steif. »Das geht uns nichts an. Wir können nichts dagegen tun.«

Ich schüttele ihre Hand ab und möchte widersprechen, möchte sie daran erinnern, wie nett die Biermans immer gewesen sind. Aber sie hat recht. Ich kann nichts tun, um wiedergutzumachen, was gerade geschehen ist.

Wir beenden schweigend unsere Mahlzeit. Mama versucht ein paarmal, ein Gespräch in Gang zu bringen, aber es will ihr nicht gelingen. Das Essen schmeckt nicht mehr. Als ich nichts mehr herunterbringe, entschuldige ich mich und sage, ich müsste noch ein paar Dinge erledigen, bevor ich wieder zur Arbeit gehe.

»Aber sei pünktlich. Das ist eine gute Arbeit«, mahnt Mama. Sie liebt meine Arbeit. Sie weiß, dass ich als Einzige in der Familie ein regelmäßiges Einkommen habe. »Gib Herrn Kreuk keinen Anlass, seine Entscheidung zu bereuen.«

»Das tut er nicht.«

Ich möchte nur eine Minute für mich sein, ohne meine Eltern, ohne meine Arbeit – eine Minute, in der ich die übrige Welt aussperren kann. In meinem Zimmer ziehe ich die Fensterläden zu und öffne die unterste Schublade meines Schreibtischs. Ich taste nach hinten und finde es: das verblichene Tagebuch, das ich zum Geburtstag geschenkt bekam, als ich neun wurde. Eine Woche lang schrieb ich brav hinein, schrieb über Freundinnen, die ich mochte, und über Lehrer, die gemein zu mir gewesen waren. Dann geriet es fünf Jahre lang in Vergessenheit, bis ich Bas kennenlernte und das Tagebuch zu einem Album umfunktionierte.

Hier ist das Schulfoto, das er mir schenkte und mich dabei beiläufig um ein Foto von mir bat. Hier ist der Zettel, den er mir heimlich in ein Schulbuch steckte, darauf hatte er geschrieben, dass mein grüner Pulli gut zu meinen Augen passe. Er hatte ihn mit B unterschrieben, und so hatte ich zum ersten Mal erfahren, dass er lieber *Bas* als Sebastian genannt werden wollte. Ein Spitzname aus dem mittleren Teil seines richtigen Namens, wie es bei holländischen Jungs üblich ist.

Hier ist der Abriss einer Kinokarte von unserem ersten gemeinsamen Film. Ich hatte meine beste Freundin Elsbeth gebeten mitzukommen, für den Fall, dass ich in Gegenwart von Bas kein Wort mehr herausbringen könnte. Diese Erinnerung ist doppelt schmerzhaft, weil ich auch Elsbeth verloren habe, weil sie einen anderen Weg eingeschlagen hat.

Hier ist ein Kartenabriss von unserem zweiten Film.

Hier ist das Taschentuch, mit dem ich meinen Lippenstift abwischte, als er mich das erste Mal küsste.

Hier ist das Taschentuch, mit dem ich mir die Tränen abwischte, als er mir erzählte, dass er sich mit siebzehn freiwillig zum Militär melden wollte. Hier ist seine Haarlocke, die er mir bei seinem Abschiedsfest am Tag vor seiner Einberufung schenkte. Ich schenkte ihm auch etwas, ein Medaillon mit einem Bild von mir. Deshalb konnte ich auch leicht erraten, was deutsche Mädchen in so einem Fall machen. Wie dumm ich damals war.

Ich schlage das Buch zu, schiebe es wieder ganz nach hinten und decke es mit Wäsche zu. Ich denke an Bas. Und ohne es zu wollen, denke ich auch an Mirjam Roodveldt. Ich ärgere mich über mich, weil ich meine Zeit damit vergeude, an das verschwundene Mädchen aus der

Speisekammer zu denken, von dem ich nichts weiß und das mich nur in Schwierigkeiten bringen wird.

Ich weiß nur eins über sie: Die Kinozeitschrift auf dem Regal – ich bin fast hundertprozentig sicher, dass das Foto auf der Seite, wo sie aufgeschlagen war, eine Szene aus dem *Zauberer von Oz* mit Judy Garland zeigte. Das ist ein Film über ein Mädchen, das in einen Wirbelsturm gerät und in einem Märchenland aufwacht. Ich wollte den Film unbedingt sehen, aber er war bis zum Kriegsausbruch noch nicht in Holland gezeigt worden. Deshalb habe ich *Der Zauberer von Oz* nie gesehen, aber jetzt denke ich an Judy Garland, die im Wohnzimmer von Bas sang, als Bas mir auf dem Sofa seine Liebe gestand und wir die ganze Zeit lachen mussten und den Text ihres Liedes wiederholten.

Bas hätte Frau Janssen geholfen, da bin ich mir absolut sicher. Bas hätte gesagt, das sei unsere Chance, etwas Richtiges und Wichtiges zu machen. Bas hätte das gesagt, als würde es sich um ein Abenteuer handeln. Bas hätte gesagt: *Natürlich wirst du ihr helfen. Das Mädchen, das ich liebe, ist mit allem einverstanden, was ich sage,* weil Bas das Mädchen, das ich heute bin, nicht gekannt hat.

Und was würde ich ihm antworten? Ich würde sagen: *Du denkst, ich bin mit allem einverstanden, was du sagst? Du bist schrecklich überzeugt von dir.* Oder ich würde sagen: *Meine Eltern verlassen sich darauf, dass ich uns am Leben erhalte. Wenn ich Frau Janssen helfe, bringe ich unsere ganze Familie in Gefahr.* Oder ich würde sagen: *Die Zeiten haben sich geändert, Bas. Das verstehst du nicht.*

Ich würde so viel darum geben, wenn ich etwas zu ihm sagen könnte. Irgendetwas.

Dieses Mädchen zu suchen, das passt nicht mehr zu mir. Es würde aus Mitgefühl geschehen. Ich tue das, was mir nützt. Es würde aus Hoffnung geschehen. Ich habe keine Hoffnung. Die Welt ist verrückt. Ich kann nichts daran ändern.

Warum denke ich immer noch an Mirjam Roodveldt?

Warum werde ich, wenn ich es nicht schaffe, mir die Sache doch noch auszureden, heute Nachmittag noch einmal zu Frau Janssen gehen?

# Kapitel 4

Was sich in meinem Land in den vergangenen zwei Jahren geändert hat: alles und nichts.

Als ich nach dem Essen aufs Fahrrad steige, verkauft der Angestellte der Biermans einer Kundin Gemüse, als wäre der Inhaber des Geschäfts nicht eben erst auf einen Laster verfrachtet und weggeschafft worden, als wäre die Welt der Frau Bierman nicht eben erst auf den Kopf gestellt worden.

Zurück im Bestattungsunternehmen gibt Herr Kreuk mir eine richtige Arbeit, eine Arbeit, für die ich offiziell eingestellt worden bin. Am nächsten Tag ist eine Beerdigung und ich muss eine Nachricht an die Zeitung schicken und beim Floristen den Blumenschmuck bestellen. Aber um halb zwei tritt Herr Kreuk an meinen Schreibtisch und zeigt mir den Entwurf für die Zeitungsanzeige: Ich habe die Adresse der Kirche falsch aufgeschrieben.

»Ist alles in Ordnung mit dir?« Herr Kreuk ist ein rundlicher, kleiner Mann mit einer kreisrunden Brille, die ihm Ähnlichkeit mit einer Schildkröte verleiht.

»Normalerweise unterlaufen dir keine Fehler.« Er blinzelt und sieht auf seine Schuhe hinunter. Wir kennen uns jetzt schon fast ein Jahr, aber er ist immer so verlegen. Manchmal denke ich, dass er Bestatter wurde, weil es ihm leichter fällt, seine Zeit mit den Toten zu verbringen als mit den Lebenden.

»Entschuldigen Sie. Ich war wohl abgelenkt.«

Er fragt nicht nach. »Ich kann die Anzeige und das Blumenarrangement auch selbst übernehmen. Ich habe ein paar Botengänge für dich: der Metzger und dann Frau de Vries.« Er windet sich, als er den Namen ausspricht, und ich verstehe jetzt, warum er mir meinen Fehler bei der Anzeige durchgehen lässt. Es ist ein Tausch gegen den Besuch bei Frau de Vries.

»Vielen Dank«, sage ich und nehme schnell meinen Mantel, bevor er es sich anders überlegt. Zu Frau de Vries kann ich später gehen. Zuerst gehe ich zu Frau Janssen.

Draußen gibt es etwas Neues: *Lang lebe der Führer!*, hat jemand mit weißer Farbe auf die gegenüberliegende Hauswand geschrieben. Die Farbe ist noch feucht. Ich werde das jetzt jedes Mal sehen, wenn ich aus dem Büro komme. Hat das der Ladeninhaber gemacht, um seine Nähe zu den Nazis zur Schau zu stellen? Oder ist das Propaganda von den Nazis? Das ist oft schwer zu sagen.

Seit der Besetzung durch die Deutschen hat es verschiedene Protestaktionen gegeben – ein organisierter Streik der Arbeiter wurde rasch zerschlagen und es gab Tote auf den Straßen. Papa findet, dass es mehr Proteste geben müsste. Das ist leicht gesagt, denn wegen seinem Bein könnte er selbst nicht daran teilnehmen. Mama sagt, die Nazis seien Bestien, aber wenn sie in Deutschland blieben, wäre ihr das egal. Sie will nur, dass sie unser Land verlassen. Nach dem Krieg werden sich die Leute erzählen, wie tapfer sie gegen die Nazis rebelliert haben, und niemand wird sich daran erinnern wollen, dass die größte »Rebellion« das Tragen der Nelke zu Ehren unserer im Exil lebenden Königsfamilie war. Oder die Leute werden Deutsch miteinander reden, weil die Deutschen gewonnen haben. Es gibt auch welche, die sich darüber freuen würden. Welche, die die Nazis gut finden oder die meinen, es wäre klüger, sich auf die Seite der Besatzer zu schlagen. Wie Elsbeth, Elsbeth, die –

Egal.

Auf meinem Weg zu Frau Janssen mache ich zweimal beinahe kehrt. Einmal, als ich an einem Soldaten vorbeikomme, der ein Mädchen in meinem Alter befragt, und einmal, als ich vor ihrer Haustür stehe. Als Frau Janssen mich sieht, lächelt sie so erleichtert, dass ich ein drittes Mal beinahe umkehre, denn ich weiß immer noch nicht genau, was ich hier eigentlich will.

»Du hast dich entschieden, mir zu helfen«, sagt sie und reißt die Tür auf. »Ich habe es gewusst. Ich habe gewusst, dass ich dir vertrauen kann. Ich konnte dir in die Augen sehen. Hendrik hat immer gesagt –«

»Sie haben es niemandem erzählt?«, unterbreche ich sie. »Vor mir nicht und danach auch nicht?«

»Nein. Aber wenn du nicht zurückgekommen wärst, hätte ich nicht gewusst, was ich machen soll. Ich habe hier gewartet und mir Sorgen gemacht.«

»Frau Janssen. Halt. Drinnen.« Ich packe sie am Ellbogen und führe sie in ihr eigenes Wohnzimmer. Wir setzen uns auf das verblichene, geblümte Sofa. »Erstens, ich habe nicht gesagt, dass ich Ihnen helfe«, mache ich ihr klar. »Ich bin gekommen, weil ich mit Ihnen darüber reden will. Weil ich es mir überlegen muss. Für den Moment sprechen wir nur über Mirjam und dann werde ich darüber nachdenken. Aber ich bin kein Detektiv und ich kann auch nichts versprechen.«

Sie nickt. »Ich verstehe.«

»Also gut. Fangen Sie einfach an zu erzählen.«

»Gern. Was willst du wissen?«

Was ich wissen will? Ich habe keine Ahnung, was die Polizei fragen würde. Aber wenn ich für die Leute Sachen auf dem Schwarzmarkt suchen soll, fange ich meistens mit einer genauen Beschreibung an. Wenn sie Schuhe brauchen, frage ich, welche Größe und welche Farbe es sein soll. »Angenommen, ich helfe Ihnen, sollte ich wissen, wie Mirjam aussieht«, sage ich. »Haben Sie Bilder von ihr? Hat Mirjam Bilder von sich dabeigehabt? Irgendwelche Familienfotos?«

»Dafür war keine Zeit. Sie hatte nur, was sie auf dem Leib trug.«

»Und was war das? Was hat sie angehabt, als sie verschwunden ist?«

Frau Janssen schließt die Augen und denkt nach. »Einen braunen Rock. Eine cremefarbene Bluse. Und ihren Mantel. Die Werkstatt im Möbelhaus war so zugig, dass man dort immer einen Mantel anziehen musste. Sie hatte über ihrer Kleidung einen Mantel an. Er war blau.«

»So ein Blau?« Ich zeige auf das Königsblau des Delfter Porzellans in der Vitrine.

»Eher wie der Himmel. An einem sonnigen Tag. Mit einer Doppelreihe Silberknöpfe. Ich habe ihr andere Kleider gegeben, während sie hier wohnte, aber als sie verschwunden ist, fehlten nur ihre ursprünglichen Sachen.«

Ich frage weiter, frage nach jeder Äußerlichkeit, die mir einfällt, und male in meinem Kopf das Bild eines Mädchens. Dunkle Locken, schulterlang. Eine schmale Nase. Blaugraue Augen.

»Vielleicht haben die Nachbarn der Roodveldts ein Foto«, überlegt Frau Janssen. »Nachdem die Roodveldts verschwunden sind, haben sie vielleicht ein paar Dinge aus der Wohnung gerettet.«

»Was wissen Sie über die Nachbarn?«

Sie schüttelt den Kopf. Das heißt, ich kann nicht einfach hingehen und Fragen stellen. Nicht wenn die Wohnung der Roodveldts von einer NSB-Familie besetzt worden ist. In Amsterdam leben viele Menschen, schon in normalen Zeiten war es nicht einfach, eine Wohnung zu finden. Wenn eine jüdische Familie verschwindet, taucht an ihrer Stelle eine Familie von Nazisympathisanten auf, die tut, als hätte sie schon immer dort gelebt. Außerdem macht der Krieg Freunde zu Feinden. Es könnten die Nachbarn gewesen sein, die das Versteck der Familie verraten haben.

Woher bekomme ich ein Foto von ihr?

»Waren Sie in dem Versteck hinter der Werkstatt?«, frage ich.

Sie nickt. »Am Tag, nachdem Hendrik – am Tag, nachdem es passiert ist. Völlig ausgeplündert. Die Deutschen haben fast alles mitgenommen oder die Roodveldts hatten nicht viel dabei. Hendriks Sekretärin hat vielleicht versucht, etwas zu retten, aber sie ist am Tag nach dem Überfall auf Hochzeitsreise gegangen. Ich kann ihr schreiben, aber ich weiß nicht, wann sie zurückkommt.«

»Wo ist Mirjam zur Schule gegangen?«

»In das Jüdische Lyzeum, seitdem die Juden nicht mehr auf die normale Schule gehen durften. Ich weiß nicht, wo das ist.«

Aber ich. Es liegt direkt am Amstelufer, ein rotes Backsteingebäude mit hohen Fenstern. Ich komme ständig daran vorbei und jetzt füge ich es meiner geistigen Akte über Mirjam bei. Es gibt jetzt einen Ort, mit dem ich das Mädchen in meinem Kopf verbinden kann.

»Was geschieht als Nächstes?«, fragt Frau Janssen. »Wirst du mit deinen Freunden darüber sprechen?«

»Freunden?«

»Die dir dabei helfen? Die sich mit solchen Sachen auskennen?«

Jetzt verstehe ich langsam, warum Frau Janssen zu mir gekommen ist. Weil sie keine Ahnung hat, wie illegale Arbeit funktioniert. Der Widerstand, der Schwarzmarkt – sie glaubt, wir seien Teil eines großen Netzwerks, in dem Informationen ausgetauscht und Pläne gegen die Deutschen geschmiedet werden. Aber was ich für Herrn Kreuk mache, funktioniert nur deshalb, weil ich ein winziges Glied einer Kette bin. Wenn ich geschnappt und über Herrn Kreuk ausgefragt werden würde, könnte ich wahrheitsgemäß sagen, dass ich nicht weiß, ob noch andere bei ihm mitmachen.

Ich bin nicht Teil eines organisierten Widerstandsnetzwerks. Die Ladenbesitzer, die sich an meinen Schwarzmarktgeschäften beteiligen, sind in diesem Fall nutzlos. Ich habe nichts, außer dem Bild eines Mädchens in meinem Kopf, das ich noch nie gesehen habe. Und ich habe Frau Janssen noch nicht versprochen, sie zu suchen.

»Ich muss mir das Versteck noch mal ansehen«, sage ich zu Frau Janssen.

Sie schiebt den Geheimriegel zurück und lässt mich eintreten. Dann ruft sie hinter mir her: »Ich habe schon nachgesehen. Bevor du gestern gekommen bist, habe ich alles durchsucht.«

Ich warte, bis sich meine Augen an die Dunkelheit gewöhnt haben. Der Raum ist ungefähr einen Meter fünfundzwanzig breit und wird bis auf wenige Zentimeter von dem Klappbett ausgefüllt. Ich schlage die Decke zurück und untersuche erst das Betttuch, dann die

Matratze und das Kopfkissen. Auf dem schmalen Regal liegt die Zeitschrift, die ich vorher schon bemerkt habe. Es ist eine alte Ausgabe aus der Vorkriegszeit. Frau Janssen hat sie vielleicht unter Jans Sachen gefunden und Mirjam zum Lesen gegeben.

Auf den Seiten der Zeitschrift sind weder Notizen noch irgendwelche Markierungen, doch darunter liegt *Het Parool*, die Zeitung, die Frau Janssen Mirjam gestern gebracht hat. Normalerweise lesen die Leute die Untergrundzeitung sofort zu Ende und geben sie dann weiter. Vielleicht hat Frau Janssen sie von ihrer Nachbarin oder dem Botenjungen bekommen.

Ich klappe das Bett hoch und untersuche den Fußboden. Den dünnen Teppich habe ich zurückgeschlagen.

Nichts. Überhaupt nichts.

Aber was hatte ich erwartet? Einen Brief von Mirjam, in dem sie erklärt, warum sie gegangen ist? Eine Falltür, durch die sich ein Nazi geschlichen und Mirjam fortgebracht hat? Als ich in die Küche zurückkomme und meine Augen gegen die Helligkeit abschirme, setzt Frau Janssen Kaffee auf.

»Ist Ihre Nachbarin auf der anderen Straßenseite zu Hause?«, frage ich sie. »Frau Veenstra? Deren Sohn an dem Tag aufgehalten wurde?«

»Ich glaube nicht.« Sie runzelt die Stirn. »Willst du mit ihr sprechen? Sie weiß nichts von Mirjam.«

Ich schüttle den Kopf. »Stellen Sie sich an die Tür. Und in fünf Minuten machen Sie die Tür auf und kommen heraus. Irgendwann in den nächsten fünf Minuten. Sie dürfen mir vorher aber nichts sagen.«

Ich schlage gegen die Kälte meine Arme um den Leib, gehe über die Straße zu Frau Veenstras Haus und stelle mich mit dem Rücken zu Frau Janssens Haus auf die Stufen. Nach einer Minute höre ich es: einen deutlichen Klicklaut, gefolgt vom Kläffen eines Hundes. Als ich mich umdrehe, sieht mich Frau Janssen verwirrt an.

»Ich verstehe nicht«, sagt sie, als wir wieder in ihrem Wohnzimmer sind. »Was sollte das?«

»Ich habe es schon bemerkt, als Christoffel das Ausklappbett abtransportiert hat. Ihre Tür ist so alt und schwer, dass sie sich nicht geräuschlos öffnen lässt. Und sobald sie aufgeht, fängt der Hund in der Nachbarschaft an –«

»Fritzi«, bestätigt Frau Janssen. »Der Schnauzer vom Nachbarsjungen.«

»Sobald der Hund die Tür hört, schlägt er an. Selbst wenn Sie in die entgegengesetzte Richtung geschaut hätten, als Sie bei Frau Veenstra waren, hätten Sie den Hund gehört und bemerkt, dass Mirjam durch die Haustür geht.«

»Das habe ich doch gesagt.« Sie ärgert sich über meine Schlussfolgerung. »Das habe ich dir doch gestern schon gesagt. Sie kann nicht durch diese Tür gegangen sein. Und ich habe auch das Versteck schon durchsucht. Du verschwendest deine Zeit, wenn du Dinge tust, die ich schon getan habe.«

»Und haben Sie sie gefunden?« Meine Stimme klingt schärfer als beabsichtigt. Ich kaschiere meine Unsicherheit mit gespieltem Selbstvertrauen. »Sie sagen mir, ich mache Dinge, die Sie bereits getan haben, aber solange Sie sie nicht gefunden haben, muss ich alles mit meinen eigenen Augen sehen. Und jetzt zeigen Sie mir die Hintertür.«

Sie öffnet den Mund, wahrscheinlich will sie mir sagen, dass Mirjam dort nicht hinausgehen konnte, weil auf der Innenseite der Riegel ist, aber dann besinnt sie sich.

Die Hintertür ist aus dicker Eiche, und es wird sofort klar, was sie meinte, als sie sagte, sie schließe nicht richtig. Sie ist alt, und das Haus hat sich im Lauf der Zeit gesetzt, dadurch hat sich die Tür so verzogen, dass die obere Hälfte vom Türrahmen zurückgewölbt ist. Aus diesem Grund hat Frau Janssen den Riegel anmontiert. Ist dieser schwere Eisenriegel vorgelegt, ist die Tür fest verschlossen. Wenn nicht, kommt durch den oberen Spalt ein dünner Luftstrahl.

Sie hat recht. Ich kann mir nicht vorstellen, wie jemand durch diese Tür gekommen sein und hinter sich den Riegel wieder vorgeschoben haben soll.

Frau Janssen sieht mich neugierig an. Ich habe ihr nicht gesagt, dass ich ihr helfen will, jedenfalls nicht offiziell. Aber ich bin auch nicht gegangen. Es ist irrsinnig gefährlich, viel gefährlicher als alles, was ich bisher gemacht habe.

Aber Frau Janssen ist zu mir gekommen, genau wie Herr Kreuk, und ich bin gut im Sachenfinden.

Ich merke, wie mich dieses Geheimnis immer mehr in seinen Bann zieht. Vielleicht weil es Bas ebenso gehen würde. Vielleicht weil es eine weitere Möglichkeit ist, sich über die Regeln hinwegzusetzen. Oder vielleicht, weil ich hier, in einem Land, in dem alles sinnlos geworden ist, in einer Welt, deren Probleme ich nicht lösen kann, ein kleines Stück zur Lösung beitragen kann. Ich muss in Mirjams Schule gehen, dort gibt es vielleicht noch ein Foto von ihr, dort finde ich vielleicht eine Erklärung, wer dieses Mädchen ist. Denn wenn Frau Janssen sich richtig erinnert, wenn der Hund immer anschlägt, wenn jemand aus dem Haus kommt, wenn Mirjam nicht durch die Hintertür gehen konnte, wenn das alles wahr ist, dann kann es das Mädchen eigentlich gar nicht geben.

# Kapitel 5

Ich bin beinahe eine Stunde mit meiner Aufgabenliste im Rückstand. Wenn ich mich jetzt nicht an meine Lieferungen mache, wird sich Frau de Vries beschweren.

Die Schlange beim Metzger reicht fast bis zur Straße. Müde Hausfrauen tauschen Tipps aus, wo sie welche Mangelware aufgetrieben haben. Ich stelle mich nicht in die Schlange. Das mache ich nie. Kaum habe ich den Laden betreten, winkt mich der Metzger an die Theke und verschwindet nach hinten. Es hat mich mindestens ein Dutzend Besuche gekostet, diese Beziehung aufzubauen. Beim ersten Mal hörte ich, wie er einer anderen Kundin erzählte, dass seine Tochter gern zeichnet. Beim zweiten Mal brachte ich ein paar Buntstifte mit und behauptete, sie seien alt und ich hätte sie hinten in meinem Schrank gefunden. Aber sie waren eindeutig funkelnagelneu. Ich war gespannt, wie er darauf reagieren würde. Würde er mir diese kleine Lüge abnehmen, wenn er dafür etwas bekam, was er haben wollte? Später erzählte ich etwas von einer kranken Großmutter und ihren kranken, reichen Freundinnen, die für eine Extraration Fleisch auch extra bezahlen wollten.

Der Metzger kommt mit einem Päckchen zurück, das in weißes Papier eingewickelt ist.

»Das ist ungerecht«, ruft eine Frau von hinten, als sie die Warenübergabe sieht. Sie hat recht, es ist ungerecht. Die anderen Kunden können mich nicht leiden. Sie würden mich wahrscheinlich eher mögen, wenn ich genauso hungern würde wie sie, aber ich habe keine Lust zu verhungern.

»Ihre Großmutter ist krank«, sagt der Metzger. »Sie muss zu Hause eine ganze Familie versorgen.«

»Wir haben auch andere zu versorgen«, beschwert sich eine Frau. Sie ist müde. Alle sind es müde, tagelang Schlange stehen zu müssen. »Nur weil sie ein hübsches Mädchen ist. Würden Sie auch einen Jungen vorlassen?«

»Keinen, der so aussieht wie Ihr Sohn.« Die anderen Leute in der Schlange lachen, entweder sie finden es wirklich lustig oder sie wollen sich mit dem Mann, der sie mit Lebensmitteln versorgt, gut stellen. Er lächelt mich an und flüstert, er habe eine kleine Extrawurst eingepackt, für meine Familie.

Es hat angefangen zu regnen, dicke, schwere Tropfen, vermischt mit Eis. Die Straßen sind dunkel und rutschig. Ich lege das Päckchen in meinen Fahrradkorb und decke es mit einer Zeitung ab, die im Nu durchgeweicht ist. Als ich bei Frau de Vries ankomme, klappere ich vor Kälte mit den Zähnen, und von meinem Rock läuft Wasser in meine Schuhe, aber das ist nicht so schlimm, weil meine Füße vom Regen sowieso schon nass sind. Die

Schuhsohlen sind durchgewetzt und für nasses Wetter nicht mehr zu gebrauchen. Ich klopfe bei Frau de Vries, ich höre von innen das Klappern von Geschirr. »Hallo?«, rufe ich. »Hallo?«

Schließlich macht Frau de Vries die Tür auf. Sie ist wie immer übertrieben schick angezogen und trägt ein blaues Seidenkleid und akkurat sitzende Nahtstrümpfe. Sie ist in den Dreißigern, hat ebenmäßige Züge, zwei anstrengende Zwillingsbuben und einen Mann, der eine Frauenzeitschrift herausgibt und so viel arbeitet, dass ich ihn erst ein Mal gesehen habe.

»Hanneke, komm herein.« Frau de Vries winkt mich mit einer vagen Geste in die Wohnung, macht sich aber nicht die Mühe, mir die Päckchen abzunehmen oder sich zu bedanken, weil ich in diesem Monsunregen unterwegs bin, nur um ihr Rindfleisch zu bringen. »Ich trinke gerade Tee mit der Nachbarin. Du hast doch bestimmt etwas Zeit? Warte in der Küche, bis wir fertig sind.« Sie nickt einer älteren Frau auf dem Sofa zu, stellt uns aber nicht vor. Offenbar will sie wegen mir ihr Gespräch nicht unterbrechen. Frau de Vries gehört zu jenen Menschen, die so tun, als wäre der Krieg ein lästiges Ärgernis, das sie nur am Rande berührt. Heute tue ich ihr nicht den Gefallen, in der Küche zu warten, obwohl das für sie offenbar einer Anordnung gleichkommt. Ich möchte es ihr nicht so leicht machen, mich zu vergessen. Also lege ich die Päckchen auf einen Tisch und bleibe triefend in der Diele stehen.

Die Nachbarin, eine grauhaarige Frau, sieht mich mit einer hochgezogenen Augenbraue an und räuspert sich. Dann wendet sie sich wieder Frau de Vries zu. »Wie gesagt. Verschwunden. Heute Morgen habe ich es erfahren.«

»Kaum zu glauben«, sagt Frau de Vries. »Weiß man, wohin sie gegangen sind?«

»Wie denn? Sie haben sich mitten in der Nacht davongestohlen.«

»Hanneke, bring uns bitte noch ein paar Kekse aus der Küche«, ruft Frau de Vries und hält so lange den verkrümelten Teller hoch, bis ich zu ihr hinübergehe und ihn ihr abnehme.

Auf dem Küchentisch steht eine halb leere Dose mit gekauften Butterkeksen. Ich stopfe mir zwei Kekse in den Mund und fülle den Teller auf. Ein paar ernste Augen starren mich aus einer Ecke an. Es ist einer der Zwillinge. Ich kann mir nie ihre Namen merken und sie auch nicht auseinanderhalten. Sie sind schrecklich verwöhnt. Ich könnte ihm einen Keks anbieten, aber ich stopfe absichtlich noch einen in meinen Mund und lecke mir die Krümel von den Lippen.

»Meinen Sie, dass sie sich versteckt haben?«, fragt Frau de Vries ihre Nachbarin. »Sie sind nicht verhaftet worden?«

»Ganz bestimmt nicht. Das müsste ich wissen. Ich habe Freunde im NSB. Ich habe mehrmals gemeldet, dass in unserem Block eine jüdische Familie wohnt.

Wenn sie verhaftet worden wäre, hätte ich es erfahren. Die Cohens sind wie die Diebe mitten in der Nacht davongeschlichen.«

Ich bringe die Kekse ins Wohnzimmer und mache dabei möglichst viel Krach, um die Aufmerksamkeit von Frau de Vries auf mich zu lenken. Sie nippt an ihrem Kaffee. »Kaum zu glauben, dass sie niemand gesehen hat! Sind Sie sicher?«

»Ich hätte gern einen Blick in ihre Wohnung geworfen. Mein Sohn und seine Frau suchen schon seit Längerem nach einer größeren Wohnung – sie erwartet ein Kind, müssen Sie wissen –, es wäre zu schön, wenn sie im selben Haus wohnen würden.«

Die Nachbarin ist widerwärtig. Beide sind widerwärtig, wie sie mit ihrer schmierigen, vornehmen Art die Nazis unterstützen. Aber sie sind reich. Ich glaube nicht, dass Herr Kreuk seine Kunden nach moralischen Gesichtspunkten auswählt. Wer zahlt, bekommt seine Ware.

»Frau de Vries«, rede ich schließlich dazwischen und zeige zum Fenster. Der Himmel ist bewölkt, aber es regnet nicht. »Es tut mir leid, aber ich muss jetzt wirklich gehen. Vorhin hat es in Strömen gegossen, aber jetzt hat es aufgehört. Kann ich Ihnen die Sachen hierlassen?«

Wäre die neugierige Nachbarin nicht da, würde Frau de Vries darauf bestehen, den Inhalt der Päckchen zu überprüfen. Aber so zieht sie nur die Augenbrauen hoch und sagt: »Ich wusste nicht, dass du so wichtige Dinge vorhast. Bring mir meine Handtasche aus dem Schrank in der Diele.«

Sie gibt mir ein paar Geldscheine, die ich, ohne nachzuzählen, einstecke. Als ich gehe, hinterlasse ich nasse Fußspuren auf ihrem Parkett.

Das Jüdische Lyzeum. Soll ich jetzt noch hingehen? Es ist kurz nach drei. Der Tag hat damit begonnen, dass ich einer Frau, die bei ihren Großeltern lebt, einen Lippenstift geliefert habe, aber jetzt hat er sich ganz anders entwickelt und ich fühle mich plötzlich erschöpft. Erschöpft von der Ungeheuerlichkeit dieses Tages. Ich bin erschöpft von Dingen, die mich immer erschöpfen: den Soldaten, den Schildern, den Heimlichkeiten, den Tricks und den Aktionen. Ich bin so erschöpft, dass ich besser nicht zum Lyzeum gehen sollte, denn wenn ich erschöpft bin, ist meine Reaktion verlangsamt. Das habe ich bei meinen Schwarzmarktgeschäften gelernt.

Andererseits ist jetzt der perfekte Zeitpunkt, sich in eine Schule zu schleichen. Wahrscheinlich ist die Schule um diese Zeit gerade aus und in dem ganzen Trubel fällt eine fremde Person weniger auf. Das Lyzeum ist nur ein paar Straßenecken weiter. Ich komme auf meinem Nachhauseweg praktisch daran vorbei. Und wenn man etwas sucht, fängt man am besten gleich damit an, bevor ein anderer es findet. Auch das habe ich auf dem Schwarzmarkt gelernt.

Ich halte vor dem Lyzeum an. Das Schulgebäude erinnert mich an die Schule, die ich besucht habe.

Drei Jahre zuvor: Meine Freunde und ich würden auf den Stufen sitzen und diskutieren, wohin wir gehen könnten, bevor wir nach Hause müssten. Elsbeth würde verkünden, dass sie nicht genug Geld hätte, irgendwo hinzugehen. Dann würde sie sich zurücklehnen und warten, während zwei oder drei Jungen sich streiten würden, wer für ihren Kaffee oder ihre süßen Stückchen bezahlen darf. Dann würde sie mir zuzwinkern, um mir zu sagen, dass sie eigentlich genug Geld dabeihat – aber ihr macht das ganze Theater eben Spaß. Ein paar andere würden klagen, dass sie nicht mitkommen könnten, weil sie lernen müssten. Schließlich würde Bas verkünden, dass wir alle ins Koco gehen sollten und dass er persönlich die Klassenarbeit vermasseln würde, um für die, die so versessen aufs Lernen sind, den Notendurchschnitt zu senken.

Elsbeth ist jetzt fort, auf eine Art, über die ich lieber nicht nachdenken möchte.

Und das Koco hat Juden gehört. Neun Monate nach dem Einmarsch der Deutschen gab es in dem Café eine Schlägerei, der die erste große Razzia folgte, die Hunderte von Todesopfern forderte.

Und Bas wird nie mehr lernen müssen.

Mein ganzes Leben ist zertrümmert worden, Stein für Stein. Das war vor zweieinhalb Jahren. Beim Anblick des Schulgebäudes kommt es mir vor, als wäre es erst zwei

Wochen her. Oder als würde es noch immer passieren, jeden Tag aufs Neue.

In der Schule ist es ganz still. Unheimlich. Keine Schüler auf den Fluren, keine Geräusche in den Klassenzimmern. Zuerst denke ich, ich habe mich in der Zeit geirrt und die Schule ist schon vorbei, aber dann spähe ich durch ein Flurfenster in ein Klassenzimmer. Dort sind Schüler, aber nur ganz wenige. Nur noch fünf Schüler sind in dieser Klasse. Der Rest ist fort, von den Deutschen verschleppt, in einem Versteck untergetaucht oder schlimmer. Eine ganze Schule, auseinandergerissen. Das war Mirjams Welt. Bevor sie untertauchen musste, kam sie jeden Tag hierher und hat – hoffentlich – Spuren hinterlassen.

Zwei Schülerinnen, ungefähr zwölf oder dreizehn Jahre alt, schauen auf, als ich an ihrem Klassenzimmer vorbeikomme. Ich winke ihnen zu, damit sie merken, dass ich ihnen nichts tun will, aber auf ihren Gesichtern zeichnet sich Angst ab, und sie beobachten mich, bis ich an ihnen vorbei bin.

Im nächsten Zimmer steht ein dünner Mann mit Brille vor einer Wandtafel und spricht. In der Ecke vorne rechts sitzt ein Mädchen und macht sich eifrig Notizen. An diesem Platz habe ich immer gesessen. Bas hat draußen vor dem Fenster versucht, meine Aufmerksamkeit auf sich zu lenken, hat seine Nase an die Scheibe gedrückt oder stumm die Lippen bewegt, *Laaang-weilig*, und auf den Lehrer gezeigt. In der anderen Ecke sitzt ein Junge und sieht zu mir hin. Er winkt mir zu und lacht, und der Lehrer dreht sich um und schimpft, dass er still sein soll. Der Junge hat dunkles Haar und ein rundes Gesicht und überhaupt keine Ähnlichkeit mit Bas, aber seine Gesten sind genau dieselben. Ich trete rasch vom Fenster zurück, möchte mich von meinen Erinnerungen nicht überwältigen lassen.

Es war keine gute Idee, hierherzukommen. Ich weiß nicht, warum ich nicht auf mein Gefühl gehört habe. Es ist gefährlich und schlecht geplant. Jeder kann mich sehen und ich habe keine gute Ausrede parat. Ich muss später wiederkommen und nach einem Foto fragen. Ich werde mit echtem Kaffee kommen, mit einem Bestechungsgeschenk.

*Laaang-weilig*, hat er immer durch die Scheibe des Klassenzimmerfensters gesagt.

Die Schule ist wie ein Labyrinth, ich weiß nicht mehr, durch welche Flure ich gegangen bin. Direkt vor mir ist ein Ausgang, es ist nicht der, durch den ich gekommen bin, aber ich gehe rasch darauf zu.

»Kann ich Ihnen helfen?«

In einer Tür, die vermutlich zum Schulsekretariat führt, steht eine Frau. Sie ist größer als ich, sieht aber nur ein paar Jahre älter aus. Sie hat einen scharfen, argwöhnischen Blick, ihre Haare sind zu einem improvisierten Knoten gebunden. Sie trägt eine Jacke, auf die ein gelber Stern genäht ist. *Jude.* »Haben Sie sich verlaufen?«

»Ich wollte gerade gehen.«

Sie eilt mir hinterher und stellt sich zwischen mich und den Ausgang. »Aber warum sind Sie hier? Sie sind keine Schülerin.«

»Ich wollte …« Aber mir fällt einfach keine Lüge ein, nicht so leicht wie sonst. »Ich habe ein Foto gesucht.«

»Von wem?«

»Von Schülern.«

»Von Schülern«, wiederholt sie. »Welchen Schülern?«

»Egal. Ich komme ein anderes Mal wieder. Ich wollte keine Umstände machen.« Ich möchte an ihr vorbeigehen, aber sie stellt sich mir so in den Weg, dass ich sie regelrecht zur Seite schieben müsste, um an ihr vorbeizukommen. Sie möchte herausfinden, wie wichtig mir die Sache ist.

»Von wem?«, wiederholt sie. »Warum sind Sie wirklich gekommen?« Sie packt mich am Arm. »Warum sind Sie wirklich hier?«, fragt sie leise.

»Bas«, flüstere ich unwillkürlich. Der Name ist einfach aus mir herausgeschlüpft. Meine Fassung, die ich vor fünfzehn Minuten noch wahren konnte, fällt Stück für Stück in sich zusammen. Alles an dieser Schule erinnert mich an ihn – der Geruch der Tafel und der Schulbänke, und wie es war, als ich seinen Stundenplan auswendig konnte und genau wusste, wann ich ihm im Flur über den Weg laufen würde. Er war kein fleißiger Schüler, aber er kam trotzdem durch, weil alle ihn gernhatten, Schüler wie Lehrer.

Sie zuckt mit dem Kopf und verstärkt ihren Griff. »Wir haben keinen Schüler, der so heißt. Wer ist Bas?«

Aber jetzt brechen Gefühle aus mir heraus, die ich sonst immer unter Verschluss halte. »Bas ist tot. Ich habe ihn geliebt.«

Ihr Gesichtsausdruck wird etwas sanfter, aber ihr Blick ist immer noch argwöhnisch. »Das tut mir leid. Aber wir haben keine Fotos von ihm. Wer auch immer dieser Bas war. Wir haben überhaupt keine Fotos. Unser Archiv ist vor ein paar Wochen abgebrannt.«

»Ich gehe jetzt.«

Sie hält meinen Arm immer noch fest. »Das glaube ich nicht. Ich glaube, Sie gehen jetzt mit zum Direktor. Sie haben die Schule widerrechtlich betreten.«

Langsam kehrt mein Verstand zurück. Ich drehe meinen Arm aus ihrem Griff und schiebe mich an ihr vorbei. »Ich muss jetzt gehen.«

»Halt! Wie heißen Sie?«

Aber sie wird mich nicht melden. Wem sollte sie mich auch melden? Als Jüdin wird sie auf keinen Fall Aufmerksamkeit auf sich lenken wollen, selbst dann nicht, wenn es darum ginge, ein Verbrechen anzuzeigen. Sie hat keinerlei Handhabe gegen mich.

»Halt!«, wiederholt sie, aber es klingt halbherzig. Ich gehe weiter zum Ausgang und sie hält mich nicht zurück. Ich spüre aber ihren Blick in meinem Rücken, als ich das Gebäude verlasse, das so schmerzhafte Erinnerungen in mir hervorruft.

Auf dem Nachhauseweg schlägt mir kalter Wind ins Gesicht und bringt mich wieder zur Vernunft. Ich bin wütend auf mich. Ich wollte nur ein Foto finden und das ist mir nicht gelungen. Ich hätte mit meinem Bestechungskaffee und einer gut einstudierten Geschichte kommen sollen. Ich hätte sagen können, dass ich ein Mädchen suche, auf das ich früher aufgepasst habe oder das früher in meiner Nachbarschaft gewohnt hat. Ich erfinde jeden Tag solche Geschichten. So hätte ich es machen müssen, aber jetzt habe ich meine wenigen Anhaltspunkte ruiniert. Dumm. Laienhaft. *Unvorsichtig.*

Ich mache noch ein paar Erledigungen für Mama, und als ich heimradeln will, sind die Straßen von Soldaten blockiert. Sie machen einen Aufmarsch, schon wieder, sie nutzen jede Gelegenheit, mit ihren Helmen und schwarzen Stiefeln durch unsere Straßen zu stolzieren. Sie singen. Heute ist es »Erika«, ein Lied über deutsche Mädchen und deutsche Blumen. Das Lied kriecht in meinen Kopf wie eine Made und setzt sich dort fest, verhasste Reime und Melodien, die sich ständig wiederholen.

Als ich endlich nach Hause komme, kann ich kaum noch stehen. Ein samtiger Duft schlägt mir entgegen, als ich eintrete. Mama kocht Schokolade. Warum? Ich habe ihr doch gesagt, dass der kleine Rest für eine besondere Gelegenheit aufgehoben werden soll. Mama gehört nicht zu den Menschen, die unnötig feiern, jedenfalls jetzt nicht mehr.

»Heiße Schokolade – habe ich einen Geburtstag vergessen?« Ich wickle den feuchten Schal ab und hänge ihn an einen Haken neben der Tür. Früher hätte ich es mir mit der heißen Schokolade gemütlich gemacht und Mama von meinem anstrengenden Tag erzählt. Müsste ich nicht unsere Familie zusammenhalten, würde ich meinen Eltern erzählen, dass man mir eine Aufgabe angetragen hat, die zu groß für mich ist, und würde es zulassen, dass Mama mir über das Haar streicht. »Wir haben einen Gast«, sagt Mama. Ich weiß nicht, ob ihr Lächeln echt oder falsch ist, weil ihre Lippen vergessen haben, wie ein natürliches Lächeln geht. Es sieht beinahe echt aus.

Erst jetzt bemerke ich die Gestalt, die meinem Vater gegenübersitzt – die Haare, die Sommersprossen, die leicht gebogene Nase – mein Herz macht einen Sprung und sinkt zur gleichen Zeit in die Tiefe.

*Bas.*

Aber natürlich ist er es nicht. Ich bin so einsam, dass ich es eine Sekunde lang glauben möchte, aber länger reicht meine Hoffnung nicht. Es ist nicht Bas. Es ist Ollie.

# Kapitel 6

Ollie. Olivier. Laurence Olivier, nach dem englischen Filmstar, wie Bas ihn immer genannt hat, wenn er in alberner Stimmung war. Der ernste große Bruder von Bas, dem er fast zum Verwechseln ähnlich sieht, außer dass seine Haare nicht so rot und seine Augen nicht so blau sind. Jetzt, wo er neben meinem Vater sitzt, merke ich, dass er Bas doch nicht so ähnlich ist. Meine Augen und mein Herz haben mir nur einen Streich gespielt.

Ollie war fast schon ein Jahr an der Universität, als Bas starb. Inzwischen müsste er mit dem Studium fast fertig sein. Sie hatten sich nicht sehr nahegestanden. Bas war immer zu einem Lachen aufgelegt und Ollie nahm alles sehr ernst. Wenn wir am Samstagabend bei ihnen zu Hause waren, gab er oft ein theatralisches Stöhnen von sich, weil wir ihn angeblich bei der Arbeit störten. Seit dem Trauergottesdienst habe ich ihn nicht mehr gesehen, jenem schrecklichen Gedenkgottesdienst ohne Leichnam. Frau van de Kamp hatte sich an Ollie geklammert und geweint, und mir war schlecht, weil ich auch weinen wollte, aber das Gefühl hatte, dass es mir nicht zustand. Einmal hatte ich bei den van de Kamps vorbeischauen wollen, aber Frau van de Kamp hatte mir zu verstehen gegeben, dass sie mich nicht sehen wollte, und das konnte ich ihr ehrlich gesagt auch nicht verdenken.

Und jetzt sitzt Ollie van de Kamp hier in unserem Wohnzimmer und verliert gerade eine Partie Schach gegen meinen Vater. »Was führt dich hierher?«, frage ich, als er aufsteht und mich förmlich mit einem Wangenkuss begrüßt.

»Meine Mutter. Sie hat sich nach dir erkundigt, und ich habe ihr gesagt, dass ich bei euch vorbeischauen würde, wenn ich mal in der Nähe bin.«

»Und das ist eine wunderbare Überraschung«, sagt mein Vater. »Ollie ist nämlich ein miserabler Schachspieler und war einverstanden, mit mir um Geld zu spielen.«

Genau deshalb möchte ich Ollie nicht hier haben. Nicht nur, weil sein Aussehen einfach nicht stimmt. Bas hätte meinen Vater beim Schach abgezockt und sich einen Spaß daraus gemacht, ihn damit aufzuziehen, und mein Vater hätte getan, als würde er sich ärgern. Ollie dagegen verliert systematisch und mit Würde. Ollie ist wie ein Ersatz-Bas.

»Ihr habt die Schokolade gemacht«, wiederhole ich, um überhaupt etwas zu sagen, aber auch, weil ich unhöflich sein und klarmachen will, dass Ollies Besuch das nicht rechtfertigt.

»Sie wollte nicht.« Mein Vater sticht mit seinem Finger scherzhaft in die Richtung meiner Mutter. »Ich habe ihr gesagt, dass wir die Schokolade machen sollen.«

»Und ich habe gesagt, dass das nicht nötig ist«, ergänzt Ollie. »Ihr hättet sie nicht für mich aufbrauchen sollen.« Viel Widerstand hat er anscheinend nicht geleistet. Seine Tasse ist fast leer.

»Bleibst du zum Essen, Ollie?«, fragt meine Mutter. »Es gibt aber nur Spinat und Kartoffeln mit Schale.« Mein Vater verzieht das Gesicht, als er das hört. Das Ernährungsamt lässt ständig Zettel verteilen, auf denen empfohlen wird, Kartoffelschalen mitzuessen, Magermilch zu trinken und Kuhhirn zu probieren. Meine Mutter kocht diese Rezepte gewissenhaft nach, das ist ihre Art, mit dem Krieg fertigzuwerden. »Ich stelle gern noch einen Teller dazu. Aber wir essen heute Abend sehr spät, pass auf, dass du rechtzeitig nach Hause kommst!«

Jetzt weiß ich, dass ihr Lächeln gezwungen ist. Es ist erst kurz nach sechs und die Ausgangssperre beginnt um acht Uhr. Ollie hätte mehr als genug Zeit, nach Hause zu kommen. Auch wenn meine Mutter Ollie mag, mit der Einladung zum Essen weicht sie vom Gewohnten ab, und das macht ihr immer Angst.

»Danke, Frau Bakker. Aber ich habe schon gegessen. Eigentlich hatte ich gehofft, dass Hanneke noch auf einen kleinen Spaziergang mitkommt.« Er reibt sich demonstrativ den Nacken. »Ich habe den ganzen Tag über den Büchern gesessen. Ein Spaziergang würde mir guttun und wir könnten ein bisschen plaudern.« Mama sieht zur Wanduhr. »Nur die Straße hinunter«, beruhigt er sie. »Ich bringe sie rechtzeitig wieder nach Hause.« Er zeigt auf meinen Mantel, den ich immer noch anhabe. »Schau, du bist schon ausgehfertig. Außer du willst lieber hierbleiben, dann können wir uns auch mit deinen Eltern unterhalten.«

Seine letzte Bemerkung klingt nicht wie eine nette Einladung zu einem Spaziergang. Vielmehr will er mit mir unter vier Augen reden, und wenn ich nicht einwillige, wird er das, was er zu sagen hat, vor meinen Eltern sagen.

»Ich bin bald wieder zurück«, beruhige ich meine Mutter, und mit einem Blick auf Ollie füge ich hinzu: »Sehr bald.«

Obwohl es nicht mehr regnet, ist die Luft immer noch feucht. So ein nasskaltes Wetter, bei dem man innerlich zu einem Eiszapfen gefriert.

Ollie reicht mir nicht einmal den Arm. Er steckt bedächtig seine Hände in die Manteltaschen und geht einfach los. Anscheinend geht er davon aus, dass ich ihm folge. Da mir nichts anderes übrig bleibt, mache ich das auch. »Wir haben uns lange nicht gesehen«, sagt er. »Deine Haare sind länger. Du siehst älter aus.«

»Besser so als anders«, erwidere ich unwillkürlich. Das ist ein Spruch meines Vaters, den er immer sagt, wenn jemand meint, er sei älter geworden. Ollie sieht mich von der Seite an.

»Und was wäre das andere?«, fragt er.

Darauf weiß ich nichts zu sagen, denn die einzige Alternative zum Älterwerden ist der Tod, und seit Bas gestorben ist, machen Ollie und ich keine solchen Witze mehr.

»Wohin gehen wir?«, frage ich stattdessen.

Er zuckt die Achseln, als hätte er nicht darüber nachgedacht. »Zum Rembrandtplein?«

Das ist einer meiner Lieblingsplätze in Amsterdam. In der Mitte steht eine Statue des Malers, und am Rand sind Cafés, in die mich Mama früher zu besonderen Anlässen eingeladen hat. Kaffee für sie, heiße Anismilch für mich. Zweieinhalb Jahre lang konnte ich den Geschmack von Anismilch nicht ertragen. Ich habe Anismilch getrunken, als im Radio die Kapitulation Hollands verkündet wurde.

Ollie fragt nach meiner Arbeit und ich frage nach seinem Studium. Er erzählt, dass er von zu Hause ausgezogen ist und sich mit einem Freund ein Zimmer in der Nähe der Universität teilt. Aber ich merke, dass wir beide einander nur mit halbem Ohr zuhören, und als wir zur nächsten Straßenecke kommen, halte ich mich nicht länger zurück. »Warum bist du wirklich hier, Ollie? Ich glaube nicht, dass deine Mutter nach mir gefragt hat.«

»Ich wette, meine Mutter denkt jeden Tag an dich, wegen Bas.«

Ich frage mich, ob er mir absichtlich so wehtut.

»Aber du hast recht«, fährt er fort, »ich bin nicht deshalb gekommen.« Vor uns schlendert ein anderes Paar, die Köpfe aneinandergelehnt wie frisch Verliebte. Ollie bleibt stehen und gibt vor, ein Schild an einer Hauswand zu lesen. Aber ich habe diesen Trick oft genug selbst angewendet und weiß, dass er nur den Abstand zu dem anderen Paar vergrößern will, um außer Hörweite zu sein. »Was hast du im Jüdischen Lyzeum gesucht, Hanneke?«

»Dem was?«

Er wiederholt seine Frage.

Ich schlucke. »Warum sollte ich in die jüdische Oberschule gehen?«

»Du musst mich nicht anlügen.«

»Ich bin mit der Schule längst fertig. Ich habe nicht so tolle Noten wie du, aber ich habe ein Abschlusszeugnis.«

»Hanneke, stell dich bitte nicht dumm. Meine Mutter sitzt nicht zu Hause und macht sich Sorgen, ob ich rechtzeitig zurück bin. Wir können dieses Gespräch bis morgen früh fortsetzen oder bis wir verhaftet werden. Was dir lieber ist.«

Er lächelt angestrengt und ich gebe auf. »Wenn ich dort gewesen wäre, wie hättest du das herausfinden können?«

»Eine Freundin von mir, Judith, ist dort Schulsekretärin. Sie war vor einer Stunde bei mir, weil etwas Seltsames passiert ist.«

Judith. Das muss das jüdische Mädchen mit dem scharfen Blick und den unordentlich hochgesteckten Haaren sein.

»Judith hat gesagt, da war ein Mädchen, das behauptet hat, Fotos von irgendeinem Bas zu suchen, einem Jungen, den sie geliebt hat und der tot ist. Das hat ihr Angst gemacht. Judith hatte Angst, das Mädchen könnte ein Spitzel sein. Deshalb ist sie zu mir gekommen.«

Das Paar vor uns ist ebenfalls stehen geblieben. Die Frau sieht verärgert aus. Also ist es doch kein erstes Rendezvous. Die Leute kennen sich schon so lange, dass sie sich streiten. »Aber woher hast du gewusst, dass ich es war?«

»Ich habe Judith gebeten, mir die Person zu beschreiben. Groß, hat sie gesagt, ungefähr achtzehn Jahre alt, honigblondes Haar und zornige grüne Augen. Sie hat gesagt – warte, ihre genauen Worte waren: *der Typ Mädchen, den Hitler sich wünscht.*« Ollie macht eine kleine Pause und gibt mir Gelegenheit, es abzustreiten. Aber das muss ich gar nicht erst versuchen. Im Haus der van de Kamps gibt es genug Fotos von mir. Er muss Judith nur eins davon zeigen, dann wird sie bestätigen, dass ich es war.

Jetzt sind wir bei der Statue mitten auf dem Platz. Ollie zieht mich am Ärmel zu sich heran und beugt sich im Schatten der Rembrandtstatue zu mir herunter. »Also, was wolltest du dort?«

»Ich habe nur etwas gesucht.«

»Das weiß ich. Aber bestimmt kein Bild von Bas. Er war weder Jude noch hat er diese Schule besucht.«

»Das kann ich dir nicht sagen.«

Ollie verdreht die Augen, als wäre ich ein ungezogenes, kleines Mädchen. »Du kannst es mir nicht sagen? Glaubst du, es wäre zu kompliziert für mich?«

Er spricht mit mir genauso, wie ich mit Frau Janssen gesprochen habe, als ich sie geschimpft habe, weil sie Mirjams Geschichte aufgeschrieben hat. Es ärgert mich, dass Ollie so mit mir spricht. Was weiß er schon? Ich bin vielleicht drei Jahre jünger als er, aber er kennt nur die Universität und hat keine Ahnung vom richtigen Leben.

»Außer –«, setzt er an. Seine Augen flackern. »Hanneke, du warst doch nicht für den NSB dort? Ich habe über ein paar Leute erfahren, dass du mit Schwarzmarktgeschäften zu tun hast, aber stehst du auch auf der Seite des NSB?«

Wenn ich schlau wäre, würde ich einfach mit Ja antworten. Dann würde er mich in Ruhe lassen. Er würde keine weiteren Fragen stellen und ich würde ihn nie mehr wiedersehen. Aber mein Stolz lässt so eine abstruse Lüge nicht zu. »Natürlich nicht.«

»Was wolltest du dann? Sag es mir. Ich bin dir auch nicht böse. Versprochen.«

Ich blicke in seine Augen, die nicht ganz so blau sind wie die von Bas. Das Jüdische Lyzeum ist die einzige Spur, die ich habe. »Könntest du mich mit Judith bekannt machen?«, frage ich. »Kannst du sie bitten, sich mit mir zu treffen?«

»Du interessiert dich für Judith?«

»Nein. Ich – ich suche jemanden, und ich glaube, Judith kann mir mehr über diese Person erzählen.«

Ollie hat sich zum Sockel des Denkmals umgedreht und tut, als läse er die Inschrift, aber er starrt viel länger darauf als nötig. Als er schließlich wieder spricht, ist seine Stimme sehr ruhig. »Fragst du nach dem Widerstand?«

»Nein, Ollie, ich bin doch nicht verrückt.« Es überrascht mich, dass Ollie den Widerstand überhaupt erwähnt. Normalerweise hält er sich immer an die Regeln. »Es geht um etwas anderes.«

»Hanneke, ich werde dir nicht helfen, wenn du mir nicht sagst, warum ich dir helfen soll.«

»Es ist nichts Schlimmes, Ollie. Aber ich kann es dir nicht sagen, weil es zu gef...« Ich spreche nicht weiter. Fast hätte ich *gefährlich* gesagt, aber das würde ihn nur davon abbringen, mir zu helfen. »Weil es *geheim* ist. Ich habe versprochen, es nicht zu verraten.«

»Weil es zu *gefährlich* ist? Das wolltest du doch sagen?«

Ich presse meine Lippen aufeinander und blicke zur Seite.

»Hanneke«, sagt er so leise, dass ich ihn kaum verstehe. Mehr sehe ich die Bewegung seiner Lippen, als dass ich ihn höre. »Egal, was es ist. Hör auf damit. Hör sofort auf damit.«

»Bitte bring mich zu Judith. Sag ihr, ich brauche nur ein paar Minuten. Ich bringe sie bestimmt nicht in Schwierigkeiten.«

»Es wird Zeit, dass du nach Hause gehst, Hannie. Deine Mutter macht sich Sorgen wegen der Ausgangssperre.«

Er spricht wieder ganz geschäftsmäßig, ich verliere ihn. Ich entschließe mich für einen berechnenden Schachzug, weil ich keine andere Möglichkeit mehr sehe. Weil Mirjam seit fast vierundzwanzig Stunden verschwunden ist. Weil Ollie vielleicht ein langweiliger Pedant, aber niemals ein Nazi ist. »Ollie, ich muss mit Judith reden, weil ich ein Mädchen suche. Sie heißt Mirjam. Sie ist erst fünfzehn. Genau wie Pia.«

Es war geschickt, Pia ins Spiel zu bringen, die kleine Schwester von Ollie und Bas. Die ganze Familie liebt Pia. Ich mochte sie immer sehr und fand es lieb, wenn sie sagte, sie könne es kaum erwarten, dass ich ihren Bruder heiraten und wirklich zur Familie gehören würde. *Er wird dir einen Antrag machen, sobald er mit der Universität fertig ist,* versicherte sie mir. *Er ist total in dich verliebt.*

»Du ziehst Pia da mit hinein?« Seine blassen Augen blitzen. Soll er sich ruhig ärgern. Ich habe schon schlimmere Dinge gesagt, um zu bekommen, was ich wollte. Vielleicht sage ich noch viel schlimmere Dinge, bevor dieser Krieg aus ist. Seine Kiefer arbeiten. Anscheinend haben meine Worte gewirkt.

»Zehn Minuten«, sage ich. »Ich muss Judith nur zehn Minuten sprechen. Ich kann auch noch mal in die Schule gehen, um mit ihr zu sprechen, aber ich glaube nicht, dass sie das möchte. Ich habe wirklich nichts Böses vor, Ollie. Bestimmt nicht.«

Er wendet sich ab und fährt sich mit der Hand durch den rotblonden Haarschopf. Dann dreht er sich zu mir um, seine Stimme klingt lauter, beinahe wieder normal. »Es ist wirklich schade, dass du nicht auf die Universität gegangen bist, Hanneke. Man lernt dort sehr nette Leute kennen. Ich bin in einen studentischen Dinnerclub eingetreten. Dort habe ich auch Judith kennengelernt. Wir treffen uns jede Woche ein paarmal.«

»Wann?«

»Das nächste Treffen ist morgen.«

»Wo?«

Bevor er antworten kann, werden wir von einem lauten, rauen Gelächter unterbrochen. Deutsche Soldaten. Sie sind zu zweit. Ich verstehe von ihrem Gespräch nur so viel, dass sie sich ausgerechnet über Rembrandt unterhalten. Der eine erzählt dem anderen, sein Lieblingsbild sei *Die Nachtwache*. Pech für die Soldaten, dass die Museumsverwalter bei Kriegsbeginn das Bild abgenommen, zusammengerollt und in einem Schloss irgendwo auf dem Land versteckt haben.

»Rembrandt.« Der Kunstliebhaber zeigt auf das Denkmal und dann auf uns. »Ein guter Maler«, fährt er in gebrochenem Niederländisch fort. »Rembrandt.«

Der Soldat ist schon älter. Ihm gegenüber sollte ich mich besser wie eine Tochter und nicht wie ein Liebchen verhalten. Ich suche gerade nach einer geeigneten Erwiderung auf sein Kompliment, da antwortet Ollie schon für uns. »Rembrandt! Einer unserer besten Maler«, erwidert er auf Deutsch. Er spricht ruhig, seine Aussprache ist makellos. »Kennen Sie Van Gogh?«

Der Soldat hält sich die Nase zu und wedelt einen imaginären Gestank weg. Ganz offenbar hält er nicht viel von Van Gogh. Sein Freund lacht und Ollie lacht auch. »Oh Gott, Van Gogh!«, witzelt er.

Es tut gut, dass mal ein anderer das Sprechen übernimmt, dass nicht ich die Kraft für so ein Scheingespräch aufbringen muss. Nach ein paar Minuten legt mir Ollie die Hand auf den Rücken und führt mich von dem Denkmal fort. »Gute Nacht«, sagt er zu den Soldaten, die ihm fröhlich zuwinken.

Wir verlassen den Platz und er schweigt den Rest des Weges, genau wie ich.

Mein Leben besteht jetzt oft aus Schuldgefühlen, häufig bin ich wütend, Angst habe ich eigentlich immer. Aber normalerweise habe ich keine Selbstzweifel. Ich habe dieses neue Leben sorgfältig konstruiert, um mich und meine Familie zu schützen, so gut es geht. Aber in den vergangenen zwölf Stunden habe ich eine gefährliche Aufgabe übernommen. Ich habe in Gegenwart einer Fremden die Fassung verloren und meine Bas-Wunde wieder aufgerissen, die nie richtig verheilt ist. Und jetzt bin ich voller Zweifel, ob ich das Richtige tue.

Erst als Ollie mich nach Hause gebracht und ich auf

Mamas Drängen die heiße Schokolade getrunken habe, fällt mir ein, dass er mir gar nicht gesagt hat, wo sich die Studentengruppe trifft. Aber später am Abend, als ich mich bettfertig mache, entdecke ich Ollies Serviette mit den Kakaospuren in meiner Manteltasche. Darauf ist eine Adresse in der Nähe des Campus der Amsterdamer Universität gekritzelt.

Das erste Mal, als ich Bas traf:

Er war fünfzehn, ich war vierzehn. Ich hatte ihn in der Schule gesehen und mochte seine neugierigen Augen, wie von einem Kätzchen. Mir gefiel auch, wie ihm immer eine Locke in die Stirn fiel, egal wie oft er sie nach hinten strich. Elsbeth war ein Jahr über mir und ging in dieselbe Klasse wie er. Sie kannte auch seine beiden Freunde, und als wir einmal gemeinsam aus dem Schulhaus gingen, sprach sie der Freund mit den braunen Haaren an, ob sie eine Frage beantworten könnte. »Welche Jungs mögen Mädchen lieber? Blonde oder braune?« Elsbeth lachte, und weil sie am liebsten mit beiden Jungen flirten wollte, sagte sie, ihr gefielen beide gleich gut.

»Frag meine Freundin«, sagte sie, denn das machte sie immer. Immer sorgte sie dafür, dass ich die gleiche Aufmerksamkeit bekam wie sie. Die Art, wie sie mich immer in den Mittelpunkt schob, störte mich erst, aber dann war ich ihr dankbar. »Frag Hanneke.«

»Und du? Welche hast du lieber?«, fragte der Blonde, und ich weiß bis heute nicht, woher ich den Mut nahm, an den beiden vorbei zu Bas zu schauen, der hinter ihnen auf einem Mauervorsprung saß und in dessen goldbraunen Haaren sich die Sonne verfing.

»Ich mag Rotschöpfe«, sagte ich und wurde rot.

Das erste Mal, als ich Bas küsste:

Er war sechzehn, ich war fünfzehn. Es war nach unserem ersten Kinobesuch, dem ersten richtigen Kinobesuch, bei dem ich Elsbeth nicht mehr als Anstandswauwau mitgenommen hatte. Eine Straße vor unserem Haus schlug ich vor, das letzte Stück die Fahrräder zu schieben. Weil das Wetter so schön sei, behauptete ich, aber in Wirklichkeit wollte ich noch ein bisschen mit ihm allein sein, bevor uns meine Eltern aus dem Fenster sehen konnten.

»Du hast etwas im Haar«, sagte er, und ich erlaubte ihm, es wegzustreichen, obwohl ich wusste, dass da nichts war, und als er mich küsste, fiel sein Fahrrad zu Boden und schepperte, und wir mussten beide lachen.

Das letzte Mal, als ich Bas sah:

Er war siebzehn, ich war sechzehn.

Es war spät geworden. Meine Eltern waren auch zu seinem Abschiedsfest gekommen, aber sie waren schon gegangen. Mama hatte mir erlaubt, noch eine Stunde länger zu bleiben, aber ich sollte gemeinsam mit Elsbeth nach Hause gehen. Bas und ich küssten uns die ganze Zeit in einer dunklen Ecke des Esszimmers, bis meine

Stunde um war. Ich werde niemals seine Hand vergessen, die sich gegen die Fensterscheibe drückte, als er mir nachblickte –

Das ist nicht wirklich geschehen.

Ich bin noch nicht so weit, an meine letzte Begegnung mit Bas zu denken.

# Kapitel 7

***Mittwoch***

»Ich verstehe das einfach nicht.« Frau de Vries senkt ihren Kopf, als ertrage sie meinen Anblick nicht vor lauter Enttäuschung. »Ich habe doch *Amateur* bestellt.«

Ich starre auf die grün-weiße Zigarettenschachtel in meiner Hand und setze ein möglichst verständnisvolles Gesicht auf, obwohl ich ihr am liebsten eine runterhauen möchte. Ich habe zwei Schachteln Zigaretten für sie besorgt. Im Jahr 1943, in diesem absurden Land, habe ich es geschafft, zwei Schachteln Zigaretten für sie aufzutreiben – nicht einfach Zigarettenpapier und Tabak zum Selberdrehen, was auch schon schwierig genug wäre, nein, *richtige Zigaretten* –, und sie regt sich auf, weil es nicht die richtige Marke ist?

»Ich habe diese Marke nicht bekommen, Frau de Vries. Es tut mir leid. Ich habe es versucht.«

»Ehrlich, man könnte denken, ich hätte etwas Unmögliches verlangt. Ich verstehe nicht, was daran so schwierig sein soll. Ich habe dir genau aufgeschrieben, was ich möchte.«

Sie hat tatsächlich etwas beinahe Unmögliches bestellt. Ich habe vier verschiedene Kontakte bemüht und die Zigaretten schließlich von einer Frau bekommen, die sie von einem deutschen Soldaten bezieht. Sie sagt, er sei ihr Freund und sie bekomme die Zigaretten von ihm geschenkt. Ich glaube aber, sie stiehlt sie womöglich. Ich glaube auch nicht, dass er ihr Freund ist, sondern dass er dafür zahlt, was sie mit ihm im Schlafzimmer macht, aber ich stelle keine Fragen. Und ich wende mich nur dann an sie, wenn ich keine andere Wahl habe.

Meine Schläfen pochen. Ich weiß nicht, ob ich Frau de Vries anschreien oder über sie lachen soll. Ihre Sorgen sind so unbedeutend, irgendwie beruhigend, wie eine Auszeit von den Dingen, um die normale Menschen sich kümmern müssen. Einer der Zwillinge zupft ungeduldig am Rockzipfel seiner Mutter, während der andere, der immer so ungezogen aussieht, so als hätte er etwas zu verbergen, in meiner Tasche nachgucken will, was ich sonst noch mitgebracht habe.

»Hör auf«, rügt Frau de Vries den Rockzipfelzupfer. »Sobald Hanneke fort ist, gibt es Tee.«

»Frau de Vries.« Ich wechsle die Strategie, um das Geschäft zum Abschluss zu bringen. »Wenn Sie die Zigaretten nicht wollen, finde ich sofort jemand anderen, der sie mir abnimmt.« Der Minutenzeiger ihrer Standuhr tickt einen Strich weiter zur vollen Stunde. Ich muss jetzt wirklich gehen.

»Nein!« Sie nimmt rasch die Zigaretten und drückt sie an ihre Brust. Erst jetzt wird ihr klar, dass ich nicht verpflichtet bin, sie ihr zu verkaufen, dass sie womöglich ohne Zigaretten dasitzen würde. »Ich nehme sie. Ich dachte nur … ob du vielleicht doch andere hättest?«

Erwartet sie vielleicht, dass ich mir jetzt an die Stirn schlage und sage: »Aber natürlich! Ich habe ganz vergessen, dass ich die Marke, die Sie wollten, vorrätig habe. Ich habe sie nur gerade vor Ihnen versteckt«?

»Mama, hier sind so viele Leute«, sagt der freche Zwilling mit einem Blick auf mich und schiebt seine Zungenspitze vor. »Ich will nicht, dass hier so viele Leute sind.«

»Ich gehe gleich«, versichere ich ihm. Schreckliches Kind.

Wäre der Krieg nicht ausgebrochen, hätte ich wahrscheinlich an der Universität von Amsterdam studiert. Ich hätte das Studieren nicht ernst genommen, es wäre für mich nur eine Überbrückungszeit gewesen, bis die Mutter von Bas der Meinung gewesen wäre, dass er alt genug sei, ihm den Ehering seiner Großmutter zu vererben. Bas wäre auch auf diese Universität gegangen. Was er wohl studiert hätte? Er hat nie darüber gesprochen, was er werden wollte, er war der Typ, der höchstens ein paar Monate vorausdachte. Ich kann mir einen erwachsenen Bas nicht vorstellen. Es stört und beruhigt mich gleichzeitig, dass er in meiner Vorstellung immer siebzehn Jahre alt bleiben wird.

Die Universität hat kein zentrales Hauptgebäude, sie ist über die ganze Stadt verstreut. Aber die Agnetenkapelle kennt jeder. Sie ist das älteste Gebäude in Amsterdam, ein Kloster aus dem fünfzehnten Jahrhundert. Die Adresse, die Ollie mir gegeben hat, befindet sich in derselben Straße.

Eigentlich wollte ich mich vorher umziehen, habe mich vage daran erinnert, wie es war, als ich noch auf Partys ging, aber Frau de Vries hat mich zu lange aufgehalten, jetzt habe ich keine Zeit mehr dafür. Ich habe ein blasslila Wollkleid an, das ich von Elsbeth geerbt habe. Es sitzt gut, aber die Farbe ist so trübsinnig, dass wir immer von der grauen Lila gesprochen haben. Sie hat es von ihrer Großmutter bekommen, aber es war ihr zu klein, und sie war froh, dass sie es mir weiterschenken konnte. Wir mussten immer lachen, wenn ich es anhatte. Jetzt trage ich es eher aus praktischen Gründen: Neue Kleider sind so schwer zu bekommen, dass ich alle auftrage, die mir noch halbwegs passen, auch wenn sie hässlich sind, auch wenn sie mich an bessere Zeiten erinnern.

In diesem Studentenclub sind wahrscheinlich jede Menge Jungen, die abgekaute Bleistifte in den Taschen tragen und Architektur studieren wie Ollie, und es wird Mädchen geben, die Philosophen zitieren, von denen ich noch nie etwas gehört habe. Ich treffe nur selten alte Freundinnen, die nach der Schule auf die Universität gegangen sind. Ich komme mir dann immer minderwertig vor, aber gleichzeitig verachte ich sie. Keine von ihnen könnte aus eigener Kraft überleben. Ich lehne die Studenten in Ollies Club schon ab, bevor ich überhaupt an die Tür geklopft habe.

Ollie schaut durch das Türfenster und macht mir auf. Ich zeige ihm ein Glas mit Essiggemüse. Eigentlich wollte ich etwas Besseres mitbringen, hatte aber keine Zeit mehr, etwas zu machen. Also habe ich das eingelegte Gemüse mitgebracht, das mir ein Händler heute Nachmittag heimlich zugesteckt hat. In meiner Familie mag das sowieso niemand.

Ollie trägt nicht wie erwartet Jackett und Krawatte. Seine Kleidung ist noch verschlissener als meine: grafitverschmierte, aufgekrempelte Hemdsärmel, als hätte er den ganzen Tag am Zeichentisch verbracht.

»Willkommen«, sagt er. Es klingt zurückhaltend, und ich frage mich, ob ich wirklich willkommen bin.

Er führt mich in eine kleine Junggesellenwohnung. Auf der einen Seite stehen ein Sofa und ein paar Stühle und gegenüber ist eine Kochnische. Ein paar zusammengewürfelte Tassen trocknen auf einer Abstellfläche. Außer uns befinden sich nur noch zwei Personen im Zimmer: ein Junge mit vollen Lippen und wulstigen Augenlidern und ein anderer, hübscher Junge mit welligem Haar, der wie der amerikanische Filmstar William Holden aussieht. Beide trinken Tee oder Ersatztee aus angeschlagenen Tassen.

»Der berühmte Dinnerclub«, sage ich. »Und ich hatte

schon befürchtet, dich in der Menschenmenge nicht zu finden.«

Ollie findet das nicht komisch. Er nimmt mir den Mantel ab und hängt ihn dann auf einen wackeligen Garderobenständer. Ich weiß nicht, warum ich so bissig bin. Er tut mir einen Gefallen. Wahrscheinlich bin ich nervös. Wäre er ein neuer Kontakt, müsste ich Eindruck machen, wäre eher in der Lage, mich hinter einer Maske zu verstecken, aber ich kann nicht vergessen, dass es Ollie ist, den ich seit Jahren kenne. »Judith ist nicht da«, bemerke ich hörbar. »Sie kommt doch noch, oder?«

»Sie wird kommen.« Seine Augen sind müde, übernächtigte Studieraugen. »Aber du darfst sie nicht gleich behelligen, wenn sie hereinkommt. Warte das offizielle Ende der Versammlung ab. Sie war nicht gerade begeistert darüber, mit dir zu sprechen. Halte dich wenigstens etwas zurück und führe dich nicht gleich wie eine totale Irre auf.«

»Wie eine Halbirre vielleicht?«

»Versprich es mir.«

»Versprochen«, sage ich.

»Ich habe mich für dich weit aus dem Fenster gelehnt und möchte nicht, dass du mich blamierst.«

»Ollie, willst du mich den anderen vorstellen oder soll ich stumm in der Ecke sitzen und versuchen, das Atmen einzustellen?«

Er verzieht das Gesicht, dann lenkt er ein und dreht sich zu den beiden Jungen um.

»Und Ollie?«, sage ich.

»Ja?«

»Danke. Dass du mich eingeladen hast.«

Ollie nickt und führt mich an den Tisch. »Das ist Leo.« Er zeigt auf den Jungen mit den vollen Lippen. »Er wohnt hier. Wir tagen in seiner Wohnung.« Dann wendet er sich an den Jungen, der wie William Holden aussieht. »Und das ist Willem, mein Mitbewohner.« Diesen Namen werde ich bestimmt nicht vergessen. Willem ist die holländische Version von William, er heißt also genau wie sein Doppelgänger aus Hollywood.

Leo lässt mit einem Klirren seine Tasse auf den Unterteller fallen, wischt sich die Hände an der Hose ab und stößt beim Aufstehen an den Tisch. Willem küsst mich flüchtig auf beide Wangen, bietet mir seinen Platz auf dem Sofa an und setzt sich auf einen unbequemen Stuhl. Er hat ein freundliches, offenes Gesicht. Ich wette, dass alle Leute, die ihn kennenlernen, meinen, sie seien ihm schon einmal begegnet.

»Du warst die Freundin von Bas, nicht wahr?«, fragt er, nachdem ich mich gesetzt und mein Kleid glatt gestrichen habe. »Ich bin ihm nur einmal begegnet. Er hat mich zum Lachen gebracht. Ollie sagt, er hat jeden zum Lachen gebracht.«

»Das stimmt genau.« Normalerweise wäre ich sauer, wenn ein Freund von Ollie es wagen würde, über Bas zu reden, aber Willem sieht mich so aufrichtig an, dass ich ihm nicht böse sein kann. »Meine Mutter hat immer gesagt, mit seinem Charme könnte er sogar einer Uhr die Zeiger abschwatzen.«

»Freut mich, dich kennenzulernen. Es kommen nur noch zwei Leute. Tee?«

Ich verneine kopfschüttelnd. »Dieser Club ist kleiner, als ich dachte. Gemütlich.«

»Eigentlich sind wir mehr. Wir treffen uns aber lieber in kleineren Gruppen«, erklärt Willem. »Im Fall einer Razzia sollen sie uns nicht alle hochnehmen können. Wir haben uns nur ein einziges Mal alle zusammen in einem Raum aufgehalten, das war, als unser Freund Piet heiratete. Sonst treffen wir uns nur in Kleingruppen. Das ist besser für unsere Arbeit.«

»Arbeit?«

»Wir machen alles Mögliche«, wirft Leo ein und öffnet das Essiggemüse, das ich auf den Tisch gestellt habe. Er fischt sich eine Gurke heraus. »Im Moment wollen wir herausfinden, ob …«

»Warte«, unterbricht ihn Ollie, der immer noch am Türfenster steht. »Warte, bis Judith und Sanne hier sind.«

»Es tut mir leid, dass ich nicht mehr mitgebracht habe«, sage ich zu Willem und Leo. »Ich komme direkt von der Arbeit.«

Leo fischt sich schnaubend noch ein Gemüsestück aus dem Glas. »Wir haben auch nichts mitgebracht oder siehst du hier irgendwelche Kuchen herumstehen?«

»Dann bringen die anderen das Essen? Oder wechselt ihr euch immer ab oder …«

Ein Essigtropfen rinnt über Leos Kinn. Er fängt ihn auf, bevor er auf den Tisch fällt. »Wie? Jetzt?«

»Das Essen. Ist immer derselbe Gastgeber und kümmert sich um alles oder wechselt ihr euch ab?« Er sieht mich verständnislos an. Er hat keine Ahnung, wovon ich spreche. Ich sehe rasch zu Ollie hinüber. Er hat die Schultern so weit hochgezogen, dass sich sein Hemdkragen über seinen rotblonden Haaransatz geschoben hat. Ein kaum merkliches Zucken seines Kopfes verrät, dass er unsere Unterhaltung genau gehört hat. Leo wartet immer noch auf eine Erklärung.

»Es tut mir leid«, sage ich steif. »Ich habe etwas durcheinandergebracht. Entschuldige mich einen Moment. Ich muss Ollie noch etwas fragen.«

Ollie dreht sich nicht nach mir um, obwohl er taub sein müsste, wenn er nicht hören würde, dass ich zu ihm gehe. Als sich unsere Ärmel schon fast berühren, flüstere ich so leise, dass weder Willem noch Leo es hören können: »Ollie. Was ist das hier?«

»Was meinst du?« Er sieht mich fragend an.

»Du weißt, was ich meine. Was ist das für eine Versammlung? Judith kommt gar nicht, stimmt's?« Mein Herz pocht laut. »Was macht ihr wirklich hier?«

War es dumm, Ollie zu vertrauen? Ich dachte, er sei unverdächtig, aber einen Nazi-Spitzel erkennt man nicht am Aussehen. Ich gehe zum Garderobenständer und möchte meinen Mantel nehmen, da nickt Ollie zur Tür, auf die zwei Gestalten zukommen, von denen die eine eindeutig Judith ist.

»Was ist das für eine Versammlung?«, frage ich noch einmal.

»Wir fangen gleich an«, erwidert er und sieht mich skeptisch an. »Wenn du gehen willst, gib acht beim Hinausgehen. Die Tür fällt sehr schnell zu.«

Er wird mich also nicht zurückhalten, wenn ich gehe. Aber dann würde ich die einzige Chance verpassen, Judith nach Mirjam zu fragen. Meine einzige Spur, mein einziger Schlüssel und eine Entscheidung, die ich im Bruchteil einer Sekunde treffen muss. Wie wichtig ist es mir, das Mädchen zu finden?

»Wir sind es«, flüstert eine spitze Stimme. »Judith und Sanne.«

Ollie macht die Tür auf. Ich gehe nicht hinaus.

Judith sieht wirklich umwerfend aus mit ihrer pergamentweißen Haut, dem goldbraunen Haar und einem Blick, der Glas zerschneiden könnte. Das andere Mädchen, Sanne, ist ein freundliches, hübsches Pummelchen mit weißblonden Haaren, die elektrisch flirren, als sie ihren Hut abnimmt. »Entschuldigt, dass wir zu spät kommen, aber die Straßen sind gesperrt«, erklärt Sanne, klopft Ollie auf die Schulter und begrüßt danach Leo und Willem.

Bevor ich irgendetwas zu Judith sagen kann, ist sie an mir vorbeigehuscht – entweder weil sie in Gedanken ist oder weil sie mich absichtlich ignoriert – und nimmt zwischen Leo und Willem auf dem Sofa Platz.

»Judith«, setze ich an, aber Ollie unterbricht mich mit einem Räuspern. *Später*, bedeutet er mir stumm. *Nach der Versammlung. Du hast es versprochen.*

Er setzt sich auf die Kante des Sofas und Sanne setzt sich auf einen Stuhl. Sie tut das mit einer Selbstverständlichkeit, als habe sie das schon tausendmal gemacht, als wüsste jeder in dieser Versammlung, wo sein Platz ist.

»Hanneke?« Ollie sieht mich an. Ich bin die Einzige, die noch steht, auf halbem Weg zwischen Tür und Sofa. »Hanneke, würdest du dich bitte setzen?«

Ein Sitz ist noch frei, ein niedriger, samtbezogener Hocker. Zögernd nehme ich Platz.

»Leute, das ist Hanneke«, sagt Ollie. Mehr sagt er nicht, also haben sie mich erwartet. Wahrscheinlich haben sie diskutiert und darüber abgestimmt, ob ich kommen darf. »Wie ich euch bereits gesagt habe, ich bürge für sie.«

Die letzten Worte sagt er sehr ernst. Er bringt mich damit in eine schreckliche Lage, denn ich kann jetzt nicht mehr sagen, dass er nicht für mich bürgen soll. Würde Judith überhaupt mit mir über Mirjam reden, wenn ich ihr sagen würde, dass man mir nicht vertrauen kann? Trotzdem … was wollte er damit andeuten? In was zieht er mich da mit hinein?

»Nun«, fährt Ollie fort, »der erste Tagesordnungspunkt betrifft den Engpass bei den Lebensmittelkarten. Die Deutschen werden immer strenger bei –«

»Falsch«, wirft Willem ein. »Der erste Tagesordnungspunkt betrifft die Frage, was wir heute feiern. Mein Geburtstag war in diesem Monat schon zweimal dran.«

»Und Leo und ich haben uns auch schon mehrmals verlobt«, ergänzt Sanne.

Willem beugt sich zu mir und erklärt: »Wir dürfen nicht sagen, was wir hier wirklich machen, deshalb erfinden wir jedes Mal einen Grund zum Feiern, damit alle dieselbe Ausrede haben, wenn wir aufgegriffen werden.«

»Ursprünglich haben wir gesagt, es sei eine Bibelstunde«, erzählt Sanne. »Aber einmal hielt mich ein Soldat an und fragte mich, welches Buch wir gerade lesen würden. Ich sagte, das erste Buch Mose, weil es das Einzige war, das mir einfiel. Von da an haben wir uns andere Ausreden überlegt, weil keiner von uns die Bibel wirklich gut kennt.«

»Wir könnten meinen Geburtstag nehmen«, sagt Leo. »Ich habe nächste Woche tatsächlich Geburtstag, das würde doch passen.«

»Wie ich bereits sagte«, fällt Ollie wieder ein, »der Engpass bei den Lebensmittelkarten. Die Produktion der gefälschten Karten geht zu langsam voran. Seit dem vergangenen Monat versorgen wir sechzehn Personen mehr. Eine Person braucht zu lang für die Herstellung der ganzen Karten. Wir müssen einen weiteren Fälscher auftun oder eine andere Lösung finden.« Ich mag es nicht, wie er mich bei seinen letzten Worten ansieht.

»In Utrecht haben sie jemanden, der in der Ausgabestelle für Lebensmittelkarten arbeitet«, sagt Willem. »Dort haben sie einen Diebstahl vorgetäuscht. Der Kontaktmann hat einen Einbruch gemeldet, aber in Wirklichkeit die Karten selbst gestohlen und an die Widerstandsgruppen weitergereicht.«

Sie reden und reden, und ich versuche, auf dem Laufenden zu bleiben. Lebensmittelkartenbetrug. Ich, eine kleine Betrügerin, bin in eine Höhle von Betrügern geraten. Aber im Gegensatz zu mir schlagen sie keinen Profit aus den Lebensmittelkarten, sondern geben sie an den Widerstand weiter. Wofür? Essen und Güter für Widerstandskämpfer? Für Leute, die untergetaucht sind?

»Judith, meinst du, dein Onkel kennt vielleicht jemanden?«, fragt Ollie. »Bei seinen Beziehungen zum Rat?«

Der Judenrat. Judiths Risikobereitschaft, abends wegzugehen, und ihr forsches Auftreten in der Schule hängen vielleicht damit zusammen, dass ihr Onkel dem Judenrat angehört. Seine Mitglieder werden von den Nazis ernannt und zur Kooperation gezwungen. Sie geben die Anordnungen der Deutschen weiter und genießen ein wenig mehr Freiheiten als andere Juden.

Judith schüttelt den Kopf. »Selbst wenn er jemanden kennen sollte, könnte ich ihn nicht danach fragen. Er würde mir den Kopf abreißen, wenn er wüsste, dass ich zu diesen Treffen gehe.«

»Ich könnte mich erkundigen, ob die Utrechter uns helfen können«, sagt Willem. »Vielleicht weiß der Kontaktmann in der dortigen Bezugsstelle jemanden, der in der hiesigen Bezugsstelle arbeitet.«

Diese fünf Personen hier in Amsterdam sind demnach Teil eines größeren Netzwerks, das sich über die benachbarten Orte und vielleicht über das ganze Land zieht. Ich habe Angst, weil ich hier dabei bin, empfinde aber auch eine gewisse Neugier. Ihre Organisation muss riesig sein. Wie finden sie genug Händler, die mit ihnen zusammenarbeiten? Wie gut sind ihre gefälschten Lebensmittelkarten? Sind die Soldaten in Utrecht nachlässiger oder strenger als die Soldaten in Amsterdam?

Ich höre erst wieder richtig zu, als ich das Ende von Judiths Wortmeldung mitbekomme: »… und dann können wir die Karten zur *Hollandsche Schouwburg* bringen.«

»Ins Theater?«, rede ich dazwischen und frage mich, was ich verpasst habe. »Warum sollen die Karten denn ins Theater?«

»Du weißt nichts über die Hollandsche Schouwburg?« Ollie richtet zum ersten Mal in der Versammlung das Wort an mich. Er wirkt enttäuscht.

Natürlich, ich war doch mit ihm zusammen dort, auch wenn er sich nicht mehr daran erinnert. In dem Winter, als ich fünfzehn war, luden mich die van de Kamps zur Weihnachtspremiere in die Schouwburg ein, ein altes Schauspielhaus. Ich durfte Mamas Perlenkette tragen. Die ganze Familie ging mit. Ich saß sogar neben Ollie und hielt Händchen mit Bas, der auf der anderen Seite neben mir saß. Ollie hatte gerade erst mit seinem

Studium begonnen und sah mit seiner neuen Brille ernst und wichtig aus.

»Das ist ein Theater«, sage ich. »Oder war ein Theater. Jetzt ist es geschlossen, oder?«

Ollie nickt. »Es war ein Theater. Es wurde in ›Jüdisches Theater‹ umbenannt und jetzt ist es eine Deportationsstelle. Die Juden werden überall in der Stadt aufgegriffen und in die Schouwburg gebracht. Nach einigen Tagen werden sie dann weitertransportiert – meistens nach Westerbork, aber manchmal auch in andere Durchgangslager.«

Das ehrwürdige Theater mit den Samtvorhängen ist jetzt ein Massenquartier für Gefangene der Deutschen. Ich habe Kunden, die in unmittelbarer Nachbarschaft wohnen. Die Deutschen nehmen unsere schönsten Dinge in Beschlag und vergiften sie – ekelhaft ist das.

»Das wusste ich nicht«, sage ich.

»Was dachtest du, wohin die Juden kommen?«, fragt Judith.

»In Arbeitslager oder sie werden in andere Länder umgesiedelt. So ahnungslos bin ich nicht«, sage ich. In der Zeitung war immer von Arbeitslagern die Rede. Ich habe mir aber nie Gedanken darüber gemacht, wie die jüdischen Gefangenen dorthin kommen.

»Arbeitslager?«, höhnt Judith. »Das klingt, als würden die Juden nur eine andere Arbeitsstelle bekommen. Du hast keine Ahnung, was für Grausamkeiten wir über diese Lager gehört haben.«

Bevor ich sie bitten kann, mir mehr zu erzählen, beschwichtigt Sanne: »Kein Wunder, dass du nicht mehr weißt. Die Nazis versuchen zu verschleiern, was sie machen. Die Menschen dürfen die Schouwburg erst verlassen, wenn sie sich für den Transport sammeln müssen. Der Judenrat sorgt für Nahrung und Decken, viel mehr kann er nicht tun. Judith hilft mehrmals in der Woche ehrenamtlich aus und ihre Cousine arbeitet in der *Crèche.*«

»Es gibt auch eine Kinderkrippe?«

Judith verzieht ihr Gesicht. »Die Nazis sind der Meinung, es gibt zu viel Unruhe, wenn die Kinder bei ihren Eltern im Theater sind. Deshalb bleiben die Babys und Kleinkinder in der Krippe, bis ihre Familien mit dem Transport an die Reihe kommen.«

Ich weiß nicht, was ich dazu sagen soll. Zum Glück räuspert sich Ollie, weil er mit der Versammlung fortfahren will. »Willem wird also mit Utrecht reden«, sagt er. »Wann kannst du das machen, Willem?«

»Wartet«, sage ich.

»Und danach sprechen Willem und Judith mit –«, beginnt Leo.

»*Wartet.*« Alle verstummen und blicken mich an. »Die Schouwburg. Kommen dort alle hin oder nur die, die sich melden müssen?«

Leo sieht mich verwirrt an. »Was meinst du?«

»Wenn jemand nicht auf der Deportationsliste steht und einfach so auf der Straße aufgegriffen wird und jüdische Papiere hat, kommt er dann in die Schouwburg oder in ein anderes Gefängnis?«

Ollie beantwortet meine Frage betont sachlich. »Es gibt noch ein paar kleinere Deportationszentren in anderen Stadtteilen. Aber meistens ist es schon so. Wenn eine Jüdin sich an einem Ort aufhält, an dem sie nicht sein soll, wird sie in aller Regel in die Schouwburg gebracht.«

Mir fällt auf, dass er Jüdin gesagt hat und damit anerkennt, dass ich nicht nur etwas über die Vorgehensweise im Allgemeinen wissen möchte, sondern wegen einer bestimmten Person gefragt habe. Die Diskussion über die Lebensmittelkarten hat ungewollt zu dem eigentlichen Grund meines Hierseins geführt. »Mirjam könnte also dort sein?«, frage ich. »Jetzt, in diesem Moment?«

Judith und Ollie sehen sich an. »Theoretisch ja«, erwidert Ollie bedächtig.

»Und wie finde ich das heraus?«

»Das ist schwierig.«

»Wie schwierig?«

Ollie seufzt. »Es gibt einen jüdischen Bürger, der mit der Leitung der Schouwburg beauftragt worden ist, aber wir sind in vielerlei Hinsicht auf ihn angewiesen. Ich kann ihn nicht um einen persönlichen Gefallen bitten. Wir müssen unsere Mittel strategisch einsetzen. Wir müssen überlegen, welche Aktionen der größten Gruppe von Menschen, der Bewegung als ganzer am meisten nützen.«

»Aber vielleicht könnte ich ihr wenigstens eine Botschaft zukommen lassen. Das müsste doch gehen?«

Ollie reibt sich mit dem Handrücken über die Augen. »Können wir jetzt mit unserer Tagesordnung fortfahren? Und am Schluss darüber sprechen?«

»Eure *Tagesordnung?*«

Würde ich als Außenstehender das Gespräch belauschen, würde ich einer wie mir raten, nicht so zu drängen, denn niemand möchte jemandem helfen, der sich wie ein Kind benimmt. Aber ich habe mich in diesem Moment nicht im Griff. Ollie hat mich unter einem falschen Vorwand hierhergebracht. Ich habe zwar ein paar Informationen bekommen, die nützlich sein könnten, aber er hat behauptet, er könne mir unmöglich helfen, ohne genau zu erklären, weshalb.

Die anderen nehmen das Gespräch wieder auf, unterhalten sich über den Lebensmittelkartenengpass und gefälschte Ausweispapiere. Das sind alles Themen, die mir für Mirjam nichts nützen. Sie ist fünfzehn. Woher soll sie wissen, wie man über den Widerstand an gefälschte Papiere kommt? Woher soll sie wissen, was sie tun soll? Sie ist wahrscheinlich ganz allein und hat Angst, und sie ist jetzt seit achtundvierzig Stunden verschwunden. Kann ein fünfzehnjähriges Mädchen achtundvierzig Stunden auf den Straßen der Stadt unterwegs sein, ohne dass die Nazis sie zu fassen bekommen?

Als die offizielle Tagesordnung abgearbeitet ist, lasse ich Judith nicht aus den Augen, und sobald sie mit niemandem mehr spricht, nehme ich sie beiseite.

»Judith?«

»Ja?«

»Können wir kurz miteinander sprechen?«

»Wir sprechen doch«, sagt sie steif, aber was sie eigentlich meint, ist: *Ich weiß nicht, warum Ollie zugelassen hat, dass du hierherkommst.*

»Als Erstes möchte ich mich entschuldigen. Weil ich einfach so in die Schule geschlichen bin und dir Angst eingejagt habe.«

»Du hast mir keine Angst eingejagt«, sagt sie spitz. »Um mir Angst einzujagen, muss schon ein bisschen mehr passieren.«

»Dann eben, dass ich dich überrascht habe«, lenke ich ein. »Es tut mir leid, dass ich einfach so in die Schule gekommen bin, ohne dir zu sagen, was ich wirklich wollte.«

»Du hättest mich in Schwierigkeiten bringen können.«

»Ich war verzweifelt.«

»Wir sind alle verzweifelt.«

Wäre Judith ein Soldat, würde ich jetzt zu Boden blicken und leise sagen, wie recht sie hat und dass ich das Ganze wohl überhaupt nicht verstehen könne. Aber Judith ist kein Soldat. Bestimmt verachtet sie Leute, die sich einschmeicheln wollen. »Ich habe mich entschuldigt. Und das meine ich ernst. Ich kann mich auch noch einmal entschuldigen, wenn du willst. Aber ich bin heute Abend hierhergekommen, weil ich Hilfe brauche. Es geht um ein Mädchen, das einmal an deiner Schule war.«

Ich starre auf ihren Nasenrücken, das ist leichter, als ihr in die Augen zu sehen. Stumm fordere ich sie auf, als Erste zu sprechen. Ich schweige hartnäckig.

»Mirjam Roodveldt«, sagt Judith. Die Anspannung zwischen uns weicht. »Sie ist bis vor ein paar Monaten auf das Lyzeum gegangen.«

»Du hast sie also gekannt. Hast du mich angelogen? Ich meine, als du sagtest, die Fotos seien in einem Feuer vernichtet worden. Ist das wahr?«

»Ich habe nicht gelogen. Die Fotos sind in einem Feuer vernichtet worden. Ich habe es selbst angezündet.« Sie reckt ihr Kinn, als wollte sie mir drohen, sie ja nicht infrage zu stellen. »Ich wollte verhindern, dass die Deutschen eine Liste der verbliebenen Schüler bekommen. Auch wenn das nichts nützt. Sie schnappen sie sowieso.«

In meinem Kopf macht es klick. Am Anfang des Krieges hassten wir die Deutschen dafür, dass sie unsere Häuser niederbrannten. Aber in letzter Zeit habe ich gehört, dass die Gebäude von Meldebehörden abgebrannt sind. Jetzt frage ich mich, ob das Widerstandsaktionen zum Schutz der Bevölkerung waren.

»Aber du hast sie gekannt? Dunkles Haar? Zierlich? Sie könnte einen blauen Mantel getragen haben.«

Judith nagt auf ihrer Lippe. »Ich erinnere mich daran, wie sie den Mantel bekam. Sie stolperte und blieb mit ihrem alten Mantel an einem rostigen Zaun hängen. Ein großes Stück Stoff riss dabei heraus. Sie schlug sich auch das Knie böse auf. Ich weiß noch, dass ich dachte, sie würde die Narbe ihr Leben lang behalten. Ein paar Tage später war sie wieder da, am Knie war sie genäht worden, und sie hatte einen neuen Mantel. An diesem Morgen, regnete es. Sie wollte nicht, dass ihr Mantel noch nasser würde, deshalb fragte sie mich, ob sie hereinkommen dürfe, obwohl die Schultür noch zu war.«

»Woran erinnerst du dich sonst noch?« Ich finde fast keine Worte. Ich habe nicht wirklich geglaubt, dass ich jemanden finde, der sie gekannt hat. In irgendeiner Ecke meines Kopfes habe ich geglaubt, Mirjam Roodveldt sei ein Gespenst, das Frau Janssen erfunden hat. Aber es gibt sie wirklich.

»Warum ist sie dir so wichtig?« Judith sieht mich misstrauisch an. »Ist sie eine Freundin von dir?«

»Nein. Ich … ich werde dafür bezahlt, sie zu suchen.« Das ist im Grunde die Wahrheit, und im Moment ist das einfacher, als alles andere zu erklären, von mir und von Bas, und warum die Suche nach Mirjam wie eine Aufgabe ist, mit der ich meine Welt wieder ins Lot bringen kann. Mir ist es immer noch peinlich, wie verletzlich ich mich gezeigt habe, als ich Judith in der Schule getroffen habe.

»Nur sie?«, fragt Judith skeptisch. »Du bist hier, weil du eine einzelne Person suchst?«

»Bitte, erinnerst du dich noch an irgendetwas anderes?«

Judith seufzt. »Nicht viel. Sie war sehr schön. Ich glaube, sie hatte eine Menge Verehrer.«

»Gibt es irgendjemanden, der ihr besonders nahestand? Gibt es jemanden, zu dem sie gegangen sein könnte oder dem sie gesagt haben könnte, wo sie sich verstecken wollte?«

»Ich bin nur die Sekretärin. Ich habe mit den Schülern nur gesprochen, wenn sie zu spät kamen oder eine Bescheinigung brauchten oder so etwas. Es tut mir leid.«

»Dir fällt nichts mehr ein?«

»Ich habe dir ein paar Sachen mitgebracht, aber ich weiß nicht, ob sie dir etwas nützen.« Sie zieht einen rechteckigen Umschlag aus ihrer Handtasche, er ist nicht beschriftet und nicht zugeklebt. »Ein paar alte Schulaufgaben aus ihrem Pult. Manchmal verschwinden die Schüler, ohne dass sie ihre Bücher und Hefte mitnehmen können. Ich denke immer, sollten sie doch einmal wiederkommen … Jedenfalls habe ich meine Sammlung durchgesehen und das hier von Mirjam gefunden.«

Sie überreicht mir den Umschlag und ich blättere rasch den Inhalt durch. Auf den obersten drei Blättern stehen lauter Matheaufgaben und die nächsten beiden sind Biologiearbeiten. Keine Fotos, nichts, was auf den ersten Blick brauchbar erscheint. Ich versuche, meine Enttäuschung nicht zu zeigen. Es war nett von Judith, mir die Sachen zu bringen, und ich möchte nicht noch zickiger erscheinen als zu Beginn der Versammlung.

»Ollie sagt, du hast Verbindungen«, sagt Judith.

»Kommt darauf an, was du mit Verbindungen meinst.«

»Ollie sagt, du kannst Dinge beschaffen. Wir brauchen mehr Händler, denen wir vertrauen können, und wir brauchen Leute, die uns mit ihnen bekannt machen.«

»Deshalb bin ich nicht hergekommen.«

»Verstehe.« Sie sieht mich gleichgültig an. Es fällt mir schwer, ihren Blick nicht zu erwidern, sondern auf Mirjams Schulsachen zu schauen. Bevor ich mir die anderen Papiere genauer ansehen kann, legt Ollie seine Hand auf meine Schulter. Erleichtert schaue ich zu ihm hoch.

»Bald ist Ausgangssperre. Ich werde dich nach Hause begleiten. Judith, Willem und Sanne werden in einigen Minuten ebenfalls aufbrechen.«

Judith steht auf und zieht ihren Schal an.

»Vielen Dank für deine Hilfe«, sage ich förmlich.

Sie hält kurz inne. »Meine Cousine hat Mirjam vielleicht besser gekannt. Sie kommt nicht zu den Versammlungen, weil sie noch zu jung dafür ist, aber sie hilft uns manchmal. Sie geht noch auf das Lyzeum. Ich könnte ein Treffen mit ihr arrangieren. Vielleicht.«

»Bitte«, sage ich eifrig. »Soll ich morgen früh in die Schule kommen?« Ich kann von Herrn Kreuk bestimmt einen Auftrag in der Nähe der Schule bekommen.

»Komm am Nachmittag zur Schouwburg. Wir helfen dort beide aus. Warte draußen auf mich. Dann siehst du auch, was wir da machen.«

Ich möchte nicht sehen, was sie da machen, und das weiß Judith auch. Deshalb hat sie überhaupt die

Schouwburg vorgeschlagen. Judith hat mir weitere Hilfe angeboten, aber nicht umsonst.

Ollie berührt mich an der Schulter. »Fertig?«

Ich stecke den Umschlag in meinen Rockbund, damit ich ihn auf der Straße nicht offen mit mir herumtragen muss.

»Seid vorsichtig«, ruft Ollie Judith und Willem zu.

»Passt auf euch auf«, antwortet Willem.

# Kapitel 8

»Das war unfair von dir.«

»Unfair, wieso?« Ollie sucht mit den Augen beide Straßenseiten ab, erst dann zieht er mich an seine linke Seite und macht die Tür hinter sich zu.

»Du bist im Widerstand.« Ich mache mir nicht die Mühe, es als Frage zu formulieren. Ollie setzt seinen Weg fort, aber seine Schultern spannen sich an. Draußen herrscht eine unangenehme Kälte, es ist seit Monaten nicht mehr so kalt gewesen. Mein Atem bildet Wölkchen, als wir eilig den Kanal entlanggehen.

»Wir müssen jetzt nicht darüber reden.«

»Du bist im *Widerstand*. Du hast gesagt, du wolltest mich zu einem Dinnerclub einladen.«

Er bleibt stehen. »Das *war* ein Dinnerclub. Ursprünglich unterhielten wir uns über Bücher und Politik. Ich bin mit Willem und Judith in den Club eingetreten. Aber als Judith die Universität verlassen musste, weil sie Jüdin ist, wollten sich ein paar von uns nicht mehr einfach zum Essen treffen. Wir wollten herausfinden, was bei uns schiefläuft.«

Er geht weiter und ich versuche Schritt zu halten. Wie selbstgefällig er mich mit seinen halbgaren Begründungen abspeist, als ob nichts daran wäre, dass er mich da mit hineingezogen hat. »Ich glaube es einfach nicht, Ollie.« Alles, was ich in den vergangenen Tagen empfunden habe, jede Gefühlsregung, jeder Moment der Angst, jedes bittere Wort, das ich mir gegenüber Frau de Vries verbissen habe, jeder Zweifel, der sich bei der Suche nach Mirjam Roodveldt in mir geregt hat – das alles ergießt jetzt auf Ollie, mitten auf der Straße. »Wie konntest du nur? Warum hast du mir nicht gesagt, wohin du mich bringst?«

»Und wenn du auf dem Weg hierher angehalten worden wärst? Dann hättest du ehrlich sagen können, dass du auf dem Weg zu Freunden bist. Ich wusste nicht, wie gut du lügen kannst.«

Ich kann sehr gut lügen, besser, als er sich vorstellen kann. Ollie hat nie gesehen, wie ich mit Soldaten flirte, obwohl es mir dabei hochkommt, oder wie ich meinen Eltern weismache, dass ich auf der Arbeit nur Blumen bestelle und trauernde Angehörige tröste. Ollie hat nie gesehen, wie ich alle glauben mache, ich sei nach Bas' Tod noch ein ganzer Mensch. Eigentlich müsste Ollie derjenige sein, der nicht lügen kann. »*Du*, im Widerstand«, sage ich schließlich, »du hältst dich doch immer genau an die Regeln.«

Er kichert, ein explosives, freudloses Geräusch. »Glaubst du nicht, dass Menschen, die sich an Regeln halten, den Widerstand gegen die Nazis am besten organisieren können? Es geht dabei nicht nur um abenteuerliche Rettungsaktionen oder Sprengstoffanschläge, sondern auch um viel mühsamen Papierkram.«

»Ollie, warum hast du mich da hingebracht?«, möchte ich wissen. »Ich habe dich nicht darum gebeten. Ich wollte mit so etwas nichts zu tun haben. Du hättest genauso gut ein Treffen mit Judith in einem Café arrangieren können. Warum vertraust du mir überhaupt? Ich könnte das alles der Polizei erzählen.«

Er dreht sich schnell nach mir um und sieht mich kalt an. »Willst du das wirklich? Willst du wirklich zur Polizei? Findest du, es ist falsch, was wir tun?«

»Das finde ich nicht und das weißt du auch.« Moralisch gesehen nicht. Aber in dieser Welt bist du entweder im Recht oder in Sicherheit. Und verglichen mit der Art von Gefahr, der Ollie sich aussetzt, ist das, was ich tue, gar nichts. Was Ollie tut, ist nichts Abgeschlossenes, Überschaubares wie der Schwarzhandel oder die Suche nach Mirjam. Es ist etwas Riesiges, Ausuferndes, ein unendlicher Berg an Anforderungen, der mich vollständig unter sich begraben würde. Schwarzhändler wandern vielleicht ins Gefängnis. Auch Leute, die Juden verstecken, landen dort oder sie kommen ins Arbeitslager. Aber Widerstandskämpfer, die beim Diebstahl von Lebensmittelkarten erwischt werden und das deutsche Regime stürzen wollen? Solche Leute werden erschossen – wenn sie Glück haben. Die anderen werden vorher gefoltert. Was muss noch passieren, um meine sorgsam konstruierte Welt auf den Kopf zu stellen?

»Ich möchte einfach nicht bei euch mitmachen«, sage ich. »Ich bin ein arisches Vorzeigemädchen, weißt du das nicht mehr, Ollie? Ich unterstütze keine Widerständler. Ich beschaffe Käse auf dem Schwarzmarkt.«

»Das brauchen wir auch! Wir brauchen Essen für die, die untergetaucht sind. Wir brauchen falsche Ausweispapiere. Wir brauchen Mädchen, die so hübsch sind, dass die Soldaten nicht merken, dass sie auch schlau und mutig sind und gegen sie arbeiten.«

»Judith hat es schon geschafft, dass ich mich schuldig fühle. Sie hat mir klargemacht, wie selbstlos ihr alle seid. Ich bin nicht so selbstlos.«

Er packt mich an der Schulter an, eine plötzliche Bewegung, die mich fast aus dem Gleichgewicht bringt. »Ist dir jemals der Gedanke gekommen, dass du vielleicht besser bist, als du glaubst, Hanneke?« Wir riechen beide nach nasser Wolle, sogar durch den Stoff meines Mantels fühlen seine Finger sich kalt an. Ich will seinen Arm abschütteln, aber er verstärkt seinen Griff. »Hast du je daran gedacht, dass ich dich vielleicht deshalb mitgenommen habe?«

»Was redest du da, Ollie?«

»Ich rede davon, dass ich dich deshalb mitgenommen habe. Auch wenn du sagst, du willst nichts damit zu tun haben, weißt du sehr wohl, dass in diesem Land Unrecht geschieht. Und du bist in der Lage, uns zu helfen.«

»Aber das heißt nicht, dass ich bereit bin, mein Leben aufs Spiel zu setzen. Ich kümmere mich schon um meine Eltern. Sie würden verhungern, wenn mir etwas zustieße. Ich suche schon nach einem verschwundenen Mädchen. Das ist meine Art von Widerstand. Ich sorge dafür, dass Menschen zu essen haben, und ich bin gebeten worden, ein verschwundenes Mädchen zu suchen. Reicht es nicht, wenn ein Mensch ein Leben rettet? Was du von mir verlangst, ist zu viel. Ich bin nicht bereit, mehr zu tun, und es ist nicht recht, dass du mich darum bittest.«

Ollies Stimme wird sanfter, auch der Ausdruck seiner blauen Augen wird sanft. »Ich glaube, du *bist* bereit, dein Leben aufs Spiel zu setzen. Und zwar schon sehr lange. Schon als du vierzehn warst, hast du darüber gesprochen, wie böse Adolf Hitler ist. Erinnerst du dich an das Abendessen?«

Ich kann seinem Blick nicht ausweichen, ich weiß, was er meint. Eine Unterhaltung bei den van de Kamps vor vier Jahren. Ich redete die ganze Zeit über Hitler, und Frau van de Kamp versuchte mich davon abzubringen, indem sie mir erst die Erbsen und dann das Brot reichte. Schließlich sagte sie mir, dass es unhöflich sei, bei Tisch über Politik zu reden. Bas hatte überhaupt nicht zugehört, Ollie dagegen schon. Ich glaube, er hatte sogar ein paarmal zustimmend genickt. Aber das ist Jahre her, eine Ewigkeit. Ollie weiß doch gar nichts mehr über mich, jedenfalls nicht genug, um solche dramatischen Reden zu halten. Er weiß nicht, dass Bas gestorben ist, weil –

Ollie schüttelt mich noch einmal an der Schulter, dann lässt er mich los und fährt mit den Fingern durch seine Haare. »Wir schaffen es nicht, Hanneke«, sagt er leise. »Die Menschen verschwinden immer schneller und werden in Gott weiß welche Hölle gebracht. Wie war es bei einem der ersten Transporte? Die Familien der deportierten Männer erhielten Postkarten von ihren Söhnen und Brüdern. Darin stand, man würde sie gut behandeln. Dann wurde den Familien von der Gestapo mitgeteilt, die Männer seien alle an einer Seuche gestorben. Kommt dir das logisch vor? Gesunde junge Männer – zuerst schicken sie Postkarten, dass es ihnen gut geht, und dann sind sie plötzlich tot? Mittlerweile kommen gar keine Postkarten mehr.«

»Glaubst du denn, die Juden werden alle *umgebracht*?«, frage ich.

»Ich sage nur, dass wir nicht wissen, was wir glauben sollen oder was wahr ist. Wir wissen nur, dass Bauernhöfe und Dachböden aus den Nähten platzen von den vielen Onderduikern. In unserem Land werden die Orte rar, an denen Leute versteckt werden können, die dringend untertauchen müssen. Wir brauchen Hilfe, mehr Hilfe, und das schnell, von Menschen, die wie du in einer günstigen Position sind.«

»Du kennst mich doch gar nicht«, flüstere ich. »Es gibt Seiten an mir, wenn du davon wüsstest, würdest du nicht –«

»Psst«, unterbricht er mich.

Ich möchte protestieren, doch er legt einen Finger auf seine Lippen. Sein Körper ist angespannt, er neigt den Kopf und lauscht. Jetzt höre ich es auch und erstarre: Rufe auf Deutsch, noch in einiger Entfernung, aber sie kommen näher. Gedämpfte Schreie, dann unkoordinierte Schritte auf dem Kopfsteinpflaster. Heutzutage können solche Geräusche nur eins bedeuten.

Ollie begreift es im selben Moment. »Eine Razzia.«

Die Geräusche kommen näher. Ich sehe Ollie an, unser Streit ist vergessen. Er hebt seine Hand hoch und schiebt hektisch seinen Mantelärmel zurück. Ich verstehe nicht, was er meint, erst als er auf seine Armbanduhr klopft und mir zeigt, wie spät es ist. Wir haben uns so lange gestritten, dass wir fast die Ausgangssperre verpasst haben. Wir sind beide zu Fuß unterwegs, es dauert noch eine Ewigkeit, bis wir zu Hause sind.

Sie dürfen uns nicht entdecken, nicht mitten in einer Razzia, wenn die Soldaten sich schon gefährlich an ihrer eigenen Macht berauscht haben.

*»Hier entlang!«*, bellt ein Soldat. Seine Stimme hallt vom Kopfsteinpflaster wider. *»Tempo!«* Die Stimme ist schon ganz nah. Der Soldat und die Gefangenen werden jeden Moment hier in dieser Straße sein.

»Wir müssen …«, beginnt Ollie.

»Mir nach.« Instinktiv ergreife ich seine Hand und ziehe ihn in eine enge Nebenstraße. Wir gehen rasch weiter, biegen in eine andere Nebenstraße ein und dann in noch eine. Ausnahmsweise einmal bin ich dankbar für Amsterdams verwinkelte Gassen.

Ollies Gang wirkt gelassen, nur seinem Oberkörper sieht man die Anspannung an. Wir verständigen uns mit Gesten und ignorieren die Schreie, die nur ein paar Häuserblocks entfernt zu uns herüberschallen. Unsere Handflächen sind schweißnass. Ich möchte die Menschen, die von den Soldaten abgeführt werden, nicht sehen. Das ist feige, aber ich möchte nicht daran erinnert werden, dass ich nur wegen meiner blonden Haare und des richtigen Nachnamens verschont werde.

Wir befinden uns jetzt in einem Gässchen, das so eng ist, dass ich mit ausgestreckten Armen die Häuser zu beiden Seiten berühren könnte. Hier ist es sicherer als auf einer der großen Straßen. Hier werden wir nicht gesehen. Aber es ist auch gefährlicher, denn wir können nicht fortlaufen, falls wir doch entdeckt werden sollten. Ich halte Ollies Hand so fest umklammert, dass wir morgen wahrscheinlich beide blaue Flecken haben.

Die Umgebung wird langsam vertrauter. Wir kommen an einer Buchhandlung vorbei, die jetzt geschlossen ist. Für den Besitzer habe ich schon einmal Kaffee organisiert. Dann kommt ein Optiker, dann ein Schuhmacher, der manchmal Schuhe gegen Bier eintauscht. Am Ende dieser Straße befindet sich die Tanzschule, wo Elsbeth und ich diese schrecklichen Tanzstunden nehmen mussten.

Von dort ist es nicht mehr weit bis nach Hause. Zur

Not können Ollie und ich einfach bei einem Nachbarn klingeln und sagen, wir wollten ein Ei borgen. Irgendjemand wird uns schon hereinlassen. Wir sind beinahe in Sicherheit. In der Ferne sind immer noch die Schreie der Razzia zu hören. Ich beschleunige meine Schritte, um einen größeren Abstand zwischen mich und diese Angst zu bringen. Plötzlich drückt Ollie meine Hand noch fester zusammen.

Am Ende der Straße stehen zwei schemenhafte Gestalten. Ihre Gewehre sind nur als längliche Schatten zu erkennen.

Wir müssen weitergehen. Wir haben keine andere Wahl. Wie immer. Ich weiß, dass sie grüne Uniformen tragen, also müssen wir weitergehen. Wir müssen an ihnen vorbei, denn es würde auffallen, wenn wir einfach umkehrten. Es wäre besser, Ollie wäre nicht hier. Nazis mögen es nicht, wenn man in Begleitung eines anderen mit ihnen flirtet. Vielleicht erinnert es sie daran, was sich bei ihnen zu Hause abspielen könnte.

Ihre Gewehre sind nach unten gerichtet. Sie unterhalten sich auf Deutsch. Aber sie sprechen so schnell, dass ich sie nicht richtig verstehe. Der eine schlägt dem anderen auf die Schulter und lacht. Anscheinend kommen sie nicht von der Razzia. Sie gehen wahrscheinlich ihre normale Streife, und es ist einfach unser Pech, dass wir dieselbe Straße genommen haben.

Ich drücke mich eng an Ollie, damit die Soldaten ungehindert an uns vorbeikommen.

»Guten Abend«, sagt Ollie auf Deutsch, als wir uns an ihnen vorbeiquetschen. Ich nicke und lächle.

Wir gehen vorüber und mein Körper entspannt sich langsam. Nur noch ein paar Sekunden, dann haben wir das Ende der Straße erreicht. Ollie verhält sich genau wie ich: Er geht gemessenen Schrittes, damit es so aussieht, als hätten wir alle Zeit der Welt.

»Wartet!«

Wir haben keine andere Wahl, wir müssen stehen bleiben und uns umdrehen. Einer der Grünen Polizisten starrt in unsere Richtung. Ich schaue kurz zur Straßenecke hinüber, aber Ollie hält meine Hand ganz fest. *Nur nicht rennen,* will er mir sagen. *Sie haben Gewehre.*

»Wartet«, ruft der Soldat noch einmal und kommt näher. »Wartet. Ich kenne dich doch?« Er beugt sich vor und ist nur noch Zentimeter von meinem Gesicht entfernt.

Er kennt mich? Schwer zu sagen in der Dunkelheit. Woher sollte er mich kennen? Habe ich schon einmal mit ihm geflirtet? Habe ich ihm im Auftrag von Herrn Kreuk schon einmal etwas verkauft und über seine schlechten Witze gelacht, bis der Handel abgeschlossen war? Oder hat er mich gesehen, als ich das Jüdische Lyzeum betreten habe?

Im Nachbarhaus bewegt sich ein Vorhang. Die Bewohner dieser Straße ducken sich hinter ihre Fenster und beobachten uns stumm.

»Ich kenne dich«, sagt er lachend.

»Ich glaube nicht«, sage ich leise und betont freundlich. »An *Sie* könnte ich mich bestimmt erinnern.«

»Doch, ich kenne euch«, sagt er. »Ihr seid doch das Pärchen. Das romantische Pärchen.«

»Genau«, antwortet Ollie statt meiner auf Deutsch. Er spricht lauter als sonst. Seine Aussprache ist immer noch fehlerfrei, aber seine Worte klingen verwischt, als hätte er zu viel getrunken. »Rembrandt!«

»Rembrandt!«, sagt der Deutsche, und jetzt erkenne ich ihn: Es ist einer der Soldaten, die wir am vergangenen Abend vor dem Denkmal getroffen haben.

Ollie legt einen Arm um mich. »Wie geht es unserem Freund, dem Kunstliebhaber? Meine Verlobte und ich lieben Rembrandt, nicht wahr, mein Schatz?« Er sieht mich eindringlich an, und obwohl mir das Herz bis zum Hals schlägt, nehme ich Ollies Hand und drücke sie liebevoll.

»Unser Lieblingsmaler«, sage ich mühsam.

»Sie müssen einmal nach Deutschland kommen und unsere großartigen Kunstsammlungen ansehen.«

»Das machen wir«, verspreche ich und bemühe mich um ein freundliches Lächeln. »Wenn alles vorbei ist.«

Seine Augen verengen sich. »Wenn was vorbei ist?«

Nach dem Krieg, das hatte ich gemeint. Wenn unser Leben wieder wie früher ist. Das war nicht beleidigend gemeint, aber dem Soldaten hat es offenbar nicht gefallen. »Wenn«, wiederhole ich und suche nach einer Erklärung.

»Wenn die Hochzeit vorbei ist!«, erklärt Ollie. »Nach dem ganzen Hochzeitstrubel!«

*Gott segne dich, Ollie, Laurence Olivier.* Ich bin es nicht gewöhnt, dass andere genauso klug und schnell reagieren wie ich im Umgang mit Nazis.

»Ist das schön, so ein verliebtes Paar.« Der Soldat zwickt mich mit kalten Fingern in die Wange. »Das erinnert mich an meine Frau in Deutschland, als wir jung waren.«

»Auf Ihre Frau!« Ollie erhebt ein imaginäres Glas.

»Auf meine Frau!«

Ollie wirft mir einen vielsagenden, lasziven Blick zu. »Vielleicht sollten wir jetzt nach Hause gehen, mein zukünftiges Frauchen.«

»Auf Ihre Frau!«, ruft der Grüne Polizist.

»Auf meine Frau!«, sagt Ollie.

»Küss sie!«, sagt er und Ollie küsst mich.

Mitten auf der Straße, zur Erbauung der deutschen Grünen Polizei und der Menschen, die hinter ihren Vorhängen kauern und zusehen, nimmt Ollie mein Gesicht in seine Hände und küsst mich. Sein Mund ist weich und voll, seine Wimpern streichen über meine Wange, und nur er und ich wissen, dass unsere Lippen vor Angst beben.

Was sich in meinem Leben in den vergangenen zwei Tagen verändert hat: alles und nichts.

Ich belüge immer noch meine Eltern, sie machen sich

immer noch Sorgen um mich, ich fahre immer noch auf einem alten Fahrrad durch eine Stadt, in der sich alles geändert hat, der Reifen ist immer noch verbogen, und tief in meinem Bauch sitzt immer noch dieses Gefühl von Taubheit und Angst.

Aber die Dinge, wegen derer ich lüge, sind viel größer, die Dinge, die ich mache, sind viel gefährlicher. Ich bin durch Zufall Mitglied des Widerstands geworden, und wenn ich erwischt werde, riskiere ich nicht nur einen Klaps auf die Finger von den Deutschen, weil ich schwarz Bier verkauft habe, sondern mein Leben.

Ich habe außerdem den Bruder meines toten Freundes geküsst.

Das letzte Mal, als ich Bas sah:

Ich ging tatsächlich zu der traurigen, blöden Abschiedsfeier, die seine Eltern für ihn organisiert hatten und auf der seine Mutter die meiste Zeit nur heulte und sein Vater so verschlossen und still in der Ecke stand, dass die Gäste ihn ständig anrempelten und dann sagten: »Entschuldigen Sie, ich habe Sie gar nicht gesehen.« Ich schenkte Bas tatsächlich ein Medaillon mit meinem Foto darin und er schenkte mir tatsächlich eine Locke von sich.

Ich küsste ihn tatsächlich im Esszimmer.

Aber als ich ging, rannte er mir hinterher und sagte, er habe noch etwas für mich. Es war ein Brief. Ein Brief für den Fall, dass er sterben würde. Ich sollte ihn nur öffnen, falls die Marine seine Familie benachrichtigte. In dem Brief stand vermutlich, wie sehr er uns alle liebte und vermisste und wie glücklich wir ihn gemacht hatten.

Ich stelle mir zumindest vor, dass so etwas normalerweise in solchen Briefen steht. Ich weiß es nicht, denn ich habe den Brief von Bas nie geöffnet. Als er mir auf der Straße den Umschlag überreichte, sagte ich, dass der Brief nur Unglück bringe. Ich sagte ihm, dass ich ihn zu Hause sofort vernichten werde, um zu beweisen, wie überflüssig er sei.

Und das machte ich auch. Ich zerriss ihn und schmiss ihn in den Müll.

Und deshalb werde ich nie wissen, was Bas' allerletzten Worte für mich waren. Manchmal denke ich, er wollte mir sagen, dass er mich liebt. Manchmal träume ich, ich würde den Brief öffnen und darin stünde: »Ich habe dir niemals verziehen, dass du mich dazu gedrängt hast.«

# Kapitel 9

***Donnerstag***

»Ich freue mich, dass du wieder mehr unter Leute kommst, Hannie«, sagt Papa. Meine Mutter ist an diesem Nachmittag nicht da. Sie unternimmt einen ihrer seltenen Ausflüge in die Außenwelt und besucht ihre Schwester auf dem Land. Wegen der Ausgangssperre wird sie wahrscheinlich über Nacht bleiben, deshalb sind Papa und ich allein. Ich bin von der Arbeit nach Hause gekommen, um ihm das Mittagessen zu richten, und jetzt sitzt er in seinem Stuhl und liest, während ich bis zu meinem nächsten Liefertermin Mirjams Schulsachen durchsehe. Danach werde ich mich mit Judith und ihrer Cousine vor dem Theater treffen. Herr Kreuk hat heute noch eine Beerdigung. Hoffentlich fällt ihm nicht auf, dass ich nicht ins Büro zurückkomme.

»Unter Leute?«, wiederhole ich irritiert.

»Dich mit Freunden triffst, wie gestern Abend. Ich kann mich nicht erinnern, wann du das das letzte Mal gemacht hast.«

Er hat recht. Das ist Jahre her. Wir waren eine Clique.

Bas war der Anführer. Elsbeth die freche Göre. Ich gehörte zum harten Kern, war aber nicht so vorwitzig, nicht so überschäumend wie sie. Mir genügte es, mich in ihrem Glanz zu sonnen. Die anderen kreisten wie kleine Monde um mich und um Bas und Elsbeth, meine zwei besten Freunde. Gestern Abend musste ich nur daran denken, wie merkwürdig es sich anfühlte, auf einmal bei einem Treffen des Widerstands dabei zu sein. Ich dachte nicht daran, wie merkwürdig es sich anfühlte, auf einmal wieder unter Freunden zu sein.

»Ollie ist kein richtiger Freund, Papa. Er ist nur –« Gerade rechtzeitig merke ich, dass jeder Erklärungsversuch nur Verdacht erregen würde. »Doch, eine Art Freund. Es ist nett, sich mal wieder mit jemandem zu unterhalten.«

»Du bist jung. Es wäre schön, wenn du nicht nur jemanden zum *Unterhalten* hättest.« Er zwinkert mir zu und ich werfe ihm ein Kissen an den Kopf. »Was, du misshandelst einen Krüppel?«

Ich werfe ihm noch ein Kissen an den Kopf. »Was soll Mama denken, wenn sie erfährt, dass du mich dazu aufforderst, mich spätabends mit Jungs zu treffen?«

»Als du mit Bas ausgegangen bist, hat sie nichts dagegen gehabt. Obwohl wir immer fanden, dass ihr beide –«

Papa merkt, was er gerade sagen will, und bricht mitten im Satz ab. Ich sollte etwas sagen, um das Schweigen zu beenden, aber ich finde nicht die richtigen Worte. Ich starre auf das oberste Blatt von Mirjams Schulunterlagen in meinem Schoß. »Was liest du da eigentlich?«, fragt Papa.

»Alte Briefe und Schulsachen«, sage ich wahrheitsgemäß, erwähne aber nicht, dass es nicht meine alten Briefe und Schulunterlagen sind. »Sollen wir das Radio anstellen?«

Er nickt erfreut. Ich wusste, dass dieser Vorschlag ihn von weiteren Fragen ablenken würde. Informationen und Kontakt zur Außenwelt – beides ist unverzichtbar. Die Nazis haben die meisten privaten Telefonanschlüsse schon gekappt. Auch wir haben kein Telefon mehr. In wohlhabenderen Gegenden, wo Nazibefürworter wohnen, gibt es noch Leute mit Telefon. Es heißt, die Deutschen wollen demnächst auch die Radios kassieren. Papa und ich haben bereits ein kaputtes, altes Radio aus dem Abstellschrank geholt. Das wollen wir dann anstelle unseres guten Radios abgeben.

Wir dürfen sowieso nur noch genehmigte Propagandasender hören. BBC einschalten ist verboten. Dieser Sender und die illegalen Untergrundzeitungen sind für uns die einzigen ernst zu nehmenden Informationsquellen, seitdem die niederländischen Zeitungen übernommen worden sind. Die holländische Exilregierung spricht manchmal auf diesem Sender, der bei uns Radio Oranje genannt wird. Mama ist strikt dagegen, dass wir BBC hören, weil sie Angst davor hat, dass es rauskommt. Aber Papa und ich hören ihn immer ganz leise und nur, wenn die Fenster geschlossen und die Türen mit Handtüchern abgedichtet sind, damit kein Laut nach draußen dringt. Papa lauscht dem englischen Nachrichtensprecher. Mein Englisch ist nicht so gut, aber nach der Sendung erklärt er mir, was ich nicht verstanden habe.

Das Radio brummt eintönig vor sich hin und ich wende mich wieder Mirjams Sachen zu. Die Datumsangaben auf den Blättern stammen alle aus dem letzten Sommer oder Anfang Herbst, also nur wenige Wochen, bevor die Familie untertauchte. Die Arbeiten sind gut benotet, und sie hat sogar eine Tabelle geführt, in der sie sich mit den anderen Schülern verglich. Sie war eine gute Schülerin. Viel besser, als ich es jemals gewesen bin. Außer den Schularbeiten sind auch ein paar Zeitschriftenausschnitte von modischen Kleidern und vornehmen Villen unter ihren Sachen.

Das leise Radiobrummen ist von einem flotten Swing abgelöst worden. Papa sitzt schnarchend in seinem Stuhl. Beim Sortieren der Schulsachen flattert noch etwas heraus. Es ist ein Zettel, kleiner als die anderen und kunstvoll zu einem Stern gefaltet. Ich kenne diese Falttechnik – ich habe sie einmal zwei Tage lang im Matheunterricht geübt. Bei den Mädchen in meiner Schule waren solche Briefchen groß in Mode. Elsbeth lernte es zuerst und hat es dann uns anderen beigebracht.

Ich muss kurz überlegen, wie das Briefchen geöffnet wird, aber als ich den richtigen Anfang gefunden habe, geht es ganz leicht. Es ist das einzige Schriftstück, das in einfacher Druckschrift geschrieben ist, die Schularbeiten sind sonst alle in vorschriftsmäßiger Schreibschrift geschrieben. Die Handschrift ist winzig. Das Briefchen erinnert mich an die Zettelchen, die Elsbeth und ich hinter aufgeschlagenen Schulbüchern heimlich kritzelten und uns nach der Stunde im Gang zusteckten.

*Liebe Elizabeth,*
*wir haben gerade Mathe, und unser Lehrer hat eine lose Schuhsohle, die bei jedem Schritt ein unvorstellbar grässliches Geräusch von sich gibt. Es ist geradezu unanständig und alle lachen darüber. Schade, dass du nicht in unserer Klasse bist. Ich glaube, T hat mich heute bemerkt, also richtig bemerkt und mir nicht nur aus Versehen auf die Zehen getreten oder mir den Füller aufgehoben, den ich neben seinem Pult habe fallen lassen, oder »Entschuldigung« gesagt, wenn ich ihn im Gang angerempelt habe. (Habe ich erwähnt, dass ich das alles schon ausprobiert habe, Elizabeth? Habe ich erwähnt, was für ein bedauernswerter Mensch ich geworden bin? Ich habe mich nämlich schon darauf verlegt, an der Tür zu lauern, wenn ich weiß, dass er gleich durch diese Tür kommen wird! Ja, meine liebste Freundin, das ist wirklich wahr. Ich begebe mich regelrecht in Gefahr, nur damit er mit mir spricht. Ich kann kaum glauben, dass er uns als Kind nach der Schule besuchte und Toast mit uns aß und dass ich es jetzt kaum schaffe, ihn anzu-*

*sprechen.) Aber! Heute war es anders. Heute in der Literaturstunde bin ich aufgestanden, habe mein Referat gehalten und einen kleinen Witz gemacht, und T hat gelacht, richtig gekichert, und danach hat er mir gesagt, dass der Witz gut war. Ein guter Witz! Also bin ich doch nicht so bedauernswert, wie ich befürchtet habe. (Oder doch?)*
*Ich vermisse dich, Allerliebste. Schreib mir bald, bälder, am bäldesten!*
*Liebste und innigste Grüße*
*Deine Margaret*

Ich lese den Brief noch einmal, dann noch einmal, in jedem Satz klingen die vertrauten Rhythmen von Freundschaft mit.

Habe ich Elsbeth nicht in genau so einem Briefchen erzählt, wie ich Bas das erste Mal zum Lachen gebracht habe? Wie viele Briefchen habe ich geschrieben, Briefchen voller Geheimnisse und Geschichten, und jedes Mal zu einem perfekten Stern gefaltet? Wie viele davon habe ich selbst bekommen? Elsbeth hat mir einmal ein Kästchen für die unzähligen gefalteten Sternbriefe geschenkt, eine alte Zigarrenkiste, mit buntem Papier beklebt und dann mit Firnis überzogen. Sie hat es mir einfach so geschenkt. Ich habe sie gefragt, ob sie es selbst gebastelt habe, aber sie hat gelacht: »Mein Gott, nein. Für so etwas mache ich mir doch nicht die Hände schmutzig. Ich habe es gesehen und gedacht, es könnte dir gefallen, du Dummerchen.« So war sie. Großzügig und unbekümmert. Sie machte ihre Geschenke so beiläufig, dass sie einem nie das Gefühl gab, ihr etwas schuldig zu sein. »Erzähl Bas doch einfach, du hättest das von einem anderen Jungen bekommen«, schlug sie vor. »Dann wird er eifersüchtig.«

Habe ich das Kästchen noch irgendwo? Würde ich mich in den Briefchen wiedererkennen?

Mit meiner Trauer ist das nämlich so: Es ist wie in einem sehr unaufgeräumten Zimmer in einem Haus, wo der Strom ausgefallen ist. Meine Trauer über Bas ist die Dunkelheit. Durch die Dunkelheit fällt einem sofort auf, dass in dem Haus etwas nicht stimmt. Sie überlagert alles andere. Aber wenn man das Licht wieder anknipsen könnte, würde man feststellen, dass auch viele andere Dinge nicht stimmen. Das Geschirr ist dreckig. In der Spüle ist Schimmel. Der Teppich ist verrutscht.

Elsbeth ist mein verrutschter Teppich. Elsbeth ist mein unaufgeräumtes Zimmer. Elsbeth ist die Trauer, die ich mir zugestehen würde, wenn meine Gefühle nicht von Dunkelheit verhüllt wären.

Denn Elsbeth ist nicht tot. Elsbeth wohnt nur zwanzig Minuten von mir entfernt, zusammen mit einem deutschen Soldaten. Sie sagt, sie liebt ihn. Wahrscheinlich liebt sie ihn auch. Ich habe ihn einmal getroffen. Rolf. Er sah gut aus und war groß. Er hatte ein freundliches Gesicht. Er sagte sogar das Richtige, zum Beispiel, er wisse, dass alle Jungs hinter Elsbeth her seien, und dass er sich glücklich schätze, sie zu haben. Er arbeite für irgendein hohes Tier in der Gestapo, und wenn ich einmal etwas bräuchte, solle ich es ihn wissen lassen, denn Elsbeths Freunde seien auch seine Freunde. Ich habe ihm die Hand geschüttelt und hätte mich am liebsten übergeben.

Und wie ich jetzt diese Schulsachen ansehe, ist es, als hätte jemand ganz kurz das Licht in dem unaufgeräumten Zimmer angeknipst. Ich werde nicht mehr durch Bas abgelenkt. Ich kann Elsbeth sehen.

Dieses Briefchen klingt so optimistisch, genau wie die Zettelchen, die wir uns schrieben, lange bevor der Krieg ausbrach, als wir noch darüber rätselten, wer in uns verliebt sein könnte und wer nicht, wer uns beachtete und wer nicht.

Wer sind Elizabeth und Margaret? Sind die Unterlagen einer anderen Schülerin in die Schulsachen von Mirjam geraten? Die Mädchen waren offenbar gut befreundet, saßen aber in unterschiedlichen Klassenzimmern, vielleicht waren sie in verschiedenen Klassenstufen, so wie ich und Elsbeth. Im Geist setze ich diese Frage auf die Liste der Dinge, die ich Frau Janssen und Judiths Cousine fragen will. Was habe ich sonst über Mirjam in Erfahrung gebracht, seitdem ich mir vor beinahe achtundvierzig Stunden bei Frau Janssen ein erstes Bild von ihr gemacht habe? Sie hatte viele Verehrer. Sie war eine gute Schülerin, ein bisschen streng mit sich und so leistungsbewusst, dass sie über die Noten ihrer Klassenkameraden Buch führte. Vielleicht war sie auch verwöhnt.

Immerhin schenkten die Eltern ihr einen neuen, blauen Mantel, als ihr alter einen Riss bekam. Heutzutage würden viele Familien den alten Mantel einfach flicken lassen, auch wenn es einen schönen neuen zu kaufen gäbe. Ist sie … tot? Ist sie am Leben?

Sie ist aus einem Haus verschwunden, aus dem man nicht verschwinden konnte, wo die Hintertür verriegelt war und die Haustür überwacht wurde.

*Mirjam. Wo bist du?*

# Kapitel 10

Judith und ihre Cousine haben Glück, dass sie einen Onkel haben, der ihnen die Arbeit in der Schouwburg vermittelt hat. Juden dürfen kaum noch irgendwo arbeiten. Die Arbeit im Theater ist wahrscheinlich ebenso begehrt wie die Arbeit im Jüdischen Hospital. Die Juden, die dort arbeiten, habe ich gehört, bekommen einen Sonderstempel in ihren Ausweis, mit dem sie während der Ausgangssperre unterwegs sein dürfen, ohne deportiert zu werden. *Glück* ist ein relativer Begriff geworden, heute bedeutet Glück schon, wenn man in seiner eigenen Heimatstadt nicht wie ein Verbrecher behandelt wird.

Die Schouwburg ist ein weißes Gebäude mit hohen Säulen. Als ich das letzte Mal hier war, mit Bas' Familie, hing ein buntes Transparent mit der Ankündigung des Weihnachtsmärchenstücks an der Fassade. Jetzt ist das Gebäude nackt, zwei Wachen stehen davor, die mich an der Tür anhalten und meinen Ausweis sehen wollen. Ich weiß nicht, ob Judith Schwierigkeiten bekommt, wenn ich sage, dass ich sie hier treffen will, deshalb behaupte ich, ich hätte Medizin für eine Nachbarin dabei, die bei der Razzia der vergangenen Nacht aufgegriffen worden sei. Ich hebe meine Tasche hoch, als enthalte sie etwas Wichtiges.

»Ich bin gleich wieder da. Meine Mutter hat gesagt, Sie würden mich bestimmt nicht reinlassen«, improvisiere ich. »Sie denkt, Sie dürfen das gar nicht und müssen erst Ihren Vorgesetzten fragen.«

Die beiden wechseln einen Blick. Der eine möchte mich abweisen – das erkenne ich an seiner Körperhaltung –, deshalb beuge ich mich verschwörerisch vor und senke meine Stimme. »Ihr Ausschlag ist nämlich wirklich ekelhaft. Ich habe es selbst gesehen.« Ich hoffe, dass die beiden Wachen einen Hygienefimmel haben, wie er unter den Nazis verbreitet ist. Ich lege mir die Hand auf den Bauch, als würde mir allein bei dem Gedanken an den Ausschlag übel werden. Schließlich tritt einer der beiden Soldaten zur Seite. »Vielen, vielen Dank«, sage ich.

»Aber beeil dich«, erwidert er, und ich setze eine möglichst entschlossene Miene auf, aber ich lasse mir nicht anmerken, wie stolz ich bin, dass ich es geschafft habe, an ihnen vorbeizukommen. Das war ein neuer Trick von mir, den muss ich mir merken.

Als Erstes schlägt mir der Gestank entgegen.

Schweiß, Urin und Exkremente und noch ein anderer, undefinierbarer Geruch. Er steht wie eine Mauer vor mir, auf beiden Seiten und noch weit höher als mein Kopf, und ich kann ihn unmöglich überwinden.

Was ist mit diesem Theater geschehen? Die Sitze sind aus dem Fußboden gerissen und aufgestapelt worden. Der Vorhang vor der Bühne ist weg, aber die Seile, mit denen er zurückgezogen wurde, hängen noch an ihren Rollen und schwingen geisterhaft über die Bühne. Es ist dunkel, nur die Notlichter glühen wie rote Augen an den Seiten des Saals. Und Menschen. Alte Frauen auf dünnen Strohmatten, die entlang der Wände ausgelegt sind. Wahrscheinlich müssen sie darauf schlafen, denn ich sehe sonst nichts, worauf man sich legen könnte. Junge Frauen kauern neben Koffern. Es ist unerträglich stickig.

Jenseits der Tür, nur wenige Schritte entfernt, sprechen die Wachen über irgendetwas Belangloses in frischer, sauberer Luft. Hier drin aber, im ehemaligen Foyer, dreht sich mir der Magen um und ich muss meinen Brechreiz unterdrücken. Sind meine Nachbarn hierhergebracht worden? Herr Bierman und die anderen, die verschwunden sind?

*»Bitte.«*

Ein älterer Mann hat mich von hinten leise angesprochen. »Bitte«, sagt er noch einmal. »Wir dürfen die Wachen nicht ansprechen, aber ich habe Sie gerade hereinkommen sehen und – wissen Sie, ob ich nach Westerbork kommen könnte? Meine Frau und meine Kinder hat man gestern dorthin gebracht. Es heißt, ich soll nach Herzogenbusch – aber ich würde alles dafür tun, alles dafür geben, nach Westerbork zu kommen.«

Bevor ich antworten kann, zupft jemand an meinem Ärmel. Es ist eine Frau, die unser Gespräch gehört hat.

»Können Sie einen Brief mit hinausnehmen?«, fragt sie. »Ich muss meine Schwester benachrichtigen. Ich bin mit meiner Mutter hergekommen. Sie ist in dem Raum gestorben, wo sie die Kranken hinschaffen. Ich möchte nur, dass meine Schwester informiert wird. Nur einen Brief, bitte.«

»Ich kann nicht«, beginne ich, aber immer mehr Menschen drängen auf mich ein, immer mehr Stimmen bitten um Hilfe. Ich bin verwirrt und die Gesichter der Menschen sind dunkel und fahl. »Ich kann nicht«, beginne ich wieder, als mich wieder jemand am Arm packt, gröber diesmal, und fortzieht.

»Was machst du hier?«, zischt eine Stimme. Jemand zieht an meinem Mantel. Ich versuche, mich zu befreien, aber die Hände lassen nicht los.

»Lass los«, schreie ich, aber da legt sich eine Hand über meinen Mund. »Hil…«, will ich schreien, die Hand rutscht wieder ab.

»Halt den Mund, Hanneke! Ich bin's.«

*Judith.* Es ist Judith. Mein Hirn registriert die Stimme, bevor mein Körper reagiert. Ich schlage immer noch mit den Armen um mich, und es dauert noch einen Moment, bis ich damit aufhöre. Judith zerrt mich zum Eingang, zeigt den Wachen ihren Ausweis und setzt mich vor der Tür ab. Sie hat sich mit verschränkten Armen vor mir aufgebaut, während ich würge und versuche, den

Gestank aus meinen Lungen zu pressen und die Erinnerung an all diese Menschen aus meinem Gedächtnis zu löschen. Ein weißes Stoffquadrat taucht vor mir auf.

»Hier.« Judith reicht mir ihr Taschentuch. »Nicht auf die Straße speien.«

Die beiden Wachen, die mich eingelassen haben, glotzen in unsere Richtung und wollen sehen, was mit dem Mädchen mit der Medizin los ist. Das Taschentuch streift meine Lippen. Ich wische mir über den Mund und richte mich mühsam wieder auf. »Es tut mir leid.«

»Was ist los?«

»Das habe ich nicht erwartet«, sage ich endlich.

»Was hast du denn gedacht? Dass es ein Hotel ist? Oder ein Teehaus? Hier werden massenweise Menschen untergebracht und es gibt kaum funktionierende Toiletten. Hast du gedacht, ein paar Schauspieler würden auf der Bühne etwas vorführen?«

Es ist sinnlos, etwas zu entgegnen. Alles, was ich sagen könnte, würde naiv klingen. Ich *war* naiv. Ich habe gewusst, dass es ein Deportationszentrum ist, aber das war bis zu diesem Moment ein abstrakter Begriff für mich. Jetzt muss ich ständig an das Meer von Gesichtern denken, an die Masse von Menschen, die dort drin warten und warten, an diesem Ort, der einst ein wunderschönes Theater war.

Jetzt glaube ich die Gerüchte, von denen Ollie mir erzählt hat, was mit den Menschen geschieht, die von diesem Ort aus fortgeschafft werden und nie mehr zurückkehren. Jetzt glaube ich, dass Gefangene in den Arbeitslagern Postkarten schreiben, in denen steht, es würde alles besser werden, und dann sind sie tot. Ich stelle mir die mädchenhafte Handschrift von Mirjam Roodveldt vor, die gezwungen wird, eine dieser Postkarten zu schreiben.

»Hanneke?« Judiths Tonfall ist nicht mehr ganz so schroff. »Ist alles in Ordnung?«

»Ich wollte doch nur dich und deine Cousine suchen«, stoße ich hervor und ersticke noch immer beinahe vor Ekel. »Du hast gesagt, dass wir uns hier treffen.«

»Ich habe gesagt, wir treffen uns *vor* dem Theater.« Judith zeigt mit dem Kopf auf ein prunkvolles Haus auf der anderen Straßenseite. »Die Kinderkrippe des Theaters ist dort drüben. Kannst du wieder gehen?«

Mir ist immer noch schwindlig, als ich mit Judith die Straße überquere und in das andere Gebäude gehe. Ich versuche, alles, was ich eben gesehen habe, aus meinem Kopf zu verbannen. Anders kann ich mich nicht auf das vor mir Liegende konzentrieren. Mein Hirn nimmt gierig alle neuen Informationen auf, als könnten sie mir helfen, das eben Erlebte zu vergessen.

Vor dem Haus sind keine Wachen postiert. Es sieht wie eine gewöhnliche Kinderkrippe aus, auch innen. Beim Betreten der Eingangshalle treffen wir ein junges Mädchen mit weißer Schwesternhaube. Sie geht mit einem weinenden Kleinkind auf und ab und versucht es zu beruhigen. Das Mädchen sieht mich leicht befremdet an.

Vielleicht ist es nicht üblich, dass Fremde hierherkommen, außerdem sehe ich bestimmt noch recht mitgenommen aus. Doch da entdeckt sie Judith hinter mir und lächelt.

»Arbeitest du heute? Ich wusste gar nicht, dass du Dienst hast.«

»Ich mache nur einen Besuch bei Mina. Mit meiner Freundin.«

Judith geht mit mir in einen Raum, der wie ein typischer Krankenhausschlafsaal aussieht, überall stehen Gitterbettchen mit schlafenden oder weinenden Babys. Ein Mädchen, das mit dem Rücken zu uns steht, beugt sich gerade über ein Bettchen. Aber als Judith sie anspricht, richtet sie sich auf. Neben Judiths hoher, gertenschlanker Gestalt wirkt Mina eher klein und gedrungen, aber sie hat die gleichen regelmäßigen Zähne und die gleichen strahlenden Augen. »Hallo, Judith.« Sie begrüßt ihre Cousine mit einem Kuss auf die Wange. »Ich habe mich schon gefragt, wo du bleibst. Hast du die –«

»Die Genehmigung. Ja. Sie wollten nur einen Namen und eine Adresse wissen, für hinterher.«

»Das machen wir immer so. Aber sie müssen verstehen, dass die Namen sich ändern können, und wir können nicht garantieren, dass wir sie rückverfolgen können.«

Judith nickt, offenbar versteht sie diesen Code. Ich vermute, er hat etwas mit den gefälschten Lebensmittelkarten zu tun, die für jüdische Familien hergestellt werden.

Sie berührt mich an der Schulter. »Ich habe noch einiges zu erledigen«, sagt sie. »Ich lasse dich hier bei Mina und komme in einer Stunde zurück. Vielleicht kann ich meinen Onkel bitten, einen Blick in die Listen zu werfen, damit wir wissen, ob Mirjam hier durchgekommen ist.«

Als sie fort ist, sagt Mina lächelnd: »Ich habe auch etwas zu tun. Ich muss mit der kleinen Regina an die frische Luft. Wenn es dir nichts ausmacht, kannst du mich begleiten, und ich beantworte dir nebenbei deine Fragen. Ich freue mich über etwas Gesellschaft. Das habe ich sonst nie. Ich liebe Babys, aber manchmal wäre es auch nett, mit Menschen zu sprechen, die in ganzen Wörtern reden. Judith hat gesagt, du wolltest etwas über Mirjam wissen?«

Mina redet ohne Punkt und Komma, sie holt nicht einmal Luft zwischen den Sätzen. Ich muss mich erst an diesen Redeschwall gewöhnen. Wie schafft sie das, hier zu arbeiten, direkt gegenüber dem Theater?

»Ich habe Mirjam ein bisschen gekannt«, fährt Mina fort. »Wir hatten in ein paar Fächern gemeinsam Unterricht. Kannst du mir ein paar von denen für Regina reichen?« Sie deutet mit dem Kopf auf einen Stapel sauberer Decken und bittet mich, ihr zu helfen, eines der schlafenden Babys in ein rosa Flanelltuch zu wickeln.

Schließlich habe ich Regina zu einem dicken Bündel verpackt. Mina nimmt eine Tasche, in der sich vermutlich Windeln und andere Sachen fürs Baby befinden. »Kannst du die Tasche tragen?«, bittet sie mich. Der Gurt schneidet in meine Schulter. Wer hätte gedacht, dass Babys so viel Zubehör benötigen?

»Dann wollen wir mal.« Mina bettet Regina in einen Kinderwagen. »So, jetzt liegen wir warm und weich, nicht wahr?« Sie sieht mich an und verdreht ihre Augen. »Ich habe *drei* Brüder. Alle jünger als ich. Ich habe schon Windeln gewechselt, als ich selbst noch in Windeln war. Gehen wir?«

Mina geht mit mir zur Hintertür, die in einen kleinen Hof führt, dann durch ein Tor, das zum Nachbarhaus gehört. »Abkürzung«, sagt Mina augenzwinkernd, und dann sind wir draußen auf einem gepflasterten Sträßchen.

Zwei ältere Frauen lächeln uns an, als sie den Kinderwagen sehen. Mina lächelt zurück. »Dürfen wir schauen?«, fragt die eine, und Mina bleibt stehen, damit sie das schlafende Baby betrachten können. Aber als die eine versucht, in den Wagen zu greifen, geht Mina rasch weiter.

»Sie muss in Bewegung bleiben«, ruft sie nach hinten. »Sie hat die ganze Nacht nicht geschlafen. Sie wacht auf, wenn ich nicht weitergehe.«

»So«, sagt sie, als wir am Ende der Häuserzeile angekommen sind, »jetzt erzähle von dir. Woher kennst du Judith? Bist du an der Universität? Was studierst du? Hast du einen Freund?«

Ich sortiere ihre Fragen und entscheide mich, mit der mittleren zu beginnen. »Ich bin nicht an der Uni. Ich arbeite.«

Minas Gesicht leuchtet auf. »Ich will auch arbeiten! Ich möchte Fotografin werden und durch die ganze Welt reisen. Ich habe schon ein paar Kurse besucht.«

Sie ist so ... Ich suche nach den richtigen Worten. Übersprudelnd. Voller Eifer und übersprudelnd, als stünde ihr die ganze Welt offen.

»Können wir über –« Ich breche ab, weil Mina stehen bleibt, um die Decke im Kinderwagen zurechtzuzupfen. Als wir weitergehen, fange ich wieder an. »Können wir über Mirjam sprechen?«

»Was weißt du bis jetzt über sie?«

Ich zögere. »Dass sie schlau war. Klassenbeste. Vielleicht ein bisschen zu ehrgeizig.«

»Also, das ist die reinste Untertreibung. Sie kannte fast kein anderes Thema als Noten. Obwohl ich glaube, dass ihre Eltern dahintersteckten. Sie hat für gute Noten Geschenke bekommen. Ich hatte den Eindruck, dass es ihr selbst nicht so wichtig gewesen wäre.«

Ich unterdrücke ein Lächeln. Das verändert meinen Blick auf das fleißige verschwundene Mädchen ein wenig. Ich erinnere mich daran, wie Mama und Papa immer sagten, wenn ich mich nur genügend anstrengte, würde ich bestimmt bessere Noten nach Hause bringen. Den Roodveldts war es offenbar gelungen, Mirjam zum Mitmachen zu bewegen, wohingegen meine Eltern irgendwann aufgegeben haben.

»Wofür hat sie sich interessiert?«

Mina spitzt ihre Lippen. »Haushalt und so. Sie hat sich

sogar über Porzellanmuster unterhalten oder wie viele Kinder sie einmal wollte und was sie ihnen anziehen würde. Solche Sachen eben.«

Sie sagt das in einem ungläubigen Ton, als wären häusliche Interessen etwas Absonderliches, aber mir macht diese Beschreibung Mirjam richtig sympathisch. Ich weiß, wie es ist, wenn man einfache, bescheidene Wünsche hat und selbst diese einem genommen werden.

»Wart ihr Freundinnen?«

Mina überlegt. »Die Schule war nicht groß, jeder hat jeden gekannt. Letztes Jahr habe ich sie zu meinem Geburtstag eingeladen, weil meine Eltern wollten, dass ich alle Mädchen einlade. Ich weiß nicht einmal mehr, ob sie gekommen ist. Ich glaube nicht, dass wir richtige Freundinnen waren. Sie war viel beliebter als ich.«

»Gibt es Fotos von deiner Feier?«

»Mein Fotoapparat war kaputt. Ich bekam zum Geburtstag einen funkelnagelneuen, aber die speziellen Filme, die ich mir dafür gewünscht hatte, waren noch nicht angekommen. Ursie hat Mirjam besser gekannt. Ursie und Zef waren ihren besten Freundinnen an der Schule.«

»Und wo finde ich Ursie und Zef?«

Mina sieht mich seltsam an. »Sie sind weg. Ursie hat kurz vor Mirjam die Schule verlassen und Zef direkt danach. Ich habe Ursie hier in der Schouwburg gesehen, bevor ihre Familie deportiert worden ist.«

Mirjams ganze Klasse ist verschwunden, einer nach dem andern, entweder haben sie sich versteckt oder sind durch das Theater geschleust worden. Das ist alles kompletter Wahnsinn und jede neue Information macht es noch wahnsinniger. Ich bin auf der Suche nach einem Mädchen, das aus einem abgeschlossenen Haus verschwunden ist. Das nicht als vermisst gemeldet werden kann, weil es schlimmer für sie wäre, wenn die Polizei sie fände, als wenn gar nicht nach ihr gesucht werden würde. Wobei die letzten Menschen, die sie vor ihrem Auftauchen bei Frau Janssen gesehen haben, alle tot sind. Ein Mädchen, dessen Freundinnen, die einzigen lebenden Personen, die vielleicht wissen, wohin sie gegangen sein könnte, ebenfalls fort sind.

»Hat es in eurer Klasse ein Mädchen gegeben, das Elizabeth hieß? Oder Margaret? Vielleicht nicht in der gleichen Klasse, aber in der Schule?«

Mina überlegt. »Nein, ich glaube nicht.«

»Es ist nämlich so …« Ich verlagere die schwere Tasche, die Mina mir gegeben hat, und hole das Briefchen aus meiner Tasche. »In Mirjams Sachen habe ich das hier gefunden. Der Brief einer Elizabeth an eine Margaret. Ich will herausfinden, wem er gehört und wie er unter ihre Sachen gekommen ist.«

Mina beugt sich vor, überfliegt den Brief und beginnt zu lachen.

»Was ist?«

»Das ist Amalia«, sagt sie.

»Wer ist das?«

»Mirjams beste Freundin. Mirjam kannte sie aus der anderen Schule, bevor die Juden in das Lyzeum wechseln mussten. Sie hat ihr im Unterricht immer Briefchen geschrieben. Ein paarmal ist sie erwischt worden und musste sie laut vorlesen.«

»Aber die Freundin hieß Amalia? Nicht Elizabeth?«

»Mirjam hat mir einmal erzählt, sie würden aus Spaß so tun, als seien sie Schwestern. Von königlichem Blut. Ehrlich gesagt – und ich sage das nicht gern –, ich fand das ein bisschen verdreht.«

»Margaret und Elizabeth. Die englischen Prinzessinnen.« Jetzt ergibt der Brief einen Sinn. Mirjam schrieb ihn wahrscheinlich während des Unterrichts an Amalia, musste aber untertauchen, bevor sie ihn abschicken konnte.

»Weißt du, wo Amalia wohnt? Oder wie sie mit Nachnamen heißt? Weißt du, wo ich sie finden kann?«

Mina beugt sich vor und zupft die Babydecke wieder zurecht. »Ihren Nachnamen weiß ich nicht«, sagt sie. »Und ich glaube auch nicht, dass sie noch in Amsterdam ist. Sie ist keine Jüdin. Mirjam erzählte, dass die Eltern sie aufs Land schicken wollten.«

»Wohin?«

Mina zuckt die Achseln. »Irgendwo bei Den Haag. Nicht Scheveningen, wo das Gefängnis ist, aber wie heißt gleich dieser kleine Strand?«

»Kijkduin?«, rate ich.

»Genau. Mirjam hat uns einmal eine Postkarte vom Hotel von Amalias Tante gezeigt – eine meergrüne Scheußlichkeit in Kijkduin. Zeigst du mir noch mal den Brief?«

Sie reckt ihren Hals, um die winzige Schrift zu entziffern, während wir mit dem Kinderwagen über den Gehweg holpern. »Hm. *T* könnte –« Sie unterbricht sich, um ein Steinchen aus dem Rad zu entfernen.

»Du weißt, wer *T* ist? Ein Junge, in den Mirjam verliebt war?«

»Könnte Tobias sein.«

*Tobias. Tobias.* »War er Mirjams Freund?«

»Tobias Rosen war jedermanns Freund, in unseren Träumen jedenfalls. Der schönste Junge der Schule. Letzte Woche hat er mich angelächelt und ich bin von seinem Glanz noch jetzt halb geblendet.«

»Letzte Woche?« Ich werde hellhörig. »Dann ist er noch da?«

»War er wenigstens bis vor ein paar Tagen. Er hat gefehlt, aber angeblich ist er nur krank. Sein Vater ist Zahnarzt, mehr weiß ich nicht über ihn. Er ist außerdem sehr beliebt.«

»Meinst du, er war in Mirjam verliebt?«

»Mirjam hat von irgendjemandem Blumen zum Geburtstag bekommen. Der Blumenhändler hat sie ihr vor der ersten Stunde im Schulhof übergeben. Sie wurde knallrot im Gesicht. Bei den Blumen lag keine Karte und wir haben sie alle deswegen aufgezogen, alle außer

Tobias. Er starrte die ganze Zeit auf sein Pult. Soll ich ihn fragen, wenn er wieder gesund ist?«

»Frage ihn, ob er sich mit mir treffen würde. Das wäre noch besser.«

»Also gut. Ich könnte auch mit den anderen Klassenkameraden sprechen. Es wäre nett, wenn du mich mal wieder besuchen kämst. Ich habe nicht mehr viele Freundinnen.« Sie sieht mich durch ihre dunklen Wimpern hindurch an. »Würdest du das tun? Ah, warte mal!«

Sie bleibt so abrupt stehen, dass ich fast über den Kinderwagen stolpere.

»Wir sind da«, sagt sie. Ich habe nicht auf unseren Weg geachtet, aber wir sind ein ziemliches Stück gegangen, und jetzt sind wir ganz in der Nähe von Amsterdam Centraal, dem Hauptbahnhof.

»Wir sind da?«, wiederhole ich. »Wieso? Ich dachte, wir machen bloß einen Spaziergang?«

»Meine Lieferung.«

Oh. Verdammt. Ich hätte doch besser hinhören sollen, als sie und Judith miteinander sprachen. Mina hat mich auf einen ihrer geheimen Botengänge mitgenommen. Deshalb ist die Tasche so schwer. Sie hat in den Decken Dokumente und Lebensmittelkarten versteckt. Vielleicht auch ein Bündel Geld für den Kontaktmann im Amt. Wahrscheinlich trage ich ein kleines Vermögen an illegalen Papieren mit mir herum. Ich zwinge mich zur Ruhe.

»Noch nicht ganz«, sagt Mina und sieht nach oben,

um sich zu orientieren. »Wir sollen uns beim Windmesser treffen.« Das Bahnhofsgebäude hat zwei Uhrentürme. Der eine hat eine richtige Uhr, die andere sieht nur aus wie eine Uhr, in Wirklichkeit zeigen die Zeiger aber die Windrichtung an. Mina schiebt den Kinderwagen zum Windmesserturm und sucht die Menschenmenge ab. »Da ist sie.« Sie hebt ihre Hand und winkt jemandem auf der anderen Seite des Platzes zu.

Eine gut angezogene Frau kommt auf uns zu. Sie ist blond, elegant frisiert und trägt ein teuer aussehendes Kostüm. Das also ist Minas Kontakt. Sie erinnert mich ein wenig an Frau de Vries. »Habe ich mich verspätet?«, fragt sie.

»Nein, nein«, versichert Mina. »Sie sind ganz pünktlich.«

»Ich habe nichts dabei. Hätte ich etwas mitbringen sollen? Ich glaube, jemand hat mir gesagt –«

»Nein, Sie sollten nichts mitbringen. Ich freue mich, dass ich Ihnen helfen kann. Sind Sie bereit?«

Die Frau nickt und breitet ihre Arme aus. Ich mustere die umstehenden Menschen, um sicherzugehen, dass uns niemand beobachtet. Dann nehme ich die Tasche von der Schulter und will sie Mina reichen, doch Mina beachtet meine ausgestreckte Hand nicht. Sie beugt sich über den Kinderwagen und holt Regina mit einer routinierten, fließenden Bewegung heraus.

»Sie heißt Regina«, sagt Mina. Und anstatt mir die Tasche abzunehmen, küsst Mina Regina auf die Stirn, flüstert ihr etwas ins Ohr, was ich nicht verstehe, und legt sie der blonden Frau in die Arme.

»Oh!« Die Frau schlägt die Decke auf und stupst Reginas Näschen. »Was für ein hübscher Name. Ob ich ihn behalte? Mein Mann hat immer gesagt, wenn wir einmal eine Tochter haben, soll sie wie seine Mutter heißen.«

Mina schluckt. »Sie haben jetzt eine Tochter«, sagt sie schließlich. »Sie werden nach besten Kräften für sie sorgen. Sind Sie mit dem Auto da?«

»Es steht um die Ecke.«

»Dann ist alles geregelt.«

Die Frau sieht aus, als wollte sie noch etwas fragen, aber dann dreht sie sich um und geht über den belebten Platz davon. Mina sieht ihr nach, bis sie in der Menge verschwunden ist.

# Kapitel 11

»Das war die Lieferung?«, flüstere ich. »Das war die Lieferung, die du erledigen wolltest?« Mina nickt und wendet sich zum Gehen. »Warte. Das war – Mina, was sollte das?«

Sie bleibt stehen, nimmt mir mit einem zweifelnden Blick die Tasche ab und verstaut sie im Kinderwagen. »Wir machen das nur, wenn wir die Erlaubnis der Eltern haben. Manche weigern sich, ihr Kind herzugeben. Wir verstecken nur Kinder, deren Familien glauben, dass sie bei anderen sicherer sind. Ich dachte, du wüsstest das.«

Also darauf bezog sich das Gespräch zwischen Judith und Mina, das ich zuvor gehört hatte. Es war kein Geheimcode, hatte nichts damit zu tun, Leuten falsche Papiere mit neuen Namen zu beschaffen. Mina hatte ihre Bedenken geäußert, dass die Eltern ihre fortgegebenen Kinder nach dem Krieg vielleicht nicht wiederfinden würden.

»Wie viele?« Mina ist erst fünfzehn, sie reicht mir kaum bis zur Schulter. Die Vorstellung, dass sie so etwas regelmäßig macht, am helllichten Tag ... »Wie viele Kinder hast du schon untergebracht?«

»Ich allein? Bestimmt über hundert. Judith arbeitet in der Schouwburg und macht Familien ausfindig, die ihr Einverständnis geben. Ein Baby kann man leichter verstecken als einen Erwachsenen, weil man erst ab vierzehn Jahren Papiere benötigt. Wir haben im Theater eine Kontaktperson, die die Listen so abändert, dass es aussieht, als wären die Kinder nie in der Krippe angekommen.«

Die kleine Regina war kein Vorwand für eine illegale Lieferung. Die kleine Regina *war* die illegale Lieferung.

Mina hat das schon über einhundert Mal gemacht. Einhundert Mal ein Vergehen, für das man erschossen werden könnte. Und dann steht sie am nächsten Tag wieder auf und macht es aufs Neue, und trotzdem redet sie über die Schule und über Jungen und darüber, was sie nach dem Krieg einmal machen möchte. Ein Mal von hundert Malen habe ich ihr dabei geholfen.

Mina sieht mich von der Seite an. »Ich dachte, du wüsstest Bescheid«, sagt sie noch ein Mal. »Hat Judith dir nichts gesagt?«

»Nein.«

»Bist du sauer?«

Ich weiß nicht, was ich bin. Diese Lieferung ist eine von vielen Verstrickungen, denen ich aus dem Weg gehen wollte. Aber das Theater ist ein so schrecklicher Ort, und Regina ist noch so klein, und wir können so wenig ausrichten, wir alle. Was soll ich ihr antworten? Dass es mir lieber gewesen wäre, Regina wäre in der Krippe geblieben, um dann deportiert zu werden? Was bilde ich mir eigentlich ein? Dass es sich nur für Mirjam lohnt, sich in Gefahr zu begeben, nur weil ich den Auftrag habe, sie zu suchen? Dass ich das, was ich im Deportationszentrum gesehen habe, einfach vergessen kann?

»Ich weiß nicht, was ich denken soll«, beginne ich. »Ich finde –«

»Darf ich das Baby sehen?«

Die Stimme gehört zu einem Mann, der ein komisches Holländisch mit starkem deutschem Akzent spricht.

»Guten Tag, die Damen! Ein schöner Tag in einer schönen Stadt!«

Ich kenne diesen Soldaten. Nicht ihn persönlich, aber diesen Typ. Das ist der Typ, der Holländisch lernen möchte und den Kindern Süßigkeiten schenkt. Der nette Typ, der deshalb besonders gefährlich ist. Der Typ, der tief drinnen in seiner gestärkten Uniform erkennt, dass das, was er tut, eigentlich pervers ist. Zuerst möchte er unser Freund sein. Dann kommen die Schuldgefühle, und dann strengt er sich besonders an, sich einzureden, dass wir Abschaum sind.

»Weitergehen«, sage ich leise zu Mina. Er weiß nicht genau, ob wir ihn überhaupt gesehen haben. Vielleicht hat er ja jemand anderen angesprochen.

»*Meine Damen!*«, ruft er wieder. »Ich möchte einen

Blick auf das Baby werfen! Ich habe gerade erfahren, dass meine Frau eine Tochter bekommen hat! Lassen Sie mich sehen, was mich zu Hause erwartet!«

Er kommt freudig auf uns zu. Er darf nicht merken, dass im Kinderwagen gar kein Baby liegt. Er wird unsere Papiere sehen wollen. Er wird uns verhaften. Über Mina wird er auf die Spur von Regina kommen. Die ganze Krippe wird auf den Kopf gestellt werden. Ich muss normalerweise nur auf mich selbst aufpassen, aber wenn man in einer Organisation mitmacht, ist man für die Sicherheit aller verantwortlich.

Zu meiner Linken richtet Mina ihren Schal. Es sieht aus, als würde sie ihn wegen der Kälte enger ziehen. In Wirklichkeit legt sie ihn aber so zurecht, dass der Judenstern auf ihrem Mantel bedeckt ist. Im Geiste lege ich mir eine Geschichte zurecht: Das Baby ist krank, und der Soldat darf ihm nicht zu nahe kommen, sonst steckt er sich an. Das werde ich sagen. Etwas Widerliches, etwas mit Kotze.

Kaum zu glauben, aber Mina lächelt. »Glückwunsch«, ruft sie auf Deutsch, als er näher kommt. Weiß sie denn nicht, welche Folgen es hat, wenn eine Mitarbeiterin der Krippe mit einem leeren Kinderwagen ertappt wird? Doch als der Soldat neben uns steht, greift sie in den Kinderwagen und macht die Tasche auf. Was hat sie dort verborgen? Ein Gewehr? Falsche Papiere? Warum bin ich nicht längst weggerannt?

Doch in der Tasche liegt – ich muss zweimal hinsehen,

um mich zu vergewissern – Holz. Knorrige Aststücke, splitterige Reststücke von Brettern, sogar zusammengeknüllte Papierfetzen, die eher wie Abfall aussehen.

»Leider können wir Ihnen kein Baby in die Arme legen«, entschuldigt sich Mina. »Wir haben hier nur Brennholz. Es gab nicht genug auf unsere Bezugsscheine. Wir kommen gerade vom Sammeln. Aber herzlichen Glückwunsch.«

»Schade.« Er sieht ehrlich enttäuscht aus.

Wir sehen dem Soldaten nach und hören, dass ihn andere Passanten, die unser Gespräch gehört haben, beglückwünschen. Ich sage kein Wort, bis er außer Hörweite ist.

»Und ich habe die ganze Zeit diese Tasche geschleppt«, sage ich zu Mina.

»Hast du.«

»Weißt du, wie schwer sie ist?«

»Ich habe sie selbst schon Dutzende Male getragen. Ich habe dieses Abfallholz schon seit Monaten dabei. Aber es funktioniert. Wenn man mich anhält, sehe ich wie eine gewöhnliche Holländerin aus, die vom Holzsuchen kommt. Es ist nicht verboten, Holzabfälle zu suchen.«

»Aber warum?«

»Warum ich das mache? Damit ich einen Grund habe, einen leeren Kinderwagen ohne Baby durch die Gegend zu schieben.«

»Aber warum nimmst du dann den Kinderwagen

überhaupt mit?«, frage ich. »Warum trägst du das Baby nicht einfach zum Bahnhof?«

»Weil.«

»Weil?«

Mina sieht kurz auf den Kinderwagen, dann sieht sie sofort wieder hoch, als wollte sie nicht, dass ich ihren Blick bemerke. »Das spielt keine Rolle. Komm, wir gehen.«

»Mina, ist sonst noch etwas in dem Kinderwagen?«, frage ich.

»Nein. Wieso?«

Ich glaube ihr nicht. Ich denke daran, wie oft sie unterwegs stehen geblieben ist, um Reginas Decke zurechtzuzupfen. Wieso hat sich die Decke immer verschoben? Hat sie sie wirklich nur zurechtgezupft?

Bevor sie mich daran hindern kann, beuge ich mich vor und taste mit der Hand unter die Tasche mit dem Feuerholz. Vorne, direkt an der Seite, liegt etwas Hartes, Eckiges unter einem Stück Stoff. Es sieht aus wie eine Tasche, aber ich weiß nicht sofort, wie man sie aufmacht. Ich ziehe daran.

»Lass das!«, bittet Mina. Ihre Fröhlichkeit ist verschwunden.

»Was ist das?«

»Bitte lass das. Ich erzähle dir alles, aber wenn du das jetzt herausholst, kann uns das unser Leben kosten.«

Ich höre auf. Das Leben kosten? Das sagt ein Mädchen, das eben noch ein jüdisches Baby durch die besetzten Straßen Amsterdams geschmuggelt hat? »Was heißt das? Sag es mir. Was ist noch in dem Kinderwagen? Waffen? Sprengstoff?«

Sie sieht mich unglücklich an. »Ein Fotoapparat.«

»Ein Fotoapparat?«

Mina senkt ihre Stimme. »Ich habe in einer Untergrundzeitung über Fotografen gelesen, die Bilder von der Besatzung machen. Sie dokumentieren sie, damit die Deutschen nach dem Krieg nicht abstreiten können, was sie hier gemacht haben.«

»Ist das eine Gruppe? Gehörst du dazu?«

Mina errötet. »Nein, das sind alles Profifotografen. Aber viele von ihnen sind Frauen. Sie verstecken ihre Fotoapparate in ihren Handtaschen oder Einkaufstaschen und machen Bilder, ohne dass es jemand merkt. Das hat mich auf die Idee gebracht.«

»Und statt einer Handtasche benutzt du einen Kinderwagen«, sage ich. »Und das Objektiv?«

»Ich habe vorne ein kleines Loch für das Objektiv hineingeschnitten. Man merkt es nur, wenn man ganz genau hinsieht. Und jedes Mal, wenn ich mit einem Baby unterwegs bin, mache ich heimlich Bilder. Ich habe den ganzen Krieg in meiner Kamera und auf den Filmrollen.«

»Was meinst du mit heimlichen Bildern?«

»Razzien. Soldaten. Menschen, die ins Theater getrieben werden. Menschen, die aus ihren Häusern geschleppt werden, während die Nachbarn tatenlos zusehen.«

»Aber ich habe auch Bilder von guten Taten«, fährt sie fort. »Bilder aus dem Widerstand, damit die Menschen später wissen, dass sich einige von uns gewehrt haben. Bilder von Zwischenböden, wo sie Onderduiker verstecken. Und alle Kinder aus dem Theater – ich fotografiere sie, damit ihre Familien sie nach dem Krieg leichter finden können.«

»Wie viele Fotos hast du gemacht?« Von diesem Teil der Widerstandsbewegung habe ich noch nie gehört. Es ist verboten, Nazis zu fotografieren, und selbst wenn wir wollten, würden wir kaum an Filmmaterial kommen. Auf dem Schwarzmarkt sind Filme kaum aufzutreiben.

»Hunderte«, sagt Mina. »Seit ich acht bin, habe ich mir nichts anderes als Filme zum Geburtstag gewünscht. Ich habe einen großen Vorrat gehabt.«

»Was sagt Judith zu deiner Fotografiererei?«

Mina wird rot. »Sie weiß es nicht. Und bitte sage ihr nichts. Sie und Ollie und die anderen würden es nicht verstehen. Weil es ein Risiko ist, ohne dass dabei Leben gerettet werden. Aber ich finde es wichtig. Auch wenn es unvernünftig ist. Für mich ist es meine Art, Widerstand zu leisten.«

Ich erwidere nichts. Ich verstehe, dass etwas wichtig sein kann, auch wenn es nicht wirklich vernünftig ist und andere einen für verrückt halten. Das geht mir seit dem Augenblick so, als ich Frau Janssen versprochen habe, ihr zu helfen. Ich kann Minas Haltung nachempfinden, aber ist eine Sammlung von Fotos vergleichbar mit dem, was ich mache? Die Fotos sind für alle eine Gefahr. »Ich denke darüber nach«, sage ich schließlich. »Erst einmal werde ich ihr nichts sagen.«

Ich wüsste auch gar nicht, was ich ihr sagen sollte. Einen ganzen Nachmittag lang sind vor meinen Augen Dinge geschehen, die ich völlig falsch gedeutet habe, vom Anfang bis zum Ende. Die Hinweise waren deutlich genug, aber ich habe sie nicht gesehen.

Judith erwartet uns in der Krippe.

»Alles gut gegangen?«

»Kein Problem«, versichert ihr Mina. »Die Gastfamilie macht einen netten Eindruck.«

»Wenigstens das«, seufzt Judith. Sie dreht ihren Kopf hin und her und massiert mit einer Hand ihren Nacken. Bestimmt ist sie erschöpft, erst den ganzen Tag in der Schule und nach der Arbeit noch das hier. Sie sieht mich an.

»Ich habe Neuigkeiten für dich.« Sie wartet, bis Mina wieder im Haus ist, und versichert sich, dass die anderen Kinderschwestern nicht in Hörweite sind. »Ich habe mit meinem Kontakt gesprochen. Er hat die Listen der vergangenen drei Tage durchgesehen. Bis jetzt ist niemand mit dem Namen Mirjam Roodveldt durch das Theater geschleust worden.«

»Ist dein Kontakt zuverlässig?«

Sie verzieht ihr Gesicht. »Die Nazis legen Wert auf

fehlerfreie Dokumentation. Jeder, der hier durchkommt, hat Papiere.«

»Danke. Danke fürs Nachsehen.«

»Du musst mir nicht danken. Und Hanneke, ich habe gesagt, dass sie bis jetzt nicht hier war. Aber es ist nur eine Frage der Zeit.«

# Kapitel 12

Ollie erwartet mich vor unserer Haustür. Wir haben uns seit dem vergangenen Abend nicht mehr gesehen, dem Abend mit den betrunkenen Soldaten. So werde ich diesen Abend in meiner Erinnerung bezeichnen. »Der Abend mit den betrunkenen Soldaten«, das macht es mir leichter, daran zu denken, als »der Abend mit dem verzweifelten Kuss«.

Nach dem Kuss hatte der Soldat uns beglückwünscht und uns lachend auf die Schulter geklopft. Dann war er mit seinem Kameraden abgezogen. Ollie und ich waren zitternd stehen geblieben und hatten ihnen nachgesehen, bis sie in die nächste Gasse verschwunden waren. Dann hatten wir uns, wie auf ein stummes Stichwort, in Bewegung gesetzt und waren weitergegangen, vorsichtiger diesmal, falls noch etwas Unerwartetes um die Ecke biegen sollte.

Wir hatten nicht darüber gesprochen. Es war einfach passiert, so wie heutzutage Dinge geschehen und vielleicht wieder geschehen werden. Als wir zu unserem Haus gekommen waren, hatte sich oberhalb von uns der schwarze Vorhang bewegt, ein Zeichen, dass meine Eltern nach mir Ausschau gehalten hatten.

Jetzt erhebt sich Ollie von den Stufen meiner Haustür und begrüßt mich. »Ich habe das Fahrrad deiner Mutter zurückgebracht.« Sie hatte es ihm am vergangenen Abend ausgeliehen, damit er so schnell wie möglich nach Hause käme. Er hatte geschworen, er kenne einen Weg, auf dem fast nie eine Patrouille vorbeikomme. »Und ich habe Judith getroffen, als du mit Mina unterwegs warst. Ich wusste nicht, dass sie dich mitnehmen wollten. Ich finde das nicht richtig. Es ist zu früh, dich ohne dein Einverständnis in eine Übergabe zu verwickeln.«

Ich sehe ihn stirnrunzelnd an. »Ach so, das habe ich ganz vergessen. Du bist der Einzige, der mich ohne mein Einverständnis in Widerstandsaktionen verwickeln darf.«

Er wird bis über beide Ohren rot. »Ich habe darüber nachgedacht. Dass ich dich vielleicht hätte vorwarnen müssen. Es tut mir leid.«

*Es tut mir leid.* Bei so etwas war Bas nie sehr gut gewesen. Es lag nicht daran, dass er sich nicht entschuldigen wollte, sondern eher daran, dass er immer weiterstreiten wollte. Er liebte Wortgefechte, in denen er mich in dumme Argumentationen verwickeln konnte und mich dazu brachte, Positionen zu verteidigen, die mir eigentlich egal waren.

»Wie denkst du darüber?«, möchte Ollie wissen.

»Ich muss das alles erst einmal verdauen.« Ich überlege kurz, ob ich ihm noch mehr sagen soll, aber ich finde noch nicht die richtigen Worte, in meinem Kopf schwirrt alles noch durcheinander.

»Ich verstehe«, sagt Ollie.

»Judith und Mina sind sehr mutig.«

»Das könntest du auch sein. Denk darüber nach. Komm einfach zu unserem nächsten Treffen.«

Ich sehe ihn nicht an. »Wolltest du nur das Fahrrad vorbeibringen oder wolltest du mit reinkommen?«

Er verschränkt seine Arme vor der Brust und tritt von einem Fuß auf den anderen. Vielleicht ist ihm genauso peinlich wie mir, was gestern Abend geschehen ist. »Also gut«, sagt er zu meiner Überraschung, »aber ich kann nicht lange bleiben. Ich bin heute mit Kochen an der Reihe. Ich möchte Willem nicht hungern lassen.«

Oben behält er seinen Mantel an, bis ich ihn mit einer Geste auffordere, ihn auszuziehen und aufzuhängen. Er trägt seine Architektenuniform: aufgekrempelte Ärmel mit schmutzigen Manschetten. Mein Vater hat eine Nachricht auf dem Küchentisch hinterlassen. Ein paar Nachbarn hätten sich seiner erbarmt, weil Mama nicht da sei, und ihn zum Essen eingeladen. Hätte ich nur gewusst, dass niemand zu Hause ist, bevor ich Ollie hereingebeten habe.

»Tee?«, frage ich und füge rasch an: »Aber keinen echten.«

»Nein danke.«

Ich war gerade schon auf dem Weg in die Küche, als er ablehnt, jetzt bleibe ich verunsichert mitten im Zimmer stehen. Wenn er keinen Tee will, welchen Grund haben wir dann, gequält Konversation zu treiben?

Ollie streift durch die Wohnung, betrachtet die Bücher meines Vaters, reckt den Hals, um die Titel lesen zu können, lässt sie aber im Regal. »Das habe ich auch mal besessen.« Er zeigt auf einen Essayband, der zwischen Papas Wörterbüchern steht. »Ich weiß nicht, wo mein Exemplar geblieben ist.«

»Wahrscheinlich ist das dein Exemplar. Bas hat es mir gegeben.«

»Vielleicht wollte er dich beeindrucken. Ich glaube nicht, dass er das gelesen hat.«

»Ich habe gehört, dass die deutsche Armee Probleme in Stalingrad hat«, sage ich leise, damit die Nachbarn nichts hören, nur um irgendetwas zu sagen. »Auf BBC.«

»Du kannst Englisch?«

»Ein wenig. Papa bringt es mir bei.«

Und dann ist uns der Unterhaltungsstoff schon wieder ausgegangen. Es ist schon komisch, wie fremd man sich nach so einem Kuss zur falschen Zeit fühlen kann. »Ollie, wegen gestern Abend.« Er schweigt, und ich rede weiter, als könnte er sich nicht daran erinnern, wie wir uns auf der Straße zum Ergötzen der betrunkenen Soldaten geküsst haben. »Mit den Soldaten. Was wir getan haben. Als wir –«

»Als wir Glück hatten«, fällt er rasch ein. »Glück, dass wir so schnell reagiert haben.«

»Das hast du wirklich gut gemacht mit den Soldaten. Du kannst sie noch besser täuschen als ich.«

Er zuckt die Achseln. »Das lernt man mit der Zeit.«

»Wird dir das ständige Verstecken und Vorspielen nicht manchmal zu viel?«, frage ich.

»Nicht, wenn es mich am Leben erhält.«

Ich bin erleichtert, dass er den Vorfall so nüchtern betrachtet, aber es ärgert mich auch. Ich komme mir vor wie ein Mädchen, das sich in einen Kuss hineinsteigert, der keine Bedeutung hatte.

»Konnte Mina dir mit Mirjam weiterhelfen?« Ollie wechselt das Thema wie ein Gentleman.

»Ich bin auf der Suche nach einem Jungen, der Tobias heißt. Sein Vater ist Zahnarzt. Morgen fange ich an, die Praxen abzuklappern.« Ollie nickt, sagt aber nichts. »Ich komme mir vor wie in einem Wettlauf gegen die Zeit, aber ich weiß nicht, wann die Uhr abläuft«, gestehe ich. »Immer wenn ich etwas herausgefunden habe, taucht ein neues Problem auf. Ich habe das Gefühl, dass mir die Zeit davonläuft.«

»Das geht uns allen so«, sagt Ollie. »Uns, unserer kleinen Gruppe, der ganzen Widerstandsbewegung – dieser Krieg ist ein Wettlauf, in dem es darum geht, wie viele Menschen wir retten können und ob wir sie schneller retten können, als die Nazis sie zu fassen kriegen.«

»Wenn Mirjam in der Hollandsche Schouwburg landet, wird sie nie mehr rauskommen. Das weiß ich. Es stinkt nach …« Ich möchte *Uitwerpselen* sagen, merke aber, dass das Wort *Exkremente* nicht stark genug ist.

»Wonach?«

»Egal.«

Ollie bleibt vor einem Regal mit einem Familienfoto stehen. Es zeigt uns drei in den Ferien auf dem Land, Mama und mich mit Papa in der Mitte, wir haben beide eine Hand auf seine Schulter gelegt. Auf dem Foto sieht man nicht, dass ich einen Sonnenbrand auf der Nase habe, aber ich erinnere mich gut daran. Es brannte und die Haut pellte sich noch Tage später. »Dieses Kleid kommt mir bekannt vor«, sagt er und zeigt auf das Foto. »Warum erinnere ich mich an dieses Kleid?«

Das Kleid ist aus einem rot karierten Soff und hat Knöpfe am Kragen. Ich sehe es an und werde rot. Ich weiß genau, warum er sich daran erinnert. »Ich weiß nicht«, lüge ich. Er nimmt das Foto in die Hand und betrachtet es genauer, und die Art, wie er seine Stirn kräuselt, ist mir so vertraut, dass es mir beinahe den Atem nimmt. »Du siehst aus wie er«, platze ich heraus. »Du siehst aus wie Bas.«

Er zuckt unmerklich zusammen, dann sagt er: »Nicht wirklich.«

»In diesem Licht schon«, beharre ich. »Im Licht unserer Wohnung siehst du aus wie er.«

»Deine Familie könnte mit uns die Wohnung tauschen. Meine Eltern würden wahrscheinlich ein Vermögen für dieses Licht bezahlen.« Seine Stimme klingt ein wenig verbittert, aber vor allem traurig. »Sie vermissen ihn so sehr. Wir alle vermissen ihn. Deshalb bin ich –« Er bricht ab.

»Was, deshalb?«

Er seufzt. »Als ich neulich hierherkam, hoffte ich, dich für den Widerstand gewinnen zu können. Und ich wollte sichergehen, dass du nicht für den NSB arbeitest und Judith in Gefahr bringst. Aber ich machte mir auch Sorgen um dich. Als Judith mir erzählte, was du über Bas gesagt hast, hast du mir so leidgetan. Ich dachte, du wärst vielleicht richtig – kaputt.«

»Kaputt«, wiederhole ich, und es tut nicht weh, ihn das sagen zu hören. Es ist fast eine Erleichterung, dass jemand sich darüber Gedanken macht, wie es mir persönlich geht.

»Aber das ist ganz normal«, sagt Ollie. »Pia und ich sprechen ständig über ihn. Über ihn und seine unausstehlichen Witze, über sein Lachen und was aus ihm geworden wäre.«

Die Wohnung wirkt mit einem Mal ganz still. Ich beuge mich vor, um kein Wort zu verpassen. »Was wäre denn aus ihm geworden?«, flüstere ich.

»Ein Anwalt. Und dann ein Politiker. Ein Kommunalpolitiker. Er hätte sein Amt nur dort versehen, wo er auch seine Klienten hätte empfangen können. Er hätte Tanz und Geselligkeiten gefördert. Er hätte seine Familie geliebt.« Ollies Augen sind feucht, er sieht mich an.

Meine Kehle ist wie zugeschnürt. Es wäre so einfach für uns, gemeinsam zu trauern.

»Das Kleid ist von dem Tag«, flüstere ich. »Deshalb erinnerst du dich. Ich trug es an dem Tag.«

Der Tag. Mehr muss ich nicht sagen. Ollie hält sich den Bauch, als hätte ich ihm einen Tritt verpasst. Das Kleid ist von dem Tag, als wir von Bas erfuhren. Pia kam, um es mir zu erzählen. Ich rannte zu den van de Kamps, und Frau van de Kamp schlug mich, mitten ins Gesicht, und Ollie stand in der Mitte des Wohnzimmers, als würde bei der kleinsten Bewegung die Welt auseinanderfallen. Ich ging nach Hause, Tränen strömten über mein Gesicht, stundenlang, und Mama strich mir über den Rücken, bis die Tränen versiegten, weil ich innerlich ausgetrocknet war, und das war das letzte Mal, dass ich geweint habe.

»Oh«, sagt Ollie, »das wusste ich nicht mehr.«

»Ich mache jetzt Tee«, sage ich. »Du musst keinen trinken, wenn du nicht willst.«

Ollie geht mit mir in die Küche. Er steht hinter mir – ich spüre seine Augen, die meinen Bewegungen folgen. Meine Hände zittern, als ich den Kessel nehme, und er hilft mir, ihn gerade auf die Flamme zu setzen.

»Die Hollandsche Schouwburg«, sagt er schließlich.

»Was ist damit?«

»Sie stinkt nach Tod.« Ollie beendet den Satz, den ich vorher begonnen hatte, aber nicht beenden konnte. »Danach riecht es dort. Nach Tod und Angst.«

Angst. Das ist richtig. Das war der Geruch, den ich nicht einordnen konnte. Das ist der Geruch meines wunderschönen, zerbrechenden Landes.

Ich habe etwas ausgelassen, um mich zu schützen. Das war immer, wenn ich an das Taschentuch mit meinen Tränen dachte, nachdem Bas mir erzählt hatte, dass er zum Militär gehen wollte.

Ich mag mich nicht daran erinnern, dass es Tränen des Stolzes waren.

Die Niederlande wollten neutral bleiben. Wir wollten wie Schweden sein und in Ruhe gelassen werden. Hitler sagte, er wolle uns in Ruhe lassen. Bis zu dem Tag, als er unser Land besetzte, sagte er, er wolle uns in Ruhe lassen.

Ich war diejenige, die sagte, der Militärdienst sei ein symbolischer Akt des Widerstands gegen die Nazis.

Ich war diejenige, die die ganze Zeit gesagt hatte, den Deutschen müsse verboten werden, einfach ein Land nach dem anderen zu erobern.

Ich war diejenige, die Bas zur Meldestelle der Marine begleitete und dabei war, als er sich verpflichtete. Der Offizier fragte die ganze Zeit, ob er es sich auch gut überlegt habe. Die Einberufung sei erst mit achtzehn, sagte der Offizier. In der Armee würden sie jüngere Freiwillige gar nicht aufnehmen. Warum Bas nicht wieder nach Hause gehen und ein Jahr warten wolle, falls er seine Meinung doch noch ändern sollte.

Ich war diejenige, die dem Offizier sagte, dass Bas zur Marine gehen wolle, um nicht noch länger warten zu müssen, seine Tapferkeit zu beweisen. Ich überredete den Offizier, ihn aufzunehmen.

Bas hätte sich nicht gemeldet, wenn er nicht geglaubt hätte, mich damit glücklich zu machen.

Und es machte mich glücklich. Bis es mich traurig machte.

Damals dachte ich, ich wüsste über alles Bescheid. Ich dachte, die Welt bestünde aus Schwarz und Weiß. Hitler war böse, also mussten wir uns gegen ihn wehren. Die Nazis waren unmoralisch, also mussten sie letztendlich verlieren. Hätte ich wirklich aufgepasst, hätte ich gemerkt, dass unser winziges Land nicht die geringste Chance hatte, sich zu verteidigen, nicht wenn größere Länder wie Polen schon gefallen waren. Ich hätte ahnen können, dass, wenn Hitler uns in einer Radioansprache versicherte, er denke nicht an einen Einmarsch und wir hätten nichts zu befürchten, das eigentlich hieß, dass seine Soldaten schon dabei waren, ihre Fallschirme zu packen, und wir allen Grund hatten, uns zu fürchten. Zum Militär zu gehen war kein symbolischer Akt. Es war vergebliche Mühe.

Und deshalb habe ich mit Ollie über zwei Jahre lang nicht mehr gesprochen. Deshalb träume ich davon, wie Bas zu mir kommt und böse ist, weil ich seinen Brief nicht gelesen habe. Deshalb habe ich gelernt, dass Mut manchmal höchst gefährlich ist und eine Charaktereigenschaft, die man sparsam einsetzen sollte. Deshalb bin ich, wenn ich ganz ehrlich mit mir bin, so besessen davon, Mirjam zu finden. Weil es wie eine ausgleichende Gerechtigkeit wäre: ein Leben zu retten, nachdem man ein anderes zerstört hat.

Ich bin schuld am Tod von Bas. Es war dumm von Bas, mich zu lieben. Ich habe ihm nur den Tod gebracht. Es ist meine Schuld.

# Kapitel 13

Zweiundfünfzig Stunden. Vor zweiundfünfzig Stunden habe ich von Mirjam Roodveldts Verschwinden erfahren. Zwei schlaflose Nächte. Drei Begegnungen mit deutschen Soldaten. Ein gerettetes Baby. Ein Mädchen, das immer noch vermisst wird. Ich habe Frau Janssen nicht mehr gesehen, seitdem ich ihr meine Hilfe zugesagt habe, deshalb radle ich in der Dämmerung zu ihr, sobald Ollie gegangen ist, noch bevor die Ausgangssperre beginnt. Ich möchte ihr berichten, was geschehen ist. Sie lässt mich sofort an ihrem Küchentisch Platz nehmen und setzt mir wieder echten Kaffee und einen Teller mit kleinen Blätterteighörnchen vor. Als ich in eins hineinbeiße, quillt Mandelfüllung in meinen Mund. Banketstaaf, mein Lieblingsgebäck. Frau Janssen hat sich das von meinem letzten Besuch gemerkt und mir welche aufgehoben.

»Mir sind auch noch ein paar Dinge eingefallen«, sagt sie, nachdem ich berichtet habe, was ich bisher herausgefunden habe. »Über Mirjam. Sie helfen uns wahrscheinlich nicht weiter. Es sind einfach Dinge, die mir nicht aus dem Kopf gehen.« Sie holt ein Blatt Papier hervor und kneift die Augen zusammen. »Nummer eins: Du hast gesagt, es sei gefährlich, sich an die Nachbarn zu wenden, aber Mirjam hat ihren netten Hausmeister erwähnt. Vielleicht könntest du mit ihm sprechen? Nummer zwei: Sie hat das Kino sehr geliebt. Sie hat alle Stars gekannt. Gibt es noch offene Kinos? Du könntest dich dort umhören, ob jemand sie gesehen hat. Nummer drei: Sie war ein ruhiges Mädchen, Hanneke. Sie wollte nicht über ihre Familie reden, das machte sie zu traurig. Aber es machte ihr nichts aus, mich über meine Familie auszufragen. Auch über Jan. Manche Leute haben Angst, mich auf ihn anzusprechen, aber Mirjam hat mir viele Fragen gestellt. Manchmal brachte ich ihr eine Tasse Tee und wir redeten und redeten bis tief in die Nacht. Und sie war höflich. Sie hasste Rote Bete, hat sich aber nie beschwert, kein einziges Mal. Sie hat sich überhaupt nie beschwert.«

Frau Janssen sieht auf. »Soll ich fortfahren?«

»Nein, nein. Das war sehr hilfreich.«

So viel ist heute geschehen: die versteckte Kamera und Ollie und das schreckliche rote Licht auf der kahlen Theaterbühne. Ich habe kaum Zeit gehabt, darüber nachzudenken und alles zu verarbeiten. Und wenn ich jetzt daran denke, beschämt es mich.

Denn als ich Frau Janssen das erste Mal sagte, dass ich Mirjam suchen würde, stellte ich mir diese Aufgabe als ein geheimnisvolles Rätsel vor, das ich lösen müsste. Als eine Möglichkeit, meine eigene Welt wieder in Ordnung zu bringen. Als eine Möglichkeit, mich am Nazisystem zu rächen – ein vermisstes Mädchen, wie eine vermisste Schachtel Zigaretten. Als eine Möglichkeit, mein eigenes Selbst wiederzufinden. Aber in dem schrecklichen Theater und jetzt in der Küche von Frau Janssen, die mir erzählt, dass Mirjam klaglos Rote Bete gegessen habe, sehe ich sie endlich so, wie sie die ganze Zeit wirklich gewesen ist: ein verängstigtes Mädchen. Eines von vielen.

»Soll ich das Papier jetzt auch verbrennen?«, fragt Frau Janssen und hält die Notizen hoch, die sie mir gerade vorgelesen hat.

Ich nicke zögernd. »Ja, ich glaube schon.«

»In Ordnung.«

Sie sucht die Streichhölzer am Herd, scheint sie aber nicht zu sehen, obwohl sie direkt vor ihr liegen.

»Frau Janssen, wo ist Ihre Brille?«

Ihre Hand tastet fahrig an ihre Nase, wo sich immer noch zwei tiefe Abdrücke abzeichnen. »Ach. Ich habe sie fallen lassen. Hinter den Kleiderschrank.«

»Wann?«

»Kurz nachdem du das letzte Mal hier warst.«

»Das war vor zwei Tagen.«

»Ich weiß, wo hier alles ist, meistens.«

Mir wird übel bei der Vorstellung, wie sie mit ihrem Gehstock halb blind durch das Haus tapert, Mandelgebäck bestellt für den Fall, dass ich komme, und sich wünscht, dass wieder jemand da wäre, der sie über ihren Sohn ausfragt. Sie ist so einsam.

Ich wische mir die Krümel von den Händen. »Wo ist der Schrank? Ich hole die Brille.«

Sie führt mich durch das Haus zu ihrem Schlafzimmer. Sie redet. »Ich muss mich erst ans Alleinesein gewöhnen. Die Jungen oder Hendrik hätten mir die Brille geholt. Und Mirjam natürlich. Immer war jemand da, der mir helfen konnte. Weißt du, ich war berufstätig wie du. Vor vierzig Jahren, als es kaum Frauen gab, die arbeiteten, lernte ich Hendrik kennen, weil er mich als Ladengehilfin einstellte. Ich kam mir so unabhängig vor, aber dann habe ich auf einmal nur noch für andere Menschen gesorgt, und jetzt möchte ich nicht mehr allein sein. Das hätte ich nie gedacht.«

Der Kleiderschrank ist aus Eichenholz, klobig und schwer. Allein werde ich ihn nicht verrücken können. Unter dem Schrank entdecke ich Frau Janssens Brille, aber der Abstand zum Boden ist zu gering, um darunter zu fassen.

»Ich wollte Christoffel fragen, wenn er das nächste Mal kommt«, meint sie. »Ich glaube, er kommt morgen.«

»Wir brauchen Christoffel nicht. Haben Sie einen langen Stab? Einen sehr dünnen, vielleicht eine Vorhangstange.«

Mehrere Minuten lang suchen wir beide nach einem geeigneten Gegenstand. Schließlich verschwindet Frau Janssen in ihrem Küchengarten und kommt mit einer schmalen Holzlatte wieder, an deren unteren Ende etwas Erde hängt und an deren oberen Ende ein Samenpäckchen befestigt ist, auf dem Rote Bete abgebildet ist. »Wie wäre es damit?«

Mithilfe der Latte schiebe ich Frau Janssens Brille zur anderen Seite unter dem Schrank hervor. Sie dankt mir überschwänglich, staubt sie ab und setzt sie sich auf die Nase. Kurze Zeit später sitzen wir wieder am Küchentisch.

»Vielleicht bringt uns das alles nicht weiter, aber ich habe immerhin ein paar Namen herausgefunden«, erzähle ich ihr. »Von Leuten, die Mirjam gut gekannt haben könnten. Es ist vielleicht an den Haaren herbeigezogen, aber hat Mirjam jemals von ihrer Freundin Amalia erzählt?«

Frau Janssen spitzt den Mund. »Ich glaube nicht.«

»Ursie? Zef?«

»Ursie könnte sein. Aber vielleicht verwechsle ich sie mit meiner Schneiderin. Die heißt auch Ursie.«

Den aussichtsreichsten Namen habe ich mir bis zum Schluss aufgehoben. »Tobias? Er könnte ihr Freund gewesen sein.«

»Sie hat über einen Jungen gesprochen, den sie mochte, aber ich erinnere mich nicht … Lass mich überlegen.«

Es ist eine seltsame Vorstellung, dass Mirjam über einen Jungen gesprochen haben soll, während sie in einem Versteck lebte und um ihre Familie trauerte und um ihr Leben fürchtete. Aber ich nehme an, dass Liebe nicht einfach erlischt, auch nicht im Krieg. Man kann wahrscheinlich nur eine begrenzte Zeit am Tag in Angst und Schrecken verbringen, irgendwann brechen instinktiv wieder andere Gefühle über einen herein.

»Oh!« Frau Janssens Gesicht hat sich aufgehellt. Sie nimmt ihren Gehstock und schiebt ihren Stuhl zurück. »Mir ist gerade etwas eingefallen.«

»Was? Was denn?«

Sie steht auf und geht in die Speisekammer. Ich höre Rascheln und Gläserklirren, dann kommt sie mit mehreren Einmachgläsern zurück.

»Ich habe keinen Hunger«, sage ich verwirrt, aber Frau Janssen schüttelt den Kopf. Sie hat die Gläser aus einem anderen Grund gebracht.

»Am Tag bevor Mirjam verschwand, bat ich sie, mir beim Abstauben der Gläser in der Speisekammer zu helfen«, erklärt Frau Janssen. »Ich musste die Frau, die früher zum Putzen gekommen war, abbestellen, weil ich Angst hatte, dass sie Mirjam hören könnte. Jedenfalls war Mirjam mit der Arbeit fast fertig, als meine Nachbarin vorbeischaute. Mirjam unterbrach das Abstauben und ging in ihr Versteck. Und so sehen die Gläser aus, mit denen sie aufgehört hat.« Frau Janssen schiebt mir ein Glas hin, es sieht ganz sauber aus. »Und jetzt sieh dir diese an.«

Auf den ersten Blick sehen die Gläser genauso aus wie die, die Mirjam abgestaubt hat. Aber als das Licht anders darauf fällt, sieht man einen Unterschied. Jemand hat ein Muster in den Staub gemalt, vielleicht mit dem Zeigefinger – es erinnert mich an die Muster, die ich früher vor dem Fensterputzen auf die Scheiben malte.

Frau Janssen dreht zwei der Gläser so um, dass ich das Muster besser sehen kann. Die Zeichnung auf dem ersten Glas stellt ein *M* dar. Die auf dem zweiten ein *T*.

»Mir ist das gestern aufgefallen. Ich dachte, es sei einfach ein Gekritzel«, sagt Frau Janssen. »Aber es ist ein *M* und ein *T*.«

»Mirjam und Tobias«, sage ich.

»Meinst du, das hat eine Bedeutung?«

Ob ich glaube, dass es eine Bedeutung hat? Mirjam, die aus einem sicheren Versteck flüchtet, um einen Jungen zu finden, den sie mag? Mirjam, die ihr Leben aufs Spiel setzt wegen einer Beziehung, deren einzige Indizien bisher ein mysteriöser Brief, eine Spur auf dem Deckel eines staubigen Einmachglases und ein Blumenstrauß sind, den Mirjam nach Minas Auskunft in der Schule bekommen hat? Vernunftgeleitete Menschen würden das verrückt finden. Aber hätte nicht auch ich so etwas getan? Selbst wenn ich Bas monatelang nicht gesehen hätte, hätte nicht auch ich jeden Tag an ihn gedacht und im Geist überall seinen Namen hingemalt? Ist es nicht das, was ich heute noch mache?

Ist Liebe nicht das Gegenteil von Vernunft?

Frau Janssen putzt wieder ihre Brille und wartet, dass ich antworte. Sie reibt Staub von den Gläsern, die gerade noch am Boden lagen, und murmelt etwas von der Gartenstange.

»Hm?«, frage ich abwesend.

»Ich denke gerade, dass ich die Gartenstange vielleicht im Haus lassen sollte. Die, mit der du meine Brille geholt hast. Sie ist ganz nützlich, wenn ich in enge Ecken muss.«

Wie vom Blitz geschlagen fahre ich hoch.

»Was haben Sie gesagt?«

»Entschuldigung. Du wolltest nachdenken.«

»Nein, nein. Das ist sehr hilfreich«, antworte ich. »Diese Stange war also in Ihrem Küchengarten?«

»Ja. Ich pflanze dort ein wenig Gemüse an. Nicht jetzt im Winter natürlich. Aber im Sommer. Warum?«

»Ich möchte mir noch einmal die Hintertür ansehen.«

»Warum?«

Ich dränge mich an ihr vorbei und gehe durch den halbdunklen, engen Flur zur Hintertür. Sie sieht genauso aus wie beim letzten Mal: Wenn sie nicht richtig verriegelt ist, klafft sie einen Spalt breit auf und wird vom Wind aufgestoßen. Der Riegel ist schwarz und schwer, offenbar aus Eisen gefertigt. Meine Überlegung könnte funktionieren – ja, bestimmt. Theoretisch zumindest. Versuchsweise hebe ich den Riegel hoch und lasse ihn wieder los. Er fällt zurück, trifft aber nicht den Zapfen, schließt also nicht mehr. Dasselbe geschieht auch beim nächsten Versuch. Aus diesem Grund dachte Frau Janssen, es sei unmöglich, die Tür von außen zu schließen. Der Riegel fällt nicht von allein in den Zapfen.

Frau Janssen wird langsam ungeduldig. »Ich verstehe nicht, was hast du denn?«, fragt sie schließlich.

»Psst.« Ich hebe den Riegel noch einmal hoch.

Wahrscheinlich habe ich mich doch getäuscht. Aber dann, beim vierten Mal, fällt der Riegel mit einem sanften Klicken in die richtige Position und die Tür ist verschlossen.

Ich drehe mich rasch zu Frau Janssen um. »Haben Sie das gesehen?«

»Aber das spielt keine Rolle, wenn du die Tür auf diese Weise zubekommst«, wendet sie ein. »Du steht doch direkt davor. Mirjam hätte das von draußen nicht geschafft.«

»Geben Sie mir die Gartenstange. Ich gehe kurz hinaus.« Das Gemüsebeet von Frau Janssen ist ein kleines Rechteck aus gefrorener Erde. Mitten im Winter wächst dort nichts, aber im Erdreich stecken Stangen, an denen Samentütchen befestigt sind, die Kräuter und Gemüse kennzeichnen. Dort wo die Stange mit dem Rote-Bete-Tütchen war, ist eine kleine Vertiefung. »Frau Janssen?«, rufe ich durch die geschlossene Tür. »Passen Sie gut auf, ich schiebe die Stange jetzt durch die Tür.«

Ich schiebe die Stange nach oben und stochere hin und her, bis ich drinnen den eisernen Riegel ertaste. Dann versuche ich, mit der Stange den Riegel in den Zapfen fallen zu lassen. Beim ersten Mal fällt er mit einem dumpfen Schlag daneben. Aber beim fünften Versuch gelingt es mir, den Riegel genau im richtigen Winkel hochzuheben, sodass er beim Zurückfallen mit einem lauten Klicken einrastet.

Ich habe eine nicht verschließbare Tür von außen verschlossen.

Frau Janssen öffnet die Tür und sieht mich überrascht an. Ich stehe mit der erdigen Gartenstange in ihrem Küchengarten, mit der ich gerade das Unmögliche möglich gemacht habe. »Wie bist du auf diese Idee gekommen?«

»Verliebte Mädchen kommen auf extreme und erfinderische Ideen.«

Heute war ein sehr langer Tag, aber ich habe zwei Dinge gelöst. Erstens habe ich die Identität von *T* in Mirjams Brief herausgefunden. Zweitens: Ich weiß zwar immer noch nicht, wo Mirjam ist, aber ich weiß, dass sie nicht durch Wände gegangen ist, um dorthin zu kommen.

# Kapitel 14

***Freitag***

Tobias ist immer noch nicht zurück in der Schule. Das erzählt mir Mina, als ich sie am nächsten Nachmittag in der Krippe besuche.

»Krank?«, frage ich. »Oder untergetaucht? Weiß irgendjemand etwas darüber?«

Sie weiß nur, dass er nicht in der Schule gewesen ist, was bedeuten kann, dass er Husten hat, es kann aber auch bedeuten, dass er untergetaucht oder tot ist. *Es könnte bedeuten, dass auch Mirjam schon tot ist.* Gestern Nachmittag, nach dem Besuch bei Frau Janssen, war ich so optimistisch. Aber heute Vormittag habe ich einen Zahnarzt nach dem andern abgeklappert auf der Suche nach Tobias oder seinem Vater, ohne Erfolg. Wie lange soll ich noch nach Mirjam suchen? Sie ist seit vier Tagen verschwunden. Die Spuren, die zu ihr führen, werden mit der Zeit immer schwächer werden. Wann werden sie so schwach sein, dass ich akzeptiere, dass Mirjam entweder tot oder so tief abgetaucht ist, dass wir sie nie mehr wiedersehen werden? Noch ist es nicht so weit. Noch bin ich nicht an diesem Punkt angelangt. Aber wann? Werde ich dann überhaupt in der Lage sein, mir das einzugestehen? Werde ich in der Lage sein, aufzuhören?

*Sie ist nicht tot,* sage ich mir.

Kurz nachdem ich in der Krippe angekommen bin, ruft Judith an, weil sie etwas mit Mina besprechen möchte.

»Ich habe zwei Pfund Ersatzkaffee gehortet«, erzählt Mina ihr am Telefon. »Ich möchte ein kleines Fest schmeißen, falls du Freunde weißt, die heute Abend frei haben.«

»Ich kenne zurzeit nur Leute, die Tee trinken möchten«, höre ich Judith am anderen Ende der Leitung sagen. »Niemand möchte Kaffee.«

Mina hat mir den Telefoncode schon erklärt. *Tee* bezeichnet hellhäutige Kinder, die wie echte Holländer aussehen, und *Kaffee* bezeichnet Kinder mit etwas dunklerem Teint. Die Familien wollen lieber blonde Kinder, deren Anwesenheit man leicht erklären kann.

*Ich muss gehen,* sage ich stumm zu Mina. *Für einen Zahnarzt habe ich noch Zeit.*

Mina deckt die Sprechmuschel ab. »Judith sagt gerade, dass heute Abend eine Versammlung bei Leo stattfindet. Ich soll dich einladen.«

»Ich überlege es mir«, sage ich. Ich werde es mir wirklich überlegen. Ich habe schon darüber nachgedacht. Sie brauchen meine Hilfe, aber zuerst muss ich Mirjam finden.

»Schade, dass *ich* nicht hingehen kann. Wenn ich älter wäre, würde ich bestimmt gehen«, sagt Mina.

»Vielleicht.«

»Sie sagt, vielleicht«, sagt Mina zu Judith. »Ich weiß, ich weiß, aber mehr hat sie nicht gesagt.« Ich kann mir vorstellen, was Judith am anderen Ende der Leitung jetzt denkt: dass sie und Mina Jüdinnen sind, jüdische Namen haben und einen Judenstern am Mantel tragen und dass sie trotzdem jeden Tag ihr Leben riskieren. Ich bin blond, habe grüne Augen und makellose Papiere und habe trotzdem meine Hilfe noch nicht zugesagt. Das wird sie denken, und sie hat recht, weil allen die Zeit davonläuft. Aber ich bin einfach noch nicht bereit. Noch nicht.

Mina legt auf und sieht mich verlegen an. »Judith hat angedeutet, dass sie, wenn du heute Abend nicht kommst, ihre Theaterkontakte nicht mehr nutzt, um nach Mirjam zu fragen. Sie sagt, die Gruppe habe Wichtigeres zu tun, als Leuten zu helfen, die nichts dafür tun.«

»Ich gehe hin.«

Heute Morgen habe ich Herrn Kreuk gesagt, ich müsse während der Arbeitszeit zum Zahnarzt. Dann bin ich bei sechs Zahnarztpraxen gewesen, und jedes Mal habe ich gesagt, ich hätte Zahnschmerzen und wolle zu Dr. Rosen. Ich war zuerst bei zwei Zahnarztpraxen in der Nähe der jüdischen Wohnviertel, dann habe ich mein Suchfeld erweitert. Für heute Nachmittag habe ich schon ein Treffen mit einem zukünftigen Kontakt vereinbart, einem Bäcker in Nordamsterdam. Ich setze also mit der Fähre über den Fluss und gehe nach dem Treffen mit dem Bäcker zu einer in einem kleinen Wohnviertel gelegenen Zahnarztpraxis. Die Frau am Empfang hat schon ihren Mantel an. »Der Doktor wollte gerade gehen«, sagt sie. »Es ist beinahe fünf Uhr.«

»Mein Zahn tut wirklich sehr weh. Hat Dr. Rosen nicht doch ein paar Minuten Zeit für mich?« Ich erwarte, dass sie mir sagt, es gäbe hier keinen Dr. Rosen, so war das bisher überall.

Sie seufzt. »Dr. Rosen ist krank. Du müsstest zu seinem Partner, Dr. Zimmer.«

»Sein – was?«

»Dr. Rosen ist krank. Aber ich hole Dr. Zimmer. Wenn es wirklich ein Notfall ist?«

Kaum ist sie verschwunden, schlüpfe ich hinter die Rezeption. Auf der Theke liegt ein großes Terminbuch. An der Seite ein Ablagekorb aus Draht, in dem lauter Rechnungen liegen. Ich blättere sie rasch durch, vielleicht steht auf einer der Rechnungen Dr. Rosens Privatadresse. Gleichzeitig lausche ich mit einem Ohr nach nebenan. Keine Privatadresse. Alle Rechnungen sind an die Praxis gerichtet. Mein Blick wandert zur Wand hinter der Rezeption, an der Diplome und Zertifikate hängen. In einer Ecke hängen Fotografien: ein dunkelhaariges Paar, vermutlich die Rosens, zusammen mit – ich trete näher, um sicher zu sein, dass ich mich nicht täusche. Das ist der Junge mit dem runden Gesicht, der mir im

Lyzeum zugewinkt hat. Der vorwitzige, freche Junge, der mich an Bas erinnert hat. *Tobias.*

»Was machst du da?« Die Arzthelferin steht in der Tür und sieht mich böse an.

»Haben Sie zufällig ein Taschentuch für mich? Ich arbeite selbst an einem Empfang. Ich verwahre meistens ein paar in der Theke auf.«

Sie runzelt die Stirn und zieht eins aus ihrer Tasche. »Dr. Zimmer kann dich heute nicht mehr empfangen. Er hat eine private Verpflichtung nach der Arbeit. Er hat mir aufgetragen, dir einen Termin für morgen Nachmittag zu geben. Normalerweise macht er samstags keine Termine, aber du könntest um ein Uhr kommen.«

»Könnte …«, ich dichte etwas zusammen. »Könnte Dr. Rosen mich vielleicht bei sich zu Hause behandeln? Haben Sie seine Adresse?«

Ich bin zu weit gegangen. Sie sieht jetzt richtig misstrauisch aus. Ich fasse mir ans Herz. »Mein Gott, ich weiß auch nicht, was in mich gefahren ist, einfach nach Dr. Rosens Privatadresse zu fragen. Wenn man Zahnschmerzen hat, ist man zu allem fähig. Also, dann morgen um eins.«

Ich fahre mit dem Fahrrad zum Hafen, gerade kommt eine Fähre an. Die meisten Passagiere, die aussteigen, sind Geschäftsleute, die von der Arbeit kommen, aber auch junge Paare und Mütter mit kleinen Kindern. Nicht weit von mir wartet eine Schar junger Leute darauf, einsteigen zu dürfen. Sie witzeln, balgen sich und unterhalten sich über die Schule, über Filme und über irgendeinen Bauern, dem sie auf ihrem Ausflug begegnet sind. Vielleicht hätte ich in der Praxis von Dr. Rosen bleiben sollen. Vielleicht hätte ich der Arzthelferin die Wahrheit sagen sollen oder so tun, als machte ich mir Sorgen um die notleidende Familie Rosen und wollte ihr einen Topf Suppe bringen.

*Moment.* Eine Stimme aus der Schar der Jugendlichen kenne ich. Ich suche die Gruppe ab, bis ich den vertrauten Blondschopf sehe. Es ist der Botenjunge von Frau Janssen, der, der ihr Klappbett verkaufen wollte, an dem Tag, als sie mich gebeten hat, Mirjam zu finden.

»Christoffel!«

Er dreht sich um und wird puterrot, als er mich erkennt. »Hanneke, oder?«

Die Schüler in seiner Nähe, vor allem die Jungs, sind verstummt. Sie stoßen sich gegenseitig mit den Ellbogen an und überlegen, wer ich bin und woher Christoffel mich kennt.

»Genau, von Frau Janssen«, sage ich und versuche, die glotzende Schülerschar zu ignorieren.

»He, Tof – Supermann –, willst du mir deine Freundin nicht vorstellen?«, ruft ein hagerer Junge mit riesigen Nasenlöchern hinter ihm.

Christoffel errötet bei diesem Spitznamen. Er ist ein hübscher Bursche, das ist ihm selbst aber noch nicht richtig klar. Den Mädchen aber bestimmt, darauf könnte ich wetten. Er wirkt jung für sein Alter, aber in ein, zwei

Jahren, wenn er seine Unbeholfenheit abgelegt hat, werden die Mädchen Schlange stehen. »Ich gehe heute Abend zu Frau Janssen«, sagt er. »Mein Vater hat ihr ein kleines Geschenk aus Den Haag mitgebracht – er arbeitet dort –, deshalb habe ich ihm gesagt, dass ich es ihr vorbeibringen kann.«

Den Haag, mit dem Zug immer hin und her? Alle Achtung. Das muss eine wichtige Arbeit sein. Für die meisten Menschen ist es schwierig, überhaupt eine Fahrkarte zu ergattern, seitdem die Bahn von den Deutschen für Armeetransporte übernommen worden ist. Holländische Männer meiden normalerweise die Bahn, weil die Soldaten immer auf der Jagd nach Arbeitskräften sind, die sie in die deutschen Rüstungsfabriken schicken können. Christoffels Vater ist also entweder ein mächtiger Geschäftsmann, oder er ist Mitglied des Roten Kreuzes, das seinen Sitz in Den Haag hat. Oder er ist ein Mitglied des NSB.

»Habt ihr einen Schulausflug gemacht?«, frage ich. »War es schön?«

»Ganz gut. Ich weiß nicht. Ich mag solche Massenausflüge eigentlich nicht. Ich fahre auch nicht gern mit dem Fahrrad, aber ich weiß nicht, ob ich so etwas laut sagen darf.«

»Nicht, wenn du Holländer bleiben willst.«

»Und du?«, fragt Christoffel. »Was machst du hier in Nord-Amsterdam?«

»Nichts. Ich war beim Zahnarzt.«

»Hoffentlich war es nicht so schlimm. Ich habe früher immer geheult, wenn ich zum Zahnarzt musste.«

»Für kleine Kinder ist es ziemlich schlimm«, sage ich.

»Kleine Kinder? Das war erst letztes Jahr.« Er wird noch ein bisschen röter, als ich über seinen Witz lache, und lächelt stolz. Wirklich ein süßes, linkisches Kerlchen. »Also, ich muss jetzt wieder zu meiner Gruppe«, sagt er. »Sie ziehen mich schon auf, weil ich heute Abend nicht mit ihnen ausgehen kann. Papa muss früh weg, weil er morgen wieder nach Den Haag zur Arbeit muss.«

»Es war nett, dich zu sehen«, sage ich.

Er dreht sich um, aber irgendetwas an seiner letzten Bemerkung will mir nicht aus dem Kopf. Als er noch einmal Den Haag erwähnt hat. Was war gleich mit dieser Stadt? Es hat mit Mirjam zu tun. Mina hat etwas darüber gewusst.

»Christoffel, warte. Ich muss dich noch etwas fragen«, sage ich. Er dreht sich um. »Meinst du, dein Vater könnte einen kurzen Abstecher machen? Zu einem Hotel in Kijkduin? Ich muss jemandem einen Brief schicken und mit der Post würde das eine Ewigkeit dauern. Aber wenn dein Vater sowieso in die Richtung fährt …«

»Was für einen Brief?«, fragt er.

Ich habe schon einen Stift aus der Tasche gezogen und benutze meine Knie als Unterlage, um eine Nachricht zu schreiben. Wenn ich ihm das Briefchen direkt in die Hand drücke, kann er schlecht Nein sagen. »Nichts Besonderes«, sage ich. »Es ist nur, weil die Post so unzuverlässig geworden ist, und ich möchte über eine gemeinsame Bekannte eine alte Freundin ausfindig machen. Ich möchte einfach sicher sein, dass der Brief wirklich ankommt.«

Der Text muss völlig unverfänglich klingen. Im Gegensatz zu Ollie, den ich seit Jahren kenne, weiß ich praktisch nichts über Christoffel. Ob sein Vater in der NSB ist oder nicht oder ob Christoffel ein Sympathisant ist. Er ist erst sechzehn, aber ich habe schon viel jüngere Mitglieder des *Nationale Jeugdstorm*, der holländischen Variante der Hitlerjugend, gesehen, die über die öffentlichen Plätze marschieren und militärische Übungen abhalten.

*Liebe Amalia,*
*wir sind uns nie begegnet, aber ich glaube, wir haben ein paar gemeinsame Bekannte – Mirjam und Tobias. Ich wollte dich fragen, ob du in letzter Zeit etwas von ihnen gehört hast. Ich wohne in Amsterdam und wollte sie gern mit ein paar anderen Freunden bekannt machen, die auf Besuch hier sind. Bitte antworte so bald wie möglich. Ich habe nur sehr wenig Zeit.*

Ich schreibe meinen Namen unter die Nachricht und erwähne noch, dass sie mir ihre Antwort über denselben Mann schicken kann, der ihr den Brief gebracht hat. Dann überfliege ich den Text noch einmal und überlege, ob ich mehr Einzelheiten erwähnen soll. Mein Stift schwebt über dem Papier. Schließlich füge ich noch eine weitere Zeile an.

*Ich bin eine Freundin.*

Die anderen Schüler rufen Christoffel zu, er solle sich beeilen. Ich möchte den Zettel gerade doppelt zusammenfalten, aber dann falte ich ihn doch in die komplizierte Sternform, wie Mirjams Brief an Amalia. Dann weiß Amalia, dass sie mir vertrauen kann, dass ich ein Mädchen bin genau wie sie. Außerdem traut sich Christoffel dann bestimmt nicht, den Brief zum Lesen auseinanderzufalten – er wäre niemals in der Lage, ihn wieder in seine ursprüngliche Form zu bringen. Auf die Außenseite schreibe ich AMALIA C/O BESITZERIN GRÜNES HOTEL, KIJKDUIN. Ich hoffe, es gibt dort nur ein grünes Hotel.

»Vielen Dank«, sage ich. Die Fähre ist beinahe angekommen. Die Passagiere stellen sich mit ihren Fahrrädern an, um möglichst rasch von Bord zu kommen.

»Christoffel! Los, komm schon, Supermann!«

Bei dieser Bezeichnung wird er wieder rot. Wahrscheinlich ist es irgendein Scherz zwischen den Kameraden. Ich warte nicht, bis er von Bord geht, sondern dränge mich vor ihm zum Ausgang. Er soll keine Möglichkeit haben, mir den Brief zurückzugeben oder mir diesen Gefallen abzuschlagen.

# Kapitel 15

Bis auf Judith sind alle schon da, als ich zu Leo komme. Ich setze mich wieder auf den Hocker, auf dem ich schon beim letzten Mal saß. Neben mir sitzt Sanne, die sich eindeutig freut, dass ich gekommen bin, und mir prompt sagt, ich solle die Augen zumachen und die Hände ausstrecken. Ich folge ihr und sie gibt mir ein winziges Glas mit einer nach Wacholder duftenden Flüssigkeit.

»Genever?« Ich kann mich nicht daran erinnern, wann ich das letzte Mal einen guten Schnaps getrunken habe.

»Ich habe vor fünf Monaten ein kleines Fläschchen zum Geburtstag geschenkt bekommen und es sofort versteckt. So gut, dass ich es erst heute früh wiedergefunden habe. Jeder bekommt zwei Fingerhüte voll.« Ich lege den Kopf zurück und trinke den Schnaps mit einem Schluck aus. Er brennt, dass meine Augen tränen.

»Du bist tatsächlich gekommen.« Ollie geht neben mir in die Hocke. Seine Augen sehen müde aus, aber er scheint überrascht und glücklich, mich zu sehen.

»Judith hat zu Mina gesagt, dass ich kommen soll.«

»Ich freue mich.« Er beugt sich vor und streicht mit seinen Fingerknöcheln rasch über meine Wange, eine zärtliche Geste, die ich gut kenne. Genauso hat Herr van de Kamp es bei seinen Kindern gemacht. So hat Bas es bei mir gemacht. Die Geste schickt mir einen Hitzeschauer über die Haut und ich verbanne sie sofort aus meiner Erinnerung.

Als Judith nicht zur vereinbarten Zeit erscheint, witzelt Willem, sie habe ihr Recht auf einen der beiden Fingerhüte verwirkt und dass er ihn stattdessen trinken dürfe. Als sie zehn Minuten später immer noch nicht da ist, sagt Leo, er erhebe Anspruch auf den zweiten Fingerhut voll.

Aber als sie auch nach weiteren zehn Minuten noch nicht aufgetaucht ist, hören die Scherze auf, und wir sehen uns stumm an. »Vielleicht ist sie in der Schule oder im Theater aufgehalten worden«, sagt Willem. »Oder es hat wieder Straßensperren gegeben.«

»Ich wette, sie kommt gerade jetzt um die Ecke«, sagt Sanne mit einem gezwungenen, unnatürlichen Lächeln und geht zum Fenster, um hinauszuschauen. »Sie wird immer wütend, wenn wir wegen mir zu spät dran sind. Jetzt kann sie sehen, dass es nicht immer meine Schuld ist. Manchmal kommt sie auch ohne mich zu spät!« Sie starrt ein paar Minuten erwartungsvoll aus dem Fenster, dann setzt sie sich wieder auf ihren Platz. Das Ticken der Uhr wird lauter und die Stille wird drückender.

Von draußen sind Schritte zu hören, wir atmen alle

auf, aber so schnell, wie sie aufgetaucht sind, entfernen sie sich auch wieder. Nur ein Passant, der nach Hause eilt.

Dann fängt Ollie an zu sprechen, seine Stimme klingt gepresst, er bemüht sich um einen neutralen Ton. »Weiß jemand von euch, wo Judiths Onkel wohnt? Vielleicht wäre es an der Zeit, dass wir –«

Noch bevor er den Satz beenden kann, wird die Tür aufgestoßen, und Judith wankt herein. Sie hat eine Reisetasche in der Hand und klopft sich den Schnee vom Mantel. Ich stoße die Luft aus, die ich unwillkürlich angehalten hatte. Sanne springt mit einem erleichterten Aufschrei auf und umarmt Judith erst, um sie dann zu schütteln. »Wir haben uns *Sorgen* gemacht«, schimpft sie.

»Es tut mir leid.« Judith erwidert Sannes Umarmung, aber ihr Lächeln wirkt gezwungen.

»Du bist ja ganz verschwitzt«, sagt Sanne. Tatsächlich ist Judiths Gesicht tropfnass – ich hatte gedacht, es käme vom Schnee, der schmilzt, aber es ist Schweiß.

»Ich bin gerannt. Ich wusste, dass ich spät dran war.« Sie sieht bleich und mitgenommen aus. Willem sieht es auch und schenkt ihr einen doppelten Genever ein, ohne sie zu fragen, ob sie überhaupt möchte. Sie nimmt das Glas, trinkt aber nicht, sondern hält es in beiden Händen.

»Willst du meinen Stuhl haben?«, bietet er an und sorgt dafür, dass sie sich auch wirklich setzt.

Ollies Gesicht hat wieder Farbe angenommen. Er räuspert sich, damit wir alle zuhören. »Unterhalten können wir uns nach der Sitzung. Wir müssen anfangen«, sagt er ganz geschäftsmäßig. »Leo sagt, es gibt Probleme, genug Lebensmittel für die Untergetauchten zu beschaffen. Vor allem Fleisch. Ich bin froh, dass Hanneke heute da ist. Ich hoffe, sie kann uns –«

»Warte«, unterbricht Judith. »Eines haben wir noch nicht geklärt. Wir haben noch nicht geklärt, was der offizielle Grund für unser Treffen ist. Was wir sagen, wenn uns jemand fragt, was wir hier gemacht haben.«

»Judith«, sagt Ollie. »Die Zeit läuft uns davon. Das spielt jetzt keine Rolle.«

»Oh doch.« Ihre Augen haben einen seltsamen Glanz.

»Also gut. Du –«

»Es spielt eine Rolle und ich habe auch schon eine Idee. Was wir feiern könnten. Wir könnten meine Abschiedsfeier feiern.«

»Deine was?«, fragt Sanne angespannt. »Was redest du da, Judith?«

Judith wischt sich mit dem Handrücken die Tränen vom Gesicht. »Sie nehmen jetzt auch die Familienmitglieder des Judenrats fest«, erzählt sie. »Mein Onkel kann mir jetzt nicht mehr helfen. Ich habe heute Nachmittag den Bescheid bekommen, mich zur Deportation in der Schouwburg zu melden.« Sie löst sich vollkommen in Tränen auf.

Ollie reagiert als Erster. Er schlingt seine Arme um

Judith, ich habe ihn noch nie so zärtlich erlebt. Sanne nimmt Judiths Hand, und Willem und Leo zücken gleichzeitig ihre Taschentücher. Ich weiß nicht, was ich machen soll. Ich kenne Judith erst seit einer Woche. Es steht mir nicht zu, von dieser Nachricht so aufgewühlt zu sein wie die anderen. Es steht mir überhaupt nicht zu, mich aufzuregen. Sie hat mich um Hilfe gebeten und ich habe abgelehnt. Sie hat mich noch einmal gebeten und ich habe wieder abgelehnt. Ich wollte nicht, obwohl ich Verbindungen habe, obwohl es für mich weniger gefährlich wäre als für sie oder Mina. Ich bin heute Abend nur gekommen, weil ich musste. Es spielt keine Rolle, ob ich irgendwann einmal aus freien Stücken gekommen wäre. Ich habe mich nicht rechtzeitig dazu entschlossen.

»Ich wette, das haben die Nazis von Anfang an geplant«, sagt Sanne wütend. »Wichtige Leute für den Judenrat rekrutieren. Sie in dem Glauben lassen, sie hätten echten Einfluss und könnten ihre Familien schützen. Und dann, wenn die Nazis alles haben, was sie wollen, auch noch die Mitglieder des Judenrats deportieren. Es hieß doch, den Leuten aus dem Rat könnte nichts passieren.«

»Es ist widerwärtig«, sagt Willem ruhig.

»Es ist schlimmer als widerwärtig«, sagt Sanne. »Es ist teuflisch.«

»Also, Leute.« Ollie übernimmt wieder das Wort. »Wir wussten, dass das passieren kann.« Er sieht Judith an. »Hast du alles, was du brauchst?«

Judith holt bebend Atem, dann sagt sie: »Das Allerwichtigste wenigstens. Eine Tasche mit ein paar Sachen, und die meisten meiner Kleider habe ich übereinandergezogen.« Kein Wunder, dass sie schwitzt. Es hätte mir auffallen müssen, dass Judith dicker aussieht als sonst. Die Mantelknöpfe platzen fast und unter ihrem Rock schauen mindestens noch zwei andere Röcke hervor. »Hast du das Versteck fertig?«

Ollie nickt. »Es ist zu spät, um dich jetzt noch hinzubringen. Du kannst heute Nacht bei Willem und mir bleiben, und dann gehen wir beide morgen oder übermorgen hin, je nachdem, was sicherer ist.«

»Wohin?«, fragt Sanne. »Wohin bringst du sie?«

»Das darf er dir nicht sagen«, sagt Judith, und Ollie schüttelt im gleichen Augenblick den Kopf. »Je weniger Personen es wissen, umso besser. Du kennst die Regeln.«

»Judith, was ist mit Mina?« Es ist das erste Mal, dass ich mich in das Gespräch einbringe. Was für eine schreckliche Frage: Ist deine Cousine – die mit dem Kullerlachen und den Grübchen am Ellbogen, die Fotos von den deutschen Gräueltaten macht –, ist sie jetzt selbst eine Gefangene in dem Theater, aus dem sie unter so großen Gefahren Menschenleben gerettet hat?

»Mina ist in Sicherheit. Sie hat ihren Bescheid ebenfalls heute erhalten. Er lag da, als sie nach Hause kam. Ich habe sie in ihr Versteck gebracht, bevor ich hierhergekommen bin. Ollie hatte es schon hergerichtet. Ihre Eltern und Brüder werden morgen zu einem anderen

Versteck aufbrechen. Das war seit Wochen geplant. Nur für den Fall.«

»Das tut mir leid«, sage ich und meine damit so vieles, wofür ich mich entschuldigen möchte, aber sie sieht mich nicht mehr an.

Im Nu rückt die Ausgangssperre näher. Wir müssen jetzt gehen, immer in Zweiergrüppchen. Sanne und Leo umarmen Judith und flüstern ihr etwas ins Ohr. Nach dem Abschied nimmt Ollie ihre Gobelintasche und legt seine Hand auf die Türklinke. »Bist du so weit?«, fragt er leise.

»Ich bin so weit«, sagt sie und dann verschwinden beide in der Dunkelheit.

# KAPITEL 16

***Samstag***

Als ich am nächsten Morgen aufwache, schmerzt mein Kiefer, als hätte ich ihn die ganze Nacht zusammengepresst und mit den Zähnen geknirscht. Ich weiß noch, dass ich von Judith und von Mirjam Roodveldt geträumt habe. »Warum warst du keine bessere Freundin?«, fragte Judith, aber als ich ihr antworten wollte, war es in Wirklichkeit Elsbeth. »Warum findest du mich nicht endlich?«, fragte Mirjam, aber als ich ihr sagte, dass ich sie suche, war es in Wirklichkeit Bas. Ich bin immer wieder aufgewacht in dieser Nacht und wusste nie genau, wo ich war, wie spät es war oder wer am Leben und wer tot war.

Noch im Nachthemd wanke ich aus meinem Zimmer und werde von einem klatschenden Geräusch gewarnt, dass Mama wieder einmal einen Putzanfall hat. Das passiert ein paar Mal im Jahr. An diesem Morgen steht Mama auf dem Balkon und schlägt mit einem Besen auf den Teppich ein. Papa sitzt am Tisch und poliert mit einem Tuch unser Silber, das säuberlich vor ihm aufgestapelt ist. »Sie gibt mir nichts zu essen, bevor ich nicht fertig bin«, flüstert er. »Mir – einem Invaliden. Ich glaube, ich muss untertauchen.«

Ich versuche, mir nichts anmerken zu lassen, nehme ein Tuch und setze mich zu ihm. Untertauchen. *Judith.* Mein Vater lächelt, in der Luft liegt stechender Silbergeruch, und Judith und Mina sind irgendwo in Amsterdam untergetaucht. Fort.

Papa wartet, dass ich antworte. Ich überlege, was ich normalerweise sagen würde, aber unser übliches Geplänkel fällt mir heute nicht leicht. »Grausames Weib«, sage ich schließlich und mache mich über einen Kerzenleuchter her. »Dich so schlecht zu behandeln.«

Es ist neun Uhr. So lange darf ich samstags normalerweise nicht schlafen. Trotzdem muss ich noch drei Stunden hinter mich bringen bis zu meinem Termin bei Dr. Zimmer. Und wer weiß, wann ich erfahre, ob Judith sicher in ihrem Versteck angekommen ist. Es wird ein langer, schrecklicher Vormittag werden.

Ich habe erst zwei Kerzenleuchter geputzt, als Mama den Teppich wieder ins Zimmer hievt und mich sieht. »Gut, dass du auf bist, Hannie. Ich habe eine andere Arbeit für dich.«

Ich sehe sie erstaunt an. »Muss ich nicht beim Putzen helfen?«

»Dein Schrank«, sagt Mama. »Da liegt so viel Papier herum, das brauchst du bestimmt nicht mehr alles. Schau alles durch und leg auf die Seite, was noch zum Feuermachen taugt.«

Ich bin froh, dass ich in meinem Zimmer Papiere ordnen kann, während meine Eltern nebenan die Wohnung putzen. Es ist so vertraut und alltäglich und erfordert gerade genug Konzentration, um mich von den Geschehnissen der vergangenen Nacht abzulenken. Nach ein paar Minuten klopft Mama an meine Tür und bringt mir Brot und Marmelade. »Siehst du? So ein grausames Weib bin ich doch nicht.« Sie tut, als wäre sie verstimmt, aber ihr Blick ist nicht böse.

Mama geht in die Hocke und hebt etwas hoch, was ich gerade weggelegt habe, eine Karte zu meinem sechzehnten Geburtstag. »Erinnerst du dich an diesen Tag? Wir sind zum Schlittschuhlaufen gegangen. Elsbeth hatte so ein kurzes Sportröckchen an und Bas forderte mich zu einem Wettrennen auf. Er dachte, es wäre witzig, gegen deine vierundvierzigjährige Mutter anzutreten –«

»Aber du hast gewonnen. Er behauptete die ganze Zeit, du hättest ihm ein Bein gestellt, als niemand hinsah.«

Sie liest die Karte, und ein paar Minuten lang hört man nur das Rascheln der Papiere, die ich in Häufchen sortiere. »Du denkst wahrscheinlich wirklich, dass ich manchmal grausam bin«, sagt sie leise. »Ich mache dich wahrscheinlich verrückt mit meinen Sorgen.«

»Was meinst du damit?«

»Das weißt du genau. Wie ich dich einenge. Wie du deinen Vater ansiehst, wenn du meine Fragerei nicht mehr aushältst.«

Sie hat recht. Das denke ich mindestens dreimal am Tag. Ich sage es ihr mindestens einmal am Tag. Aber nicht jetzt, wo sie so verloren und verletzlich aussieht.

»Es ist einfach so, dass ich schon einen Krieg erlebt habe«, fährt sie fort. »Ich weiß, was in einem Krieg alles geschehen kann. Ich weiß, was jungen Mädchen passieren kann. Ich möchte dich beschützen. Du sollst aufwachsen, ohne dir so viel Sorgen machen zu müssen wie ich. Du bist mir das Wichtigste auf der Welt. Verstehst du das?«

Ich nicke verlegen, aber bevor ich überlegen kann, was ich ihr antworten soll, legt Mama die Geburtstagskarte wieder hin, steht auf und klopft sich den Staub vom Rock. Sie gibt mir einen flüchtigen Kuss auf den Scheitel. »Jetzt ist es aber genug mit der Pause. Zurück an die Arbeit.« Kurz darauf höre ich wieder das Klopfen auf dem Balkon.

Mama hat recht, mein Schrank ist ein Chaos. Manche Papiere sind Jahre alt. Papa und ich sind beide Sammler. Er aus Sentimentalität und ich, weil ich nichts wegwerfen kann, was vielleicht noch etwas wert ist. In der jetzigen Zeit verwenden wir die Dinge oft zwei- oder dreimal wieder. Mama wird manches davon als Anzündpapier benutzen, anderes zum Fensterputzen oder zum Schuheausstopfen.

»Mama, wo hast du deine Stoffschere?«, rufe ich in den Flur, denn mir ist eingefallen, wie kalt meine Füße waren, als ich neulich in den Regen gekommen bin. »Ich möchte mir Einlagen für die Schuhe basteln.«

Sobald ich die Schere habe, stelle ich meine Schuhe auf ein Stück Zeitungspapier. Doch bevor ich die ersten Umrisse nachzeichne, bemerke ich, dass die Zeitung, die ich gerade zerschneiden möchte, von Mamas Geburtstag stammt. Papa will bestimmt nicht, dass ich sie ruiniere. Er hebt jedes Jahr die Zeitungen von unseren Geburtstagen auf. Dies hier ist eine Ausgabe von *Het Parool.* Ich erinnere mich dunkel, dass ich sie vor einigen Wochen von einem Kunden bekommen habe. Ich hätte sie längst loswerden sollen, anstatt sie zu Hause aufzubewahren. Ich werde doch Einlagen daraus machen. Das gefällt mir, es ist ein kleines Zeichen von Rebellion, wenn ich in meinen Schuhen ein Stück Widerstand trage.

Mamas Schere ist frisch geschliffen, sie schneidet das Zeitungspapier ganz leicht. Ich habe die zweite Einlage fast fertig, da rutscht mir die Schere aus der Hand und fällt scheppernd zu Boden.

Ich traue meinen Augen nicht.

Ich sehe mir die zerschnittene Zeitungsseite genauer an. *Bilde ich mir das ein?* Aber nein. Da ist es. Zufällig vom Umriss der Sohle eingekreist. Ich lese den Absatz noch einmal, die Buchstaben verschwimmen vor meinen Augen.

»Hannie, was war das für ein Krach?«

Mamas Stimme klingt so weit entfernt und dumpf, als ob ich sie unter Wasser hörte. »Was?«, frage ich schließlich, ohne meine Augen von der Zeitung zu lösen.

»Was hast du nur mit meinem Boden gemacht?« Sie

kommt ins Zimmer und seufzt. Ich schaue benommen nach unten. Die Schere steckt mit beiden Spitzen im Boden, sie hat ein Loch in Mamas Ahornparkett gebohrt. »Ach Hannie. Ich hole das Bohnerwachs. Mal sehen, ob wir –«

»Ich muss gehen.« Ich stehe rasch auf, durchwühle meinen Schrank nach einem sauberen Rock und ziehe mein Nachthemd aus, ohne wie sonst damit zu warten, bis ich allein im Zimmer bin.

»Du musst gehen? Wohin?«

Bluse und Rock beißen sich fürchterlich, ich habe das Erstbeste angezogen, was mir in die Finger gekommen ist. »So willst du aus dem Haus gehen?«, fragt Mama stirnrunzelnd. »Warum auf einmal so schnell?«

»Ich muss los.«

»Aber wir haben mit dem Hausputz gerade erst angefangen! Hanneke, diese Bluse passt wirklich nicht zum Rock.«

Ich dränge an ihr vorbei und nehme meinen Mantel von der Garderobe. »Ich bin so schnell ich kann wieder da.«

»Hannie!«, ruft Mama mir nach, als ich die Treppe hinunterstürze, mein Fahrrad schnappe und losradele.

Ich strample wie der Teufel durch unser Wohnviertel, fahre sogar durch die Straßen voller Schlaglöcher, die ich sonst meide, aber heute geht es so schneller. *Ist das ein Zufall?* Ist das, was ich in der Zeitung gelesen habe, nur ein Zufall? Nein, das kann nicht sein.

Auf der anderen Straßenseite sehe ich eine ehemalige Klassenkameradin, die bei Biermans einkauft. Sie winkt mir zu, aber ich halte nicht an. Ich bleibe auch nicht stehen, als eine Kundin von Herrn Kreuk meinen Namen ruft und eine Bestellung für den nächsten Tag aufgeben will.

Als ich bei Frau Janssen ankomme, lehne ich mein Fahrrad einfach an die Hauswand, was ich sonst nie mache, und renne an ihr vorbei, sobald sie die Tür aufgemacht hat.

»Was ist passiert?« Sie hat ihren Gehstock nicht zur Hand und sucht an der Armlehne des Sofas Halt.

»Ich muss noch mal in das Versteck.«

»Warum? Was hast du herausgefunden?«

Ich öffne die Tür zur Speisekammer und schiebe die Einmachgläser zur Seite. Frau Janssen hinkt hinter mir her. »Meinst du, wir haben etwas übersehen?« Ich schiebe den Riegel der Geheimtür beiseite und betrete die kleine Kammer. »Hanneke, was haben wir übersehen?«

Nichts haben wir übersehen. Wir haben jeden Quadratzentimeter dieses kahlen, sterilen Raums abgesucht, Frau Janssen mit ihren schlechten und ich mit meinen guten Augen. Wir haben alles gesehen. Wir haben es nur nicht auf die richtige Weise angeschaut.

Im ersten Moment befürchte ich, dass Frau Janssen das, wonach ich suche, weggeschmissen hat. Aber sie ist noch da, die alte Ausgabe von *Het Parool,* die Mirjam am

Tag ihres Verschwindens gelesen hat. An den Rändern ist sie schon ein bisschen vergilbt.

Rasch falte ich die Zeitung auseinander, die ich von zu Hause mitgebracht habe. Genau wie ich gedacht habe, es ist dieselbe Ausgabe vom vergangenen Monat. Obwohl ich weiß, dass beide Zeitungen identisch sind, nehme ich Mirjams Exemplar in die Küche, wo besseres Licht ist, und blättere zu der Stelle, auf die ich beim Einlagenschneiden zufällig gestoßen war.

»Was machst du da?«

»Pscht, ich denke nach.« Ich hebe einen Finger, damit sie schweigt. Frau Janssen war immer so genau mit dem zeitlichen Ablauf von Mirjams Verschwinden. Kurz bevor sie verschwand, hatte sie ihr diese Ausgabe von *Het Parool* gebracht. Bis jetzt hatte ich diese beiden Ereignisse – die Übergabe der Zeitung und das Verschwinden – überhaupt nicht in Zusammenhang gebracht. Aber vielleicht war es eine Kettenreaktion, bei der ein Ereignis das andere auslöste? Vielleicht hatte Mirjam etwas in der Zeitung entdeckt, was sie dazu brachte, wegzulaufen?

Als Frau Janssen mir zum ersten Mal von Mirjams Verschwinden erzählte, sagte sie, Mirjam habe immer jede Zeile von *Het Parool* lesen wollen, sogar die Kleinanzeigen.

Ich finde die Stelle, auf die ich in unserer Ausgabe zu Hause gestoßen war. Eine einfache Anzeige mit drei Zeilen in der Mitte der Seite:

**Elizabeth vermisst ihre Margaret, aber sie freut sich, dass sie in Kijkduin Urlaub machen kann.**

Das kann kein Zufall sein. Die ganze Zeit hatte ich gedacht, ich müsste mit Amalia Kontakt aufnehmen, weil sie vielleicht wüsste, wohin Mirjam gegangen sein könnte. Dass Mirjam zu ihr wollte, hätte ich nie vermutet. Ist Mirjam mit dem Zug nach Kijkduin gefahren?

»Hanneke, was ist los?«, fragt Frau Janssen. Ich habe fast vergessen, dass ich immer noch in ihrer Küche sitze. »Du starrst nur vor dich hin. Sag schon. Was ist los?«

»Ich glaube, ich weiß es. Ich glaube, ich weiß, was passiert ist.«

Das erste Mal, als ich Elsbeth traf:

Sie war sieben, ich war sechs. Ich weinte, weil es mein erster Schultag war und ich niemanden kannte, nur einen Jungen, der unter uns wohnte und mich immer an den Haaren zog.

Sie sagte: »Wie heißt du?«

Ich sagte: »Hanneke.«

Sie sagte: »Ich heiße Elsbeth.«

Sie hatte eine hübsche Schleife im Haar, die nahm sie ab und band sie an meinen Zopf. »Die kannst du behalten«, sagte sie. »Zu Blond sieht sie eh besser aus. Und du musst deshalb nicht weinen. Jungen sind blöd. Vor allem brauchst du eine beste Freundin.«

# Kapitel 17

Dumm. Wie dumm von mir. Ich habe mir von meinen Erinnerungen an Bas diktieren lassen, was Mirjam zugestoßen sein könnte. Ich bin einfach davon ausgegangen, dass Mirjam wegen Tobias ihr Versteck verlassen hat. Warum habe ich nicht kapiert, dass sie auch zu jemandem geflüchtet sein konnte, den sie genauso gern hat, nur anders?

Der Wind beißt in meinen Hals und fährt mir in die Kleider bis ans Schlüsselbein. Anscheinend habe ich meinen Mantel nicht richtig zugeknöpft, er flattert heftig. Ich möchte ihn mit einer Hand am Hals zusammenhalten, komme dabei aber ins Schleudern und fahre fast einen alten Mann um. Er springt zur Seite und schimpft mir hinterher.

Was ist geschehen? Amalias Eltern wollten ihre Tochter zu ihrer Tante ausquartieren. So viel hat Mina mir erzählt. Aber dann? Irgendwann, als sie schon bei der Tante war, hat sie eine Grußbotschaft an ihre Freundin in die Zeitung gesetzt. Wusste Amalia, dass Mirjam sich im Möbelladen versteckt hatte? Haben sie irgendwie Kontakt gehabt? Haben sie schon im Voraus geplant, eine Geheimbotschaft in den Anzeigenteil einer Untergrundzeitung zu setzen? War das der Auslöser für Mirjams Flucht? Oder hat sie einfach die Grußbotschaft ihrer alten Freundin gesehen, hat sich aus dieser Gefühlsregung heraus plötzlich dazu entschlossen, davonzulaufen?

So oder so, warum hat sie Frau Janssen nichts davon gesagt? Sie muss doch gewusst habe, wie schrecklich ihr Verschwinden für sie ist.

Ich trete wie verrückt in die Pedale. Jetzt, wo ich einen Anhaltspunkt habe, wirbeln die Gedanken nur so durch meinen Kopf. Ich muss Christoffel suchen, muss herausfinden, ob sein Vater in Kijkduin war und ob er einen Antwortbrief von Amalia bekommen hat. Und wenn Christoffels Vater nicht im Hotel war, muss ich selbst dorthin und jedes Zimmer absuchen. Jedenfalls muss ich zum Bahnhof und mit dem Schaffner sprechen, der normalerweise auf dieser Strecke Dienst hat. Ein fünfzehnjähriges Mädchen in einem knallblauen Mantel ist ihm vielleicht aufgefallen. Aber wie soll sie überhaupt in den Zug gekommen sein? Dem Schaffner darf bestimmt niemandem eine Fahrkarte verkaufen, der *Jude* in den Papieren stehen hat. Ich muss Herrn Kreuk um ein paar Tage Urlaub bitten. Ich muss herausfinden, ob Mirjam es auf irgendwelchen Wegen nach Kijkduin geschafft haben könnte, ohne die Bahn zu nehmen. Aber zuerst muss ich nach Hause, etwas Richtiges anziehen und eine Ausrede für Mama erfinden. Ich lenke mein Fahrrad in Richtung

Zuhause und bin so in Gedanken vertieft, dass ich kurz vor unserer Wohnung beinahe Ollie umfahre, der mitten auf der Straße steht und mit den Armen wedelt, um mich zu bremsen.

Da stimmt etwas nicht.

Ganz bestimmt. Er steht mitten auf der Straße und winkt wie ein Verrückter.

Aber er winkt gar nicht wie ein Verrückter. Ollie winkt lustlos, als wollte er gar nicht, dass ich ihn sehe und anhalte. Als ich mit quietschenden Bremsen vor ihm stehen bleibe, lässt er die Arme sinken.

»Was machst du hier?«, will ich wissen. »Ich habe gerade an dich gedacht. Ich habe neue Informationen und brauche deine Hilfe.«

Er presst seine Hände in die Seiten. Er ist gerannt und hat jetzt Seitenstechen. »Ich war gerade bei dir zu Hause. Deine Mutter sagte, du seist in diese Richtung davongeradelt. Ich muss mit dir sprechen.«

»Gut. Hier bin ich.«

»Es ist ernst.«

»Ich weiß, dass es ernst ist. Ich habe im Haus von Frau Janssen etwas entdeckt. Eigentlich habe ich es bei mir zu Hause entdeckt, wusste aber nicht, was es bedeutet, bis …« Etwas treibt mich an weiterzureden, denn wenn ich rede, kann Ollie mir nicht sagen, warum sein Mund so zuckt.

»Ich habe schlechte Nachrichten«, sagt er. »Ich glaube, wir sollten uns irgendwo setzen.«

»Ich will mich nicht setzen. Ich habe etwas entdeckt. Wir haben keine Zeit, uns zu setzen.« Ich lache gezwungen, als hätte er etwas Komisches gesagt. »Ollie, atme mal tief durch und dann gehen wir.«

»Nein, Hanneke. Es ist etwas passiert.«

»Genau. Ich weiß jetzt, wo Mirjam ist. Komm, gehen wir.«

Er kommt nicht mit. Er versucht auch nicht mehr, mich zum Sitzen zu überreden. Er steht einfach da und wartet, bis aller Widerstand aus mir draußen ist, lässt mich spüren, wie schwer die Luft um uns geworden ist. »Ich bringe dich nach Hause, wenn du willst. Oder wir können zu mir gehen.«

»Was ist passiert, Ollie? Geht es …« Selbst jetzt mache ich eine Pause, denn solange ich es nicht ausgesprochen habe, ist es auch nicht wahr. »Geht es um Judith? Ist etwas auf dem Weg zum Versteck passiert?«

»Judith ist noch bei mir. Es geht nicht um Judith.«

»Um Willem?« Ich reiße die Namen herunter wie einen Verband, beginne mit denen, die am meisten wehtun. *Lass es Leo sein,* denke ich. Lass es jemanden sein, den ich nicht so gut kenne. Etwas stimmt nicht mit mir, dass ich so denke, dass ich Leo Unglück wünsche, aber ich weiß, dass alles im Leben seinen Preis hat.

»Hanneke, hör zu. Ich war heute im Theater, weil ich mit Judiths Onkel sprechen wollte. Es ist passiert, Hanneke. Gestern Abend ist Mirjam in die Hollandsche Schouwburg gebracht worden.«

# Kapitel 18

»Was?« Ich stoße Ollie von mir, möchte nicht wahrhaben, was er gerade gesagt hat. »Das stimmt nicht.«

Es kann nicht stimmen. Mirjam ist nicht in der Schouwburg. Ich dresche auf ihn ein, möchte es ungesagt machen.

»Hanneke, gestern Abend war eine große Razzia.« Er packt mich an den Handgelenken und drückt sie an seine Brust. »Sie haben Leute festgenommen, die auf ihrer Liste standen, und als sie ihre Quote nicht erfüllen konnten, haben sie willkürlich Leute mit jüdischen Papieren aufgegriffen. Sie haben Dutzende festgenommen, die noch gar nicht für die Deportation vorgesehen waren. Einer der Namen auf der Liste ist M. Roodveldt. Mirjam ist dort im Theater und soll in zwei Tagen deportiert werden.«

»Aber ich weiß doch, wohin sie gegangen ist«, beharre ich. »Sie ist nach Den Haag gereist. Sie können sie nicht festgenommen haben, weil sie gar nicht mehr in Amsterdam ist. Sie würde –«

»Vielleicht hat sie es aus der Stadt geschafft und ist dann aufgegriffen und zurückgebracht worden. Oder ihr neues Versteck ist aufgeflogen. Wer weiß, was alles passiert ist. Wir wissen nur, dass jemand mit diesem Namen im Theater ist.«

*Quote, Razzia, Roodveldt.* Seine Worte prallen an mir ab, ergeben keinen Sinn. Ich spüre Ollies Herzschlag unter meinen Händen. »Dann müssen wir überlegen, was wir als Nächstes tun können«, sage ich schließlich. »Zuallererst müssen wir zum Theater. Du lenkst die Wachen ab. Wir müssen sie sofort dort herausholen.«

»Hanneke. Nimm Vernunft an.«

»Du hast recht. Zuerst müssen wir Judiths Onkel um Hilfe bitten. Er wird –«

Ollie drückt meine Hände. »Nein.«

»Lass mich los. Du musst ja nicht mitkommen, aber du musst mich loslassen.«

»Nein«, sagt er. »Hanneke, möchtest du, dass wegen dir andere Leute umgebracht werden? Du kannst nicht das Netzwerk in Gefahr bringen, das wir in einem Jahr aufgebaut haben. Du kannst nicht einfach in die Schouwburg gehen und nach einem einzelnen Mädchen fragen. Wir haben jetzt niemanden mehr da drin. Judith und Mina fallen aus. Judiths Onkel wird uns nicht helfen. Er fürchtet um sein eigenes Leben. Der Judenrat hat weit weniger Einfluss, als wir angenommen haben. Du kannst nicht einfach blind hineinstürmen und die ganze Bewegung aufs Spiel setzen.«

»Aber –«

»Nein.«

Er hat recht. Trotz meiner Wut und Enttäuschung verstehe ich, dass er recht hat. Er argumentiert logisch. Ginge es um jemand anderen als das Mädchen, nach dem ich schon so lange suche, würde ich genauso argumentieren. Warum war ich gestern Abend nicht bei der Schouwburg? Ich war stolz, dass ich Tobias' Vater ausfindig gemacht hatte, stattdessen hätte ich zur Schouwburg gehen sollen.

»Alles, was ich getan habe, war umsonst. Alles – Zahnärzte abklappern, mit Klassenkameraden sprechen – ich hätte mich einfach vor dem Theater hinstellen sollen, sobald du mir das erste Mal davon erzählt hast. Vielleicht hätte ich gesehen, wie sie ankam, und ihr helfen können.«

Ollie lässt meine Hände los und nimmt mein Gesicht in seine. Er sieht mich ernst an. »Du konntest nicht wissen, wo du anfangen solltest. Amsterdam ist eine große Stadt und Mirjam hätte überall sein können.«

»Aber Ollie, vielleicht ist sie es gar nicht, die Person im Theater?«

»Hanneke, ich wünschte, es wäre so, aber sie ist es.«

»Nein, hör zu. M. Roodveldt? Das kann auch jemand anderes sein. Margot oder Moses oder … es gibt viele Namen, die mit M anfangen, Ollie. Gibt es jemanden im Theater, der sie gesehen oder mit ihr gesprochen hat, der sicher weiß, dass sie es ist?«

»Das kann ich nicht in Erfahrung bringen, ohne Fragen zu stellen, die uns verraten. Wir haben beschlossen, eine Pause einzulegen und uns neu zu organisieren, nachdem jetzt sogar die Leute aus dem Judenrat und ihre Familien deportiert werden.«

*Überlege*, befehle ich mir. *Überlege genau.* Wenn ich nicht in das Theater hineinkomme, wie komme ich dann an Informationen? »Vielleicht finde ich jemanden, der auf der anderen Straßenseite wohnt oder in der Nähe arbeitet. Vielleicht hat jemand sie hineingehen sehen.«

Ollie öffnet schon den Mund, schweigt dann aber.

»Was?«

»Nichts«, sagt er, aber es ist nicht nichts.

»Ollie, was ist? Gibt es jemanden, der sie gesehen haben könnte?«

»Das kann ich dir nicht sagen. Es verstößt gegen die Regeln.«

»Pfeif auf die Regeln, sag es mir. Wer hat etwas gesehen? Bitte, Ollie.«

»Hanneke, wir haben diese Regeln aus gutem Grund. Wir müssen an das große Ganze denken.«

Aber ich höre ein Entgegenkommen in seinen Worten und hake nach. »Ich kenne euer großes Ganzes, Ollie, aber wenn dieses Ganze, für das du dich so einsetzt, nicht dazu taugt, ein fünfzehnjähriges Mädchen zu retten, was ist es dann wert? Welche Art von Gesellschaft möchtest du eigentlich erhalten?«

Er stößt wütend die Luft aus. Ich bin zu weit gegangen. »Wir werden dir nicht helfen, Mirjam aus dem Theater zu retten«, sagt er. »Das können wir nicht. Aber eins werde ich tun – *nur dies eine* –, um dir herausfinden zu helfen, ob es wirklich Mirjam ist. Damit du nicht den Rest des Krieges in dieser Ungewissheit leben musst. Und ich mache das nur, weil du uns alle in Gefahr bringst, wenn du herumrennst und die Angestellten dort fragst, ob sie sie gesehen haben.«

Meine Schultern sinken erleichtert nach unten. »Danke, Ollie. Vielen, vielen Dank.«

»Nur dieses eine. Bitte mich nicht um mehr.«

Er sieht sich um, ob jemand uns beobachtet, dann holt er ein Stück Papier aus seiner Tasche und kritzelt etwas darauf. Eine Adresse, wie ich verkehrt herum lese. »Merk sie dir und vernichte den Zettel«, weist er mich an. »Mina ist dort. Vielleicht kann sie dir helfen.«

»Aber warum sollte Mina –«

Ollie sieht auf seine Uhr. »Ich muss sofort los. Ich darf auf keinen Fall zu spät kommen, ich muss Judith in ihr Versteck bringen. Vielleicht komme ich danach bei dir vorbei. Es kann spät werden.«

»Aber –«

»Später, Hanneke.« Er sieht aus, als bereue er schon, dass er mir geholfen hat. Ich versuche zu lächeln, möchte ihm zeigen, dass ich ihm dankbar bin, dass er die richtige Entscheidung getroffen hat, aber ich kann das Lächeln nicht lange durchhalten.

Nachdem er gegangen ist, schiebe ich mein Fahrrad in ein Seitengässchen, um die Adresse auswendig zu lernen, wie Ollie es von mir wollte. Kaum habe ich die Hausnummer gelesen, weiß ich, dass Ollie sich getäuscht haben muss. Er kann mir unmöglich die richtige Adresse aufgeschrieben haben. Dort bin ich schon gewesen. Ich gehe jede Woche dorthin.

# Kapitel 19

Es läutet, aber niemand macht auf. Anscheinend ist niemand zu Hause, aber als ich mein Ohr an die Tür drücke, höre ich ein leises, schabendes Geräusch, als würde ein Stuhl vom Tisch weggeschoben. Schließlich legt jemand rasselnd die Türkette vor und ein blaues Auge erscheint in dem Spalt zwischen Tür und Türrahmen.

»Frau de Vries«, sage ich.

»Hanneke.« Sie sieht mich überrascht an. »Ich habe nichts bestellt. Ich habe dich nicht erwartet.«

»Ich bin nicht wegen einer Bestellung hier. Ich bin wegen etwas anderem gekommen. Lassen Sie mich herein?«

»Ich denke nicht. Das passt mir gerade gar nicht.«

Sie starrt in das leere Treppenhaus hinter mir, als wollte sie mich zum Gehen auffordern. Ich möchte mir gar nicht vorstellen, wie ich aussehe: Kleidungsstücke, die nicht zusammenpassen, offene, wirre Haare, im Strumpf eine Laufmasche.

»Schon gut, Frau de Vries«, sage ich und beuge mich vor. »Ich weiß Bescheid.«

»Du weißt Bescheid? Was weißt du?«

Wieder frage ich mich, ob Ollie mir eine falsche Adresse gegeben hat. Frau de Vries ist hochmütig wie immer, ein menschlicher Eiszapfen. Ich senke meine Stimme zu einem Flüstern: »Ich bin eine Freundin von Mina.«

Ihre Augen flackern. Sie fasst sich an den Hals, kaschiert die Bewegung aber, indem sie die Brosche an ihrem Kragen richtet. »Du solltest jetzt wirklich gehen, Hanneke. Ich brauche heute nichts von dir.«

»Bitte lassen Sie mich herein.«

»Also wirklich, das ist ein unmögliches Benehmen«, zischt sie. »Ich werde mit Herrn Kreuk darüber reden, wenn ich ihn das nächste Mal sehe.«

»Sie können ihn auf der Stelle anrufen, wenn Sie wollen. Aber ich bleibe hier stehen, bis Sie mich hineinlassen. Ich werde sämtliche Nachbarn grüßen, die vorbeikommen.«

Endlich schließt sie die Tür, schiebt die Kette zurück und macht auf. Ich trete sofort ein, bevor sie ihre Meinung wieder ändert. Die Zwillinge sitzen auf dem Boden und spielen mit Spielzeugautos. Alles sieht normal aus, genau wie immer. Keine verdächtigen Geräusche. Nichts hat sich verändert.

Frau de Vries starrt mich an und holt eine Zigarette heraus. Sie fordert mich nicht auf, den Mantel abzulegen. Wir wissen beide nicht, was wir sagen sollen.

»Ich möchte Mina besuchen«, sage ich schließlich. »Wo ist sie? Es ist wichtig.«

»Was ist passiert? Hat die Polizei meine Wohnung im Visier?«

»Es ist eine persönliche Angelegenheit.«

Frau de Vries stößt eine Rauchfahne aus, dann dreht sie mir den Rücken zu. Im ersten Moment denke ich, sie will mich hinauswerfen, aber dann verstehe ich, dass ich ihr folgen soll. Es geht einen langen Flur entlang, von dem zahlreiche Türen abgehen. Ich bin noch nie so weit in die Wohnung hineingebeten worden. Die Familie de Vries ist noch reicher, als ich gedacht habe. Die Einrichtung ist überladen und sieht teuer aus, an den Wänden mit den schweren Strukturtapeten hängen Gemälde. Sie bleibt an einer offenen Tür stehen. Wahrscheinlich ist hier das Spielzimmer der Zwillinge, denn in der Ecke stehen zwei Schaukelpferde und die kindgerecht niedrigen Regale sind voller Bücher und Spielsachen.

»Hanneke? Kannst du mir vielleicht helfen?« Frau de Vries ist vor eins der Regale getreten und dreht sich leicht verstimmt zu mir um.

Ich stemme meine Füße in den Teppich und schiebe das Regal zur Seite. Dahinter ist eine Wand, in der eine kleine Schranktür eingelassen ist, gerade groß genug, dass sich eine Person auf allen Vieren hindurchquetschen kann. Frau de Vries fordert mich mit einem Nicken auf, sie zu öffnen, und dann kommen zwei Schnürschuhe und ein paar Söckchen in mein Blickfeld. Mina lässt sich rasch auf die Knie fallen und steckt ihren Kopf durch das Loch.

»Hanneke! Dachte ich mir doch, dass ich deine Stimme gehört habe!«

Kaum ist sie aus der Schranktür gekrabbelt, schlingt sie ihre Arme um mich. »Ich habe nicht geglaubt, dass mich jemand besuchen kommt. Judith sagte, es sei zu gefährlich. Hat Ollie sie in ihr Versteck gebracht? Was ist geschehen, seitdem ich hier bin? Es kommt mir vor wie ein Jahr, dabei ist es erst ein Tag.«

Während ich noch überlege, welche ihrer Fragen ich zuerst beantworten soll, höre ich ein schabendes Geräusch aus dem Kriechgang. Auch Mina hört es. »Schon gut, ihr zwei. Keine Gefahr«, sagt sie.

»Du bist nicht allein?«, platze ich heraus.

Ein weiteres Paar Beine, diesmal mit braunen Herrenschuhen, erscheint jetzt in dem Loch, aus dem Mina geschlüpft ist. Sie gehören einem alten Mann mit weißem Bart. Er kneift die Augen zusammen, als er ins Tageslicht blickt. Hinter ihm erscheint eine ältere Dame, die wirkt wie aus dem Ei gepellt, sorgfältig geschminkt und frisiert.

»Das sind Herr und Frau Cohen«, stellt Mina uns vor. Beide nicken mir zaghaft zu. »Das ist meine Freundin Hanneke Bakker.«

»Sehr erfreut«, murmele ich und überlege, warum mir die Namen so bekannt vorkommen.

»Ist alles in Ordnung, Dorothea?«, fragt Frau Cohen Frau de Vries. »Die Innenwände in diesem Haus waren schon immer sehr dünn. Wir haben unfreiwillig alles gehört.«

Ich drehe mich zu Frau de Vries um. »Die Cohens sind –«

»Meine Nachbarn. Ja. Sie wohnen seit einigen Tagen bei mir.«

Herr Cohen streckt seine Hand aus. Er riecht ein wenig nach Zigaretten und Leder, ein beruhigender Duft, der mich an meinen Großvater erinnert.

»Aber Ihre andere Nachbarin ...« Ich spreche nicht weiter. Als die Frau mit der Fuchsstola zu Besuch war, hat Frau de Vries getan, als wäre sie froh, dass die Cohens verschwunden sind. Aber was hätte sie sonst tun sollen?

Die Cohens nicken mir höflich zu, und dann sagt Frau Cohen zu ihrem Mann, dass Mina und ich vielleicht unter vier Augen sprechen wollen. Sie gehen, Frau de Vries aber bleibt, als wolle sie jedes Gespräch in ihrem Haus persönlich überwachen.

»Komm, ich zeige dir unser Versteck«, sagt Mina und nimmt mich an die Hand und zieht mich zur Schranktür, bevor ich Nein sagen kann. Es riecht nach Farbe, der einzige Hinweis, dass das Versteck erst vor Kurzem gebaut worden ist. Es ist hervorragende Arbeit. Von außen sieht es aus, als sei die Tür zusammen mit der übrigen Einrichtung angefertigt worden. Unten sind sogar Abnutzungsspuren zu erkennen. Im Vergleich dazu ist das Versteck hinter der Speisekammer von Frau Janssen geradezu stümperhaft.

»Wir müssen nur hinein, wenn Fremde kommen«, erklärt Mina. »In der übrigen Zeit können wir uns frei in der Wohnung bewegen.« Sie macht die Schranktür zu, der Eingang ist verschwunden. »Als ich gestern hier ankam, musste ich das wieder und wieder üben, alles zusammenpacken, in das Versteck schlüpfen und nichts zurücklassen, was uns verraten könnte. Das solltest du mal sehen.«

»Gern, aber nicht jetzt«, murmele ich unaufmerksam. Als Mina die Tür zum Versteck zugezogen hat, hat es einen Luftzug gegeben und die Vorhänge an den Fenstern sind aufgebauscht worden und haben den Blick auf ein großes, bekanntes Gebäude freigegeben.

»Die Schouwburg«, flüstere ich. »Dieser Wohnblock befindet sich genau gegenüber der Schouwburg.«

Bis jetzt habe ich immer nur aus den vorderen Fenstern geschaut. Ich bin nie in die hinteren Gemächer der Wohnung gebeten worden und habe deshalb auch nie die Aussicht aus den hinteren Fenstern gesehen. Jetzt weiß ich, warum Ollie mir diese Adresse gegeben hat.

»Mina, hast du …« Mein Mund ist wie ausgetrocknet. Ich schlucke und setze wieder an. »Hast du die Leute gesehen, die gestern nach der Razzia hierhergebracht worden sind?«

Mina nickt. »Das war kurz nachdem ich gekommen bin. Ich stand hinter dem Vorhang und habe alles gesehen. Ich habe mich so schuldig gefühlt, weil ich in Sicherheit war und die anderen nicht.«

»Hör zu. Hast du Mirjam gesehen? Hast du gesehen, ob sie dabei war?«

»Mirjam war auch dabei?«

»Ich weiß es nicht. Zumindest jemand mit demselben Nachnamen. Dann hast du sie nicht gesehen? Bist du sicher?«

»Das tut mir leid. Das tut mir so leid.« Ihre Augen füllen sich mit Tränen. »Ich wusste nicht, dass ich nach ihr Ausschau halten sollte.«

Wieder fällt eine Tür zu. Wieder entgleitet eine Hoffnung.

»Ich habe Fotos gemacht«, sagt sie und wischt sich mit dem Ärmel die Tränen ab.

»Du hast Bilder gemacht?«

»Ich habe weniger Kleidung mitgenommen, damit mein neuer Fotoapparat in den Koffer passt. Ich wollte nicht auf das Fotografieren verzichten. Auch wenn ich hier festsitze, kann ich alles aufnehmen, was draußen vorgeht.«

»Kann ich sie sehen? Deine Fotos?«

Sie macht ein langes Gesicht. »Sie sind noch nicht entwickelt. Ich habe sie gestern erst aufgenommen.«

»Dann suchen wir jemanden, der sie entwickelt. Wir finden bestimmt jemanden, dem wir vertrauen können.« Im Geist gehe ich die Liste meiner Schwarzmarktkunden durch und picke die mit einer künstlerischen Ader heraus, die möglicherweise eine Dunkelkammer im Keller haben. Einmal war ich bei einem Galeriebesitzer, aber als ich zu ihm in die Wohnung kam, lagen Flugblätter mit Bildern von Hitler auf seinem Couchtisch.

Mina schüttelt den Kopf. »Das geht nicht – es ist Agfacolor.«

»Was heißt das?« Ich habe das Wort noch nie gehört.

»Agfacolorfilme. Das sind Farbfilme, die Marke, auf die ich an meinem Geburtstag gewartet habe. Die meisten Fotografen kennen sich nicht damit aus. Es ist ein deutsch-amerikanisches Produkt. Selbst wenn wir riskieren würden, die Filme zu einem sympathisierenden Fotografen in Deutschland zu schaffen, würde es Wochen dauern, bis wir sie wiederhätten.«

»Aber vielleicht kann ein Kunstlehrer oder jemand, der für eine Zeitung arbeitet, schneller … oder –«

»Es geht nicht darum, dass die Leute hier zu langsam sind. Ein normaler Fotograf hier könnte mit seinen Mitteln den Film zerstören.«

»Aber …«, setze ich an. Ich bin enttäuscht. Ich kann fast alles und jeden finden. Aber ich weiß nicht, wo ich einen Fotografen finden soll, der einen Film entwickelt, von dem ich noch nie etwas gehört habe.

»Gib mir den Fotoapparat«, sagt Frau de Vries. Sie hat schon so lange nichts mehr gesagt, dass ich ihre Anwesenheit fast vergessen habe. Sie sitzt mit elegant verschränkten Armen in der Ecke. »Gib ihn mir«, wiederholt sie leicht verstimmt. »Ich werde ihn einem Geschäftspartner meines Mannes bringen.«

»Geschäftspartner?«, wiederhole ich verständnislos.

»Er gibt eine Zeitschrift heraus«, erinnert sie mich. »Eine Modezeitschrift mit lauter Fotos.«

»Aber Mina hat gesagt, es sei ein ganz spezieller Film.«

»Und er hat spezielle Kontakte.« Sie hebt bedeutungsvoll eine Augenbraue. »Er kennt alle möglichen Leute, die Zugang zu privaten Dunkelkammern haben. Ich kann nichts versprechen, aber ich werde es versuchen. Gib ihn mir.«

Mina sieht mich wieder an und ich nicke. Sie gibt Frau de Vries den Apparat. »Bitte seien Sie vorsichtig«, fleht sie. »Er ist so teuer gewesen und die Fotos sind gefährlich.«

Frau de Vries sieht sie an. Sie weiß um die Gefahr, sie versteckt drei Juden in ihrer Wohnung.

»Können Sie jetzt sofort los?«, frage ich sie. »Können Sie das heute Nachmittag noch erledigen? Ollie sagt, der nächste Transport geht in zwei Tagen. Ich muss so bald wie möglich wissen, ob das Mädchen, das ich suche, im Theater ist. Bitte, können Sie gleich gehen?« Ich weiß nicht, ob es daran liegt, dass ich Frau de Vries' Geheimnis kenne, und sie meint, deshalb tun zu müssen, was ich sage, oder weil sie es so schnell wie möglich hinter sich bringen möchte, damit ich wieder verschwinde. Wie auch immer, sie eilt mit klackernden Absätzen aus dem Zimmer, und als ich sie einhole, setzt sie bereits ihren blauen Hut auf.

»Ich bin bald wieder da«, sagt sie. Und weil sie immer noch Frau de Vries ist, fügt sie hinzu: »Könntest du es bitte sein lassen, alles anzufassen, solange ich weg bin?«

Sie schlüpft in ihren Mantel und Mina und ich können nur noch warten.

# Kapitel 20

Mina und ich bleiben im Kinderzimmer. Wir hocken auf unbequemen kleinen Stühlen, während Herr Cohen auf dem Boden kniet und mit den Kindern spielt. Sie dürfen ihre Autos über seine Arme und Beine fahren lassen. Frau Cohen macht sich in der Küche nützlich, wäscht ab und kocht am laufenden Band Ersatztee für uns.

»Du musst auch Berg spielen«, sagt einer der Zwillinge zu mir und schiebt sein Auto über meinen Schuh. »Dann hat jeder von uns seinen eigenen.«

Ich ziehe meinen Fuß mit einem Ruck weg. »Warum spielt ihr nicht selbst Berg?«

Herr Cohen lächelt. »Wie wäre es, wenn ich euch eine Geschichte erzähle? Eine Geschichte mit vielen schnellen Autos und schnellen Pferden und mit Bergen.« Er ist so geduldig mit ihnen. Ob er eigene Enkel hat?

»Hanneke, etwas macht mir Sorgen«, sagt Mina und rückt mit dem Stuhl näher heran.

»Was denn?«

Sie schielt zu Herrn Cohen und den Zwillingen, dann senkt sie ihre Stimme. »Das *Ding*, das ich dir gezeigt habe, als wir spazieren gegangen sind. Es ist immer noch dort.« Sie sieht meinen verwirrten Gesichtsausdruck, hebt ihre Hände vor das Gesicht und macht eine Geste, die ich sofort erkenne. Ihr zweiter Fotoapparat. Er war in dem Kinderwagen und sie hatte keine Zeit mehr, ihn rauszunehmen. »Meinst du, das ist schlimm?«, fragt sie.

Selbst wenn, wüsste ich nicht, was ich dagegen machen sollte oder was es bringen würde, sie noch mehr zu beunruhigen. »Wenn eine deiner Kolleginnen ihn findet, hebt sie ihn bestimmt für dich auf«, beruhige ich sie. Die Wachen schien die Krippe nicht besonders zu interessieren.

Nach einer Weile quengeln die Kinder, weil sie Hunger haben. Mina findet in der Speisekammer Kartoffeln und Pastinaken und kocht sie zusammen mit Kohlblättern. Wir essen schweigend. Die Kinder gähnen und Herr Cohen bringt sie ins Bett.

»Hanneke, du musst gehen, sonst kommst du nicht mehr rechtzeitig nach Hause«, sagt Frau Cohen.

Es ist bereits zu spät. Ich möchte auf jeden Fall hier sein, wenn es Neuigkeiten gibt. War es ein Fehler von mir, Frau de Vries so zu drängen, sich auf den Weg zu machen? Frau Cohen nimmt ein paar Socken aus dem Flickkorb von Frau de Vries und beginnt zu stopfen. Herr Cohen liest ein Buch. Der Abend zieht sich dahin. Der Himmel färbt sich rötlich und dann pechschwarz.

Meine Eltern werden sich seit einer Stunde Sorgen machen. Mama wird um den Mund herum weiß geworden sein, und Papa wird laute Witze reißen, um seine eigene Unruhe zu verbergen. Nach der Sorge wird die Wut kommen: Mama wird sich über mich ärgern, weil ich nur an mich denke und die Zeit nicht im Blick habe, und Papa, weil ich Mama Sorgen bereitet habe und weil er selbst nicht hinausgehen und mich suchen kann. Ich weiß nicht, was nach der Wut kommt. Ich habe ihre Geduld noch nie so lange auf die Probe gestellt. Heute Abend bleibt mir nichts anderes übrig.

In der Ferne läutet eine Kirchenglocke. Wieder ist eine Stunde vergangen. Mina, die Cohens und ich wechseln besorgte Blicke und in mir nagen Schuldgefühle. Warum haben wir nicht nach der Adresse des Fotografen gefragt oder wenigstens nach seinem Namen? Warum wollte ich unbedingt, dass sie heute Abend noch geht, obwohl es keinen großen Unterschied gemacht hätte, wenn sie erst morgen früh gegangen wäre? Ich mag Frau de Vries nicht, aber ich will nicht, dass ihr etwas zustößt.

»Sie tut nichts Verbotenes«, sagt Mina. »Es ist nicht verboten, einen Freund zu besuchen.«

»Ich hoffe nur, dass sie, falls sie angehalten worden ist, auf dem Hinweg war und nicht auf dem Rückweg«, sagt Frau Cohen. Ihr perfekt aufgetragener Lippenstift ist ein wenig verblasst. »Eine nicht entwickelte Filmrolle fällt vielleicht nicht weiter auf, aber wenn –«

»Psst, Rebekka«, unterbricht sie ihr Mann. »Siehst du nicht, dass …«

Er spricht nicht weiter. In der Wohnungstür wird ein Schlüssel herumgedreht. Wir bleiben alle vier wie erstarrt sitzen. Frau de Vries tritt ein, ihre Wangen sind leicht gerötet, aber sie ist nicht verletzt. Ollie folgt ihr auf dem Fuß.

»Ich bin schon vor einer Stunde zurückgekommen«, sagt Frau de Vries. »Aber direkt an der Ecke standen Soldaten. Es war mir zu unsicher, an ihnen vorbeizugehen, deshalb habe ich mich wie ein Bettler in einer Seitengasse versteckt, bis sie gegangen sind.«

»Und ich hatte mich in der Gasse direkt gegenüber versteckt«, erklärt Ollie, als Mina ihn stürmisch umarmt. »Ich konnte Frau de Vries in der dunklen Gasse sogar sehen, habe mich aber nicht getraut, zu rufen. Es war wirklich eine absurde Szene, wie Schauspieler in einem Schmierentheater. Ich dachte, die Soldaten würden nie mehr gehen.«

»Hast du Judith in ihr Versteck gebracht? Wie geht es ihr?«, fragt Mina.

Ollie nickt. Auf dem Bauernhof, zu dem er sie gebracht hat, wird es allmählich voll, erzählt er. Sechs Personen sind dort bereits untergekommen, sie schlafen alle in der Scheune. Aber sie ist dort in Sicherheit, da in dieser Gegend nicht so viele Soldaten patrouillieren.

Frau de Vries setzt ihren Hut ab und streicht ihre Haare glatt. »Sind die Kinder im Bett?«

»Sie schlafen«, beruhigt sie Frau Cohen.

»Haben Sie ihn gefunden?«, frage ich. Jetzt, wo sie wieder in Sicherheit ist, habe ich kein schlechtes Gewissen mehr. »Den Fotografen?«

Frau de Vries zieht ein schmales Päckchen aus ihrer Manteltasche. Der Umschlag hat das falsche Format, er kann unmöglich die Fotografien eines ganzen Films enthalten. »Diapositive«, erklärt sie. »Wenn ich richtig verstanden habe, war das ein Diafilm?« Sie sieht Mina fragend an und diese nickt. »Ich habe keinen Projektor. Der Mitarbeiter meines Mannes wollte mir seinen eigenen ausleihen, aber ich konnte ihn natürlich nicht nachts durch die Gegend schleppen. Ihr könnt die Bilder trotzdem ansehen, vielleicht findet ihr ja eure Freundin darauf.«

Sie wartet unseren Dank nicht ab, sondern zieht sich mit den Worten zurück, sie brauche jetzt ein heißes Bad. Die Cohens entschuldigen sich ebenfalls, sie schwanken vor Müdigkeit. Es ist so spät geworden, dass es draußen fast schon wieder hell wird. Nachdem alle gegangen sind, drängen Mina, Ollie und ich uns um den Schreibtisch in Herrn de Vries' verlassenem Arbeitszimmer und holen die Diapositive aus dem Umschlag – durchscheinende Bilder mit einer Seitenlänge von ungefähr zweieinhalb Zentimetern. Die Quadrate sind sehr klein, und es sind so viele Menschen darauf abgebildet, dass es fast unmöglich ist, jemanden in der Menge zu erkennen.

»Wenn wir sie gegen eine Glühbirne halten, können wir etwas besser sehen«, schlägt Mina vor. Sie überprüft die Verdunkelungsvorhänge, dann knipst sie die Schreibtischlampe an. Vorsichtig, nur mit den Fingerspitzen, hält sie ein Dia nach dem anderen gegen das Licht.

»Sie sind in Farbe«, ruft Ollie erstaunt.

Mina nickt stolz. »Ich habe es Hanneke schon erzählt. Meine Eltern haben den Film auf dem Schwarzmarkt erstanden. Ich möchte nicht wissen, was er gekostet hat.«

Ich auch nicht. Ich habe noch nie den Auftrag gehabt, einen solchen Film zu finden, aber er muss unerhört teuer sein.

»Ist die Reihenfolge korrekt?«, frage ich.

»Ja, das ist die Reihenfolge, in der ich sie aufgenommen habe.«

Zu dritt beugen wir uns über die Diapositive. Die Bilder beginnen nicht mit der Razzia von gestern, wie ich erwartet hätte. Das erste Bild ist im Sommer aufgenommen, es zeigt einen Park mit Gras und Blumen und im Vordergrund eine Reihe Männer mit gelben Sternen am Jackett und erhobenen Händen. Selbst in dieser Miniaturform ist das Entsetzen auf ihren Gesichtern deutlich zu erkennen.

»Das war das erste Mal, dass ich den Apparat benutzt habe«, flüstert Mina. »Das war auch die erste Razzia, die ich gesehen habe. Ich kam zufällig vorbei. Später hat mir jemand erzählt, dass die Männer erschossen worden sind.«

»Sind alle deine Fotos in Farbe?«, frage ich sie.

»Ich gehe mit den Farbfilmen sparsam um, weil sie so teuer sind«, sagt sie. »Aber die Schwarz-Weiß-Bilder sind genauso – sie zeigen dieselben Dinge.«

Obwohl Mina mir gesagt hat, dass es Farbfotos sind, bin ich von den Bildern überwältigt. Sie zeigen Seiten des Krieges, über die wir nicht sprechen dürfen. Ein hungriges Kind. Zwei Soldaten, die einen verängstigten Juden verspotten. Ein Keller voll mit Untergetauchten, die in die Kamera winken, zum Beweis, dass es ihnen gut geht. Die Farbe macht alles so plastisch, so gegenwärtig, genau wie im richtigen Leben. Schwarz-Weiß-Bilder sind für mich immer wie ein Stück Vergangenheit. Aber dies hier ist nicht Vergangenheit. Es geschieht genau jetzt. Jetzt verstehe ich auch Minas Anliegen. Jedes Bild ist ihr kleiner Beitrag zum Widerstand.

Schließlich kommen wir zu den Diapositiven von gestern, die das Theater zeigen. Sie erzählen eine Geschichte in Miniaturbildern: Auf dem ersten sieht man eine Straßenbahn, die gerade angekommen ist, eine Straßenbahn, die für solche Gefangenentransporte umfunktioniert worden ist. Darin lauter Menschen mit Judensternen, sie tragen Koffer oder Stofftaschen. Eine Frau mit rosa Hut hält den Arm eines Mannes mit einem beigen Hut. Zwei gebückte Damen, sie könnten Schwestern sein, haben ähnliche fliederfarbene Mäntel an. Die Farben sind so schön, dass es in den Augen schmerzt.

Auf dem zweiten Dia stehen die Menschen aus der Straßenbahn am Hintereingang des Theaters. Ein Soldat hat den Arm ausgestreckt, offenbar befiehlt er ihnen, sich in Reihen aufzustellen. Im Vordergrund sehe ich einen Jungen in einem dunkelbraunen Mantel, der dem

Soldaten in einer heimlichen Geste des Trotzes die Zunge herausstreckt.

Mehrere Minuten lang sehen wir uns die einzelnen Bilder an. Die Geschichte geht weiter, die unübersichtliche Menschenmenge formiert sich zu ordentlichen Reihen, Paare fassen sich hilfesuchend an den Händen.

Apricot und Rot. Grün und Schwarz.

Erst auf dem viertletzten Bild sehe ich, wonach ich gesucht habe. Das Bild zeigt eine Szene wie die anderen: verängstigte Menschen mit Koffern. Es sind die Gefangenen, in Dreier- und Viererreihen, die in das Theater marschieren.

Und dort unten, in der Ecke, ist Mirjam.

# KAPITEL 21

Wir hatten einmal eine Maus, die in unseren Wänden lebte. Merkwürdigerweise war sie nur zu hören, wenn ich allein war. Papa und Mama hörten sie nie, und wenn ich das Thema anschnitt, sahen sie sich an und sagten: »Ach ja. Deine *Maus.*« Ich war damals ungefähr neun, und irgendwann glaubte ich auch, es gäbe die Maus in Wirklichkeit gar nicht, ich hätte sie nur aus Spaß erfunden. Aber eines Tages, als Elsbeth zu Besuch war, tauchte die Maus plötzlich neben ihrem Stuhl auf. Elsbeth schrie sich die Kehle aus dem Leib. In diesem Moment wurde die Maus real, es gab sie wirklich. Weil jemand anderer sie gesehen hatte. Weil ich nicht mehr allein war.

»Das ist sie.« Ich zeige auf das Dia.

»Was?«, fragt Mina. »Wo?«

»In der Ecke. Ganz rechts.«

Sie beugt sich vor, schiebt meine Schulter weg. »Bist du sicher? Es ist so klein und verschwommen.«

Ganz am Rand des Dias ist ein lockiges Mädchen mit einem himmelblauen Mantel zu sehen. Das Gesicht ist verschwommen, aber es würde mir nicht weiterhelfen, wenn es deutlicher wäre, denn ich kenne das Mädchen nur aus Beschreibungen. Nur etwas ist ganz deutlich, der knallblaue Mantel, und wenn ich die Augen zusammenkneife, erkenne ich auch die winzige silberne Doppelknopfreihe an der Vorderseite. Das ist sie, das ist das Mädchen, das aus einem sicheren Versteck weggelaufen ist, das Mädchen, das ein bisschen verwöhnt war, das in einen Jungen verliebt war und eine beste Freundin hatte, das gut in der Schule war, weil es seinen Eltern gefallen wollte. Vielleicht ist ihr Gesicht deshalb so verschwommen, weil sie genau das tut, was ich in ihrer Situation wahrscheinlich tun würde: nach einem Fluchtweg suchen, anstatt die Regeln zu befolgen.

»Meinst du, Frau de Vries hat eine Lupe?«, fragt Ollie. »Gibt es eine Möglichkeit, das Bild zu vergrößern?«

Mina findet im Schreibtisch von Herrn de Vries eine altmodische Lupe mit einem geschnitzten Holzgriff. Ich drücke meine Nase ganz dicht an das Glas und untersuche das Bild millimeterweise. Vielleicht gibt es etwas, das uns nützen könnte, aber ich finde nichts.

»Man kann sie trotzdem schlecht sehen«, sagt Mina.

»Sie ist es«, sage ich mit Bestimmtheit. Sie ist es, weil mein Herz schneller schlägt, wenn ich das Foto betrachte. Die anderen Menschen, die in das Theater getrieben werden, sind mit anderen zusammen – mit Angehörigen oder Nachbarn. Nur sie ist allein.

»Sie ist dort drin, Ollie«, sage ich. Vom Fenster des Zimmers, in dem wir uns befinden, könnte ich auf das

Gebäude blicken, in dem sie festgehalten wird. Es ist kaum einhundert Meter entfernt.

»Also ist sie es«, sagt Ollie monoton. Er sieht mich an, fragt sich, was ich tun werde. »Und es ist passiert, was wir befürchtet haben.«

»Wir müssen sie da rausholen.«

Er schüttelt den Kopf, bevor ich meinen Satz beendet habe. Er hat es erwartet.

»Doch, Ollie«, rede ich weiter, »schau sie dir an. Sie ist total verängstigt.«

»Hanneke, es hat sich nichts geändert, seitdem ich dir gesagt habe, dass wir dir nicht helfen können.«

»Natürlich hat sich etwas geändert. Wir haben ein sicheres Versteck für sie, hier, direkt gegenüber. Mina und Judith kennen sich im Theater aus. Warum willst du mir nicht helfen, Ollie?«

»Ich verstehe dich nicht, Hanneke«, fährt er mich an. »Wir haben in den vergangenen vier Tagen gehofft, du würdest dich dem Widerstand anschließen und uns helfen. Nicht nur einer Person, sondern Hunderten. Und jetzt erwartest du ernsthaft, dass ich das Leben aller meiner Freunde riskiere, um dir zu helfen? Du bist wirklich –«

»Was bin ich?« Ich fordere ihn heraus. Trotz meiner Wut werde ich nicht laut. »Verrückt? Nicht ganz dicht?«

»Ich habe mir Sorgen um dich gemacht, Hanneke. Weil du ganz allein um Bas trauern musstest. Du hast mir leidgetan, und ich dachte auch, du könntest für unsere Sache von Nutzen sein. Doch wenn ich gewusst hätte, wie starrköpfig du bist, hätte ich dich nicht zu unserem Treffen mitgenommen.«

»Bas würde mir helfen.« Es ist gemein, Ollie mit seinem Bruder zu vergleichen, es ist mir einfach so herausgefahren. Es ist die Wahrheit. »Er würde mir helfen. Er würde sich fragen, warum wir noch große Reden schwingen, obwohl wir genau wissen, wo sie steckt. Er würde sagen, komm, wir gehen und holen sie raus. Erinnerst du dich an das Sommerfest, als meine Eltern mich nicht gehen lassen wollten, weil ich krank war? Nach dem Fest kletterte er am Regenrohr hoch und brachte mir Kuchen. Bas würde es nicht ertragen, wenn wir einfach ignorieren würden, dass mich jemand um Hilfe gebeten hat.«

*»Und er würde dabei sterben.«*

Ich zucke zusammen und starre Ollie an. »Was hast du gesagt?«

»Hanneke. Bas war ein wunderbarer Kerl. Ein Prachtkerl. Aber er war unbesonnen und leichtsinnig und dachte nie nach, bevor er etwas tat. Der Abend, als er dir den Kuchen vom Sommerfest gebracht hat? Du warst glücklich, aber er wurde bestraft. Meine Eltern waren fuchsteufelswild, weil er so spät nach Hause kam. Und jetzt? Jetzt würde Bas versuchen, dieses Mädchen zu retten, und die Nazis würden ihn schnappen und er würde sterben.«

»Das kannst du nicht wissen.«

»Glaubst du nicht, dass ich dir helfen möchte? Hast du eine Ahnung, wie schwer es für mich ist, daran zu denken, was dem Mädchen zustoßen kann, so ganz allein? Ich wäre so gern wie Bas, so charmant und lustig. Aber er war nicht vollkommen. Einer muss der Vorsichtige sein. Einer muss derjenige sein, der keine Sekunde lang vergisst, wie gefährlich ein einziger Schnipsel Papier sein kann.«

Seine Haare sind an der Seite plattgedrückt und er hat dunkle Ringe unter den Augen. Er sieht erschöpft aus. Ich weiß nicht, wie viele Kilometer er zu Judiths Versteck übers Land radeln musste, und er ist danach gleich hierhergekommen. Sein Anblick erinnert mich daran, wie müde ich bin. So viel ist geschehen, seitdem einer von uns das letzte Mal ein paar Stunden geschlafen hat.

»Hanneke? Ollie?« Es ist Mina, die immer noch am Schreibtisch von Herrn de Vries sitzt, die Diapositive vor sich. Sie hat uns offenbar überhaupt nicht zugehört.

Ihr Gesicht ist zu einer Schreckensmaske erstarrt.

»Mina? Was ist los?«, frage ich. Sie zeigt auf die Dias, auf die letzte Bilderserie, die wir noch nicht angesehen haben. »Ist Mirjam auch darauf?« Ich gehe zum Schreibtisch und beuge mich vor, um besser zu sehen. »Zeig mal.«

»Nein, das ist es nicht. Sie … sie schließen die Krippe.« Sie reicht mir die Lupe, dann spricht sie weiter. »Schau, auf diesem Bild – da sind die anderen Betreuerinnen. Sie bringen alle Kinder zum Theater rüber. Normalerweise gehen sie nie mit einer so großen Gruppe nach draußen. Sie schließen die Krippe und deportieren die Kinder zusammen mit Mirjam.« Ich kneife die Augen zusammen und sehe eine Karawane von kleinen Kindern und zwei der jungen Frauen, die mit Mina in der Krippe gearbeitet haben.

»Es tut mir so leid«, sage ich. »Ich weiß, dass du sie gut gekannt hast.« Aber Mina schüttelt nur den Kopf und zeigt wieder auf das Dia.

»Nein. Schau doch«, sagt sie. »Schau.«

Ich schaue. Und endlich verstehe ich, was sie meint. Die älteren Kindergartenkinder gehen zu Fuß. Zwei der jüngeren werden im Kinderwagen geschoben. Auch ein ganz bestimmter Kinderwagen ist dabei. Der Kinderwagen mit den Fotos über den grausamen Krieg und den geheimen Widerstand und von den Menschen, die ich in den vergangenen Tagen kennen und schätzen gelernt habe.

»Gleich finden sie den Fotoapparat«, sagt Mina. »Die Nazis. Sobald der Kinderwagen ins Durchgangslager kommt. Und dann fliegen wir alle auf.«

Ollie sieht uns verständnislos an. Er weiß nichts von dem Fotoapparat und hat keine Ahnung, wovon Mina spricht. Aber ich. Und ich weiß auch, dass Ollie sich geirrt hat, als er vorhin meinte, es hätte sich nichts geändert. Alles hat sich geändert.

*Sonntag*

»Was sollen wir jetzt machen?«, fragt Sanne zum fünften Mal, und zum fünften Mal hat niemand eine Antwort.

Ollie ist mit seinem Fahrrad durch die Stadt gerast und hat alle zusammengetrommelt. Erst zu seiner Wohnung, aber Willem war schon bei einer Frühvorlesung. Dann zu Leo, der Sanne holen und dann direkt zu den de Vriesens kommen wollte. Jetzt sind alle da außer Willem und Judith, die sich besser als alle anderen im Theater auskennt, aber nie wieder zu unseren Treffen kommen wird.

»Ich kann einfach nicht fassen, wie du so dumm sein konntest«, schnauzt Leo Mina an. »Ich hatte keine Ahnung, dass du Fotos machst. Wir versuchen, Leben zu retten, und du machst heimlich mit deiner Kamera herum! Ich habe von Anfang an gesagt, dass du zu jung bist.«

»Schrei sie nicht an«, ermahnt ihn Ollie. »Sei leise.« Er nickt bedeutungsvoll in Richtung der geschlossenen Tür. Frau de Vries ist fuchsteufelswild, dass wir uns hier treffen. Sie hat sich keinen Millimeter vom Vorderfenster weggerührt und angekündigt, sie würde uns sofort rausschmeißen, wenn sie auch nur einen Mucks aus dem Arbeitszimmer hören würde.

»Es ist passiert, Leo, kapier das doch!«, sagt Sanne. »Wir können nichts mehr daran ändern. Die Frage ist nur: Was sollen wir jetzt machen?«

»Lass uns überlegen«, sagt Ollie. »Vielleicht finden sie

den Fotoapparat gar nicht. Mina hat monatelang Bilder damit gemacht, ohne dass die anderen Frauen in der Krippe es gemerkt haben. Wäre das eine Möglichkeit?«

Mina senkt kläglich den Kopf. »Nein, und das weißt du auch. Spätestens in den Durchgangslagern werden alle persönlichen Habseligkeiten durchsucht – manchmal haben die Leute Schmuck oder Geld in ihre Mäntel oder Koffer eingenäht. Die Wachen werden den Kinderwagen von oben bis unten aufschlitzen. Und dann …«

Wir wissen alle, was dann passiert. Bilder von Widerstandskämpfern. Bilder von Dutzenden geheimer Übergaben, von Kindern, die in Verstecke gebracht werden, von vollkommen unschuldigen Menschen.

»Aber woher willst du überhaupt wissen, dass sie den Kinderwagen auf den Transport mitnehmen?«, fragt Sanne. »Normalerweise dürfen die Menschen nur ein Gepäckstück pro Person auf den Transport mitnehmen. Wieso sollte einer Familie erlaubt werden, einen Kinderwagen mitzunehmen? Vielleicht bleibt er einfach im Theater zurück.«

»Und was soll daran besser sein?«, faucht Leo. »Glaubst du vielleicht, der Fotoapparat wird dort nicht entdeckt?«

»Ich weiß es nicht«, sagt Sanne gekränkt. »Ich sage doch nur, wir wissen nicht genau, ob sie den Kinderwagen filzen, auch nicht, wann oder wer das tut. Wir wissen nicht einmal, ob alle Kinder auf diesen Transport kommen. Die, die zuerst ins Theater gebracht worden sind, werden meistens auch zuerst deportiert, aber nicht immer. Gibt es denn keine Möglichkeit, in das Theater hineinzukommen?«

Ollie verneint kopfschüttelnd. »Sie kennen alle, die dort arbeiten, und jetzt riskiert niemand mehr, neue Leute einzuschleusen. Seitdem die Mitglieder des Judenrats und ihre Familien auf der Liste stehen, ist alles anders.«

»Und wenn wir Walter fragen?«, schlägt Leo vor. Ich weiß, dass Walter der Mann ist, der das Theater beaufsichtigt und die Papiere für die Krippenkinder gefälscht hat.

Ollie sagt entschieden: »Nein. Das ist keine Widerstandsaktion. Wir haben es vermasselt, weil wir Idioten sind. Wir werden ihn da nicht mit hineinziehen, bevor wir nicht selbst versucht haben, das Problem zu lösen.«

»Sie werden den Kinderwagen mit zum Bahnhof nehmen«, flüstert Mina. »Das weiß ich genau. Sie lassen nie etwas im Theater zurück. Es ist so überfüllt und sie wollen immer mehr Menschen dort einpferchen. Der Kinderwagen kommt mit zum Bahnhof, glaubt mir doch.«

Sanne zuckt zusammen, dann holt sie tief Luft und versucht es noch einmal. »Also gut. Du sagst, wir müssen den Fotoapparat wiederbekommen, aber nicht, solange er sich im Theater befindet. Also müssten wir ihn holen, wenn der Transport das Theater verlässt, auf dem Weg zum Bahnhof. Und es muss heimlich geschehen. Und niemand darf uns sehen. Ist das richtig?«

»Wir müssten während der Ausgangssperre aus dem Haus«, sagt Leo. »Das heißt, wir bräuchten zumindest eine Sondergenehmigung.«

»Oder eine Verkleidung«, sagt Sanne. »Eine Gestapouniform wäre am besten – mit so hohen Rangabzeichen, dass wir während der Ausgangssperre ungehindert durch die Stadt gehen könnten.«

»Wir kommen an keine Uniform«, sagt Ollie knapp. »Sonst könnte dieser Plan funktionieren. Aber es geht nicht. Ich weiß, dass andere Widerstandsgruppen deutsche Uniformen gestohlen und für ihre Operationen eingesetzt haben, aber wir kennen niemanden, der eine besitzt, und wir werden deshalb keine weitere Geheimoperation starten. Ganz bestimmt nicht in den zwei Tagen, die uns bis zum Transport noch bleiben. Wir müssen eine andere Lösung finden.«

»Ihr seid wirklich blöd«, sagt Mina kopfschüttelnd. »Natürlich gibt es eine Möglichkeit, ins Theater zu kommen. Eigentlich müsste ich jetzt dort sein. Ich sollte mich zum Transport melden. Und das werde ich auch tun. Ich melde mich zum Transport, und sobald ich im Theater bin, werde ich den Fotoapparat suchen und ihn unschädlich machen.«

»Und dann kommst du in ein Lager«, sagt Ollie ruhig.

»Und?«

»Mina …«, beginnt Sanne.

»Was?«, fragt sie unerbittlich. Ihre Stimme bricht. »Es ist allein meine Schuld! Das hat Leo auch gesagt. Und ihr sagt immer, dass unser Auftrag wichtiger ist als unser Leben. Also werde ich es tun. Ich melde mich heute Nachmittag.«

Sanne öffnet den Mund und macht ihn wieder zu. Ollie vergräbt seinen Kopf in den Händen und Leo starrt unbeweglich auf den Schreibtisch. Niemand sagt etwas. Niemand muss etwas sagen. Minas Angebot ist furchtbar, aber sie haben auch keine bessere Lösung.

Ich räuspere mich. »Ich kann eine beschaffen.«

Es ist das erste Mal, dass ich mich in dem Gespräch zu Wort melde. Alle drehen sich zu mir um. Es gibt so vieles, was ich falsch gemacht habe in diesem Krieg. Angefangen bei Bas. Angefangen beim Anfang. Die ganze Zeit. Als ich wusste, dass Unrecht geschieht, und mir einredete, es sei das Beste, es zu ignorieren. »Mina muss sich nicht melden. Ich kann euch helfen, den Fotoapparat da rauszuholen«, spreche ich weiter. »Aber dann möchte ich auch Mirjam Roodveldt rausholen. Ich werde keinen von euch bitten, mir dabei zu helfen. Ich nehme das Risiko allein auf mich. Wenn ich erwischt werde, sage ich, dass ich es allein getan habe.«

Niemand reagiert.

»Ihr habt gesagt, ihr braucht eine Uniform, um an die Kamera zu kommen«, sage ich schließlich. »Und ich sage, dass ich eine Uniform beschaffen kann.«

Das zweitletzte Mal, als ich Elsbeth sah.

Sie war achtzehn, ich war siebzehn, Bas war tot. Sie

hatte zu dieser Zeit schon ihren Soldaten kennengelernt. Ihre Mutter hatte nichts gegen die Verbindung. Ihre Eltern waren auf der Seite der deutschen Besatzung, gaben das aber nicht offen zu. Es war eine heimliche, kriecherische Form der Unterstützung.

Es war sechs Monate nach dem Einmarsch. Meine Noten waren in den Keller gerutscht, aber die anderen in der Schule machten weiter in ihrem Trott, als wäre alles wie sonst. Elsbeth war die einzige Freundin, mit der ich noch Kontakt hatte. Pflichtbewusst kam sie täglich zu Besuch, obwohl ich nur an die Wand starrte und kein Wort sagte. Sie spielte mit meinen Haaren oder erzählte mir den neuesten Tratsch oder brachte mir überflüssige Geschenke, die keinem anderen Zweck dienten, als die Andeutung eines Lächelns in mein Gesicht zu bringen. Ein Aufziehspielzeug. Eine lustige Postkarte. Ein Lippenstift in einem schrecklichen Korallenrot, den sie sich auf den Mund schmierte, um dann mit gespitzten Lippen durch das Zimmer zu hüpfen und mir zu sagen, ich solle sie küssen.

Eines Nachmittags kam Elsbeth zu mir, setzte sich auf den Boden und blätterte mitgebrachte Zeitschriften durch. Sie war stiller als sonst. Ich starrte auf meine Füße, und Elsbeth lächelte wie eine Sphinx, als wäre etwas passiert und sie wollte, dass ich es errate. Schließlich konnte sie es nicht länger für sich behalten. »Rolf liebt mich«, sagte sie. »Gestern hat er es mir gesagt und ich habe es ihm auch gesagt.«

»Nein, das hast du nicht«, sagte ich automatisch. »Du liebst ihn nicht. Du flirtest nur mit allen.«

Sie verzog den Mund, und ich merkte, dass sie sich zusammenreißen musste, bevor sie mir antwortete. »Ich habe mit genug Jungs geflirtet, um den Unterschied zu kennen. Ich liebe Rolf. Er will mich heiraten. Nach dem Krieg werde ich mit ihm nach Deutschland ziehen.«

»Das darfst du nicht«, sagte ich, war mir aber gleichzeitig nicht mehr sicher, was sie nicht durfte. Einen Deutschen heiraten? Das Land verlassen? Einen Freund haben, obwohl ich keinen hatte? Ihre Worte erschlugen mich, knüppelten etwas in mir nieder, was ich längst tot geglaubt hatte. Wie konnte sie das nur wollen? Einen von denen heiraten! »Das kannst du nicht machen, Elsbeth. Du willst, dass ich mich für dich freue, aber das kann ich nicht. Ich kann dir nicht verzeihen, dass du einen von denen liebst, die Bas umgebracht haben.«

»Rolf hat Bas nicht umgebracht. Rolf möchte nicht einmal in unserem Land sein. Er wünscht sich das Ende des Kriegs herbei, damit er wieder nach Hause kann«, sagte sie. »Es gefällt ihm nicht, was Deutschland macht – er ist einberufen worden. Du bist nur etwas durcheinander im Moment.«

»Natürlich bin ich durcheinander«, brauste ich auf. »Hör dir doch einmal selbst zu! Merkst du eigentlich, was du da sagst? Du willst einen Nazi heiraten, nach dem, was sie Bas angetan haben.«

»Tut mir leid, Hanneke, aber ich kann nicht die ganze Zeit hier sitzen und Trübsal blasen«, fauchte sie zurück. »Tut mir leid, dass mein Leben weitergeht.«

»Mit tut es auch leid. Es tut mir leid, weil eigentlich dein Freund tot sein sollte, nicht meiner. Ich hoffe, er stirbt bald.«

Sie sah mich beinahe eine Minute lang an, bevor sie wieder sprach: »Ich glaube, ich gehe jetzt lieber. Ich bin sowieso mit Rolf verabredet.«

»Dann geh«, sagte ich. »Geh und komm nie mehr wieder.«

# Kapitel 22

In den Straßen ist es noch still, als ich nach Hause gehe. Ein paar Schulkinder, ein paar Milchmänner und Straßenfeger. Unser frühmorgendliches Treffen bei Frau de Vries ist vorüber, lange bevor ich normalerweise zur Arbeit aufbreche. Ich bin irgendetwas zwischen aufgedreht und halb tot. Vor meinen Augen flimmert es, wenn ich zu lange auf einen Punkt sehe.

Vielleicht sind meine Eltern noch nicht wach. Vielleicht sind sie heute Nacht ins Bett gegangen und haben die Tür für mich offen gelassen. Das haben sie schon ein paarmal gemacht. Nicht oft. Aber mindestens zwei Mal sind sie schlafen gegangen, ohne sich zu vergewissern, dass ich vor der Ausgangssperre zu Hause bin. An der Haustür schlüpfe ich aus meinen Schuhen und gehe auf Zehenspitzen die Treppe hinauf.

Als ich drei Stufen vor unserer Wohnung bin, fliegt die Tür auf.

»Wo warst du?« Meine Mutter drückt mich an sich. »Wo bist du gewesen?«

»Es tut mir leid«, sage ich automatisch. »Es tut mir

leid. Ich war mit ein paar Leuten zusammen und habe nicht gemerkt, dass es schon so spät war. Die Ausgangssperre hatte schon angefangen, also musste ich dortbleiben.«

»Was für Leute?« Hinter meiner Mutter sehe ich meinen Vater. Er sitzt in seinem Stuhl, sein Gesicht ist starr und ausdruckslos. Er wird fast nie böse, aber wenn, dann ist es viel schrecklicher als bei meiner Mutter. »Was ist das für ein Freund, der es zulässt, dass deine Eltern sich Sorgen machen?«

»Jemand aus der Arbeit«, erfinde ich. »Ich habe Herrn Kreuk geholfen. Wegen einer Beerdigung. Er wollte, dass ich mit der Familie spreche. Deshalb bin ich gestern auch so schnell weggerannt. Ich hatte es beinahe vergessen. Ich konnte sie in ihrer Trauer einfach nicht allein lassen. Und dann kam die Ausgangssperre und ich hing bei ihnen fest.«

»Herr Kreuk?«, fragt sie.

»Er entschuldigt sich ebenfalls dafür.«

»Ich gehe sofort zu ihm. Ich gehe sofort zu ihm und sage ihm, dass –«

»Natürlich«, falle ich ihr ins Wort. »Natürlich solltest du zu Herrn Kreuk gehen. Ich hoffe nur, dass er nicht auf den Gedanken kommt, jemand anderen einzustellen, wenn er im Notfall nicht auch abends auf mich zählen kann.« Ich bete, dass sie nicht zu Herrn Kreuk geht. Sie würde nichts unternehmen, was meine Arbeit gefährdet.

»Hast du eine Vorstellung davon, was wir durchgemacht haben?«, fragt mein Vater. »Hast du eine Vorstellung davon, wie die vergangene Nacht für uns war?«

»Ja. Das kann ich mir vorstellen. Aber es geht mir gut. Wirklich.«

Mama löst ihre Umarmung und dreht sich zu meinem Vater um. Mit fliegenden Händen wischt sie über ihr Gesicht. Weint sie? Als sie sich wieder nach mir umdreht, sehe ich keine Tränen, aber ihr Gesicht ist fleckig und rot.

»Es tut mir leid«, beginne ich wieder, aber sie bringt mich mit einem Kopfschütteln zum Schweigen.

»Geh und zieh dich um, und dann komm frühstücken.«

»Was?«

»Deine Kleidung. Ich mach solange Frühstück. Du wirst jetzt etwas essen. Du wirst nie mehr nachts wegbleiben, ohne uns vorher Bescheid zu sagen. Aber jetzt geh und zieh dich um und kämm deine Haare. Ich möchte nicht mehr davon sprechen.«

Ich weiß nicht, warum sie mir diesen Aufschub gewährt – vielleicht weil sie genauso erschöpft ist wie ich, vielleicht weil sie sich heute nicht streiten möchte –, jedenfalls nehme ich ihr Angebot an.

In meinem Zimmer fahre ich mit dem Kamm durch meine Haare und ziehe ein kariertes Kleid an, das Mama besonders mag, das ich aber hasse. Es ist ein Friedensangebot und als solches wird sie es auch verstehen. Mein

Bett ist seit gestern Morgen ungemacht. Wie gern würde ich jetzt hineinkriechen. Aber ich spritze mir im Badezimmer kaltes Wasser ins Gesicht und kneife mir etwas Leben in die Wangen. Ich möchte mich mit Ollie und den anderen treffen, um weiterzuplanen. Aber nachdem wir so lange auf waren, wollen wir uns erst ausruhen, umziehen und frisch machen. Ollie möchte mich später abholen.

Mama wuselt in der Küche umher, als ich aus meinem Zimmer komme. Sie holt alle möglichen Speisen aus den Schränken, nicht nur den Haferbrei, den wir sonst zum Frühstück essen, sondern auch unsere letzten Eier und ein Stück Schinken. Ich habe keine Ahnung gehabt, dass Mama ihn aufgespart hat. Mama haushaltet sonst immer sehr vernünftig und sparsam, doch diesmal tischt sie ein Frühstück auf, als gebe es keinen Krieg und alles wäre wieder normal.

»Brot?«, fragt sie, als sie mich kommen hört, den Oberkörper halb im Speiseschrank vergraben. »Wenn ich Brot aufschneide, wirst du es auch essen?«

Ich schiele zu Papa hinüber und versuche herauszufinden, was ich antworten soll, aber er weicht meinem Blick aus. »Wenn du willst, schneide Brot auf. Ich esse alles, was du machst.«

Wir setzen uns. Auf dem Tisch steht mehr Essen, als wir sonst in einer Woche haben. Ich merke, dass Papa mir meine Lüge nicht abgenommen hat. Sein Blick verfolgt mich bei jedem Bissen, während ich allen möglichen

Unfug rede – über das Wetter, den losen Knopf an meinem Rock, die günstigen Steckrüben, die ich gesehen habe. Aber im Stillen frage ich mich, wann Ollie endlich kommt. Wird er erst mit Judith Kontakt aufnehmen, um sich mit ihr zu beraten? Hat er wirklich gesagt, dass er zu uns kommt, oder war ausgemacht, dass ich zu ihm komme? Ich bin so müde, dass ich nicht mehr richtig denken kann. Soll ich zu Leo gehen und dort auf ihn warten?

Es ist Sonntag, ein Tag, an dem ich normalerweise nicht arbeite, ich habe also keine Ausrede dafür, das Haus zu verlassen. Mama beobachtet mich mit Argusaugen. Anstatt mich zurückzuziehen, helfe ich bei der Hausarbeit, die gestern nicht fertig geworden ist. Wir putzen die Fenster, kehren die Böden und polieren das restliche Silber. Als die Silberpolitur alle ist, biete ich an, etwas von den Nachbarn zu leihen, aber Mama holt triumphierend eine weitere Dose hervor. Als ich vorschlage, eine Zeitung zu kaufen, ist es Papa, der mich zurückhält und sagt, es gäbe etwas, was er viel lieber hören würde als die neuesten Nachrichten.

»Willst du nicht etwas spielen, Gerda?«, fordert mein Vater meine Mutter auf.

»Ach, vielleicht schlafen die Nachbarn noch. Außerdem muss ich die Roten Beten fürs Mittagessen schälen«, wendet Mama ein.

»Nein, spiel uns doch etwas vor, Mama. Ich schäle die Roten Beten.«

Ich sage das eigentlich nur, weil ich glaube, dass die Musik sie aufheitern wird. Aber als sie am Klavier Platz nimmt, sehne ich mich danach, sie wie früher spielen zu hören. Vor dem Krieg konnte ich die Musik schon von der Straße aus hören, erst ein Stück von meiner Mutter gespielt, dann ein paar Sekunden später die holprige Version eines Schülers.

Sie spielt nicht sofort, lässt erst ihre Hände auf den Tasten ruhen. Als sie schließlich beginnt, spielt sie ein Anfängerstück, das sie sogar mir beibringen konnte, bevor sie zugeben musste, dass ich völlig unmusikalisch bin. Es ist eine ganz schlichte Melodie, mit der man eigentlich keinen Eindruck schinden kann.

Das Schälmesser liegt unbeweglich in meiner Hand. Die Melodie erinnert mich an sorglose Kindertage. Sie spielt sie wieder und wieder und fügt bei jeder Wiederholung eine neue Variation hinzu, die das Stück immer komplexer werden lässt, bis unter den Trillern und Akkorden die ursprüngliche, schlichte Melodie kaum noch herauszuhören ist. Aber wenn ich genau lausche, ist sie immer noch da.

Nach einer Stunde ist Mama ganz in ihre Musik versunken und Papa döst in seinem Stuhl. Ich glaube, sie haben mir meine Verfehlung größtenteils vergeben. Noch eine Stunde, dann werde ich mich aus dem Staub machen. Ich werde ihnen sagen, dass ich mit Ollie verabredet bin. Sie mögen ihn. Noch während ich mir diese Ausrede überlege, höre ich unter Mamas Akkorden ein Geräusch. Mama hört es auch und hört auf zu spielen, ihre Finger verharren unbeweglich über den Tasten.

»Hanneke!« Es kommt von der Straße, und da die Stimme ruft und gleichzeitig flüstert, ist schwer zu erkennen, wem sie gehört.

Ich reiße das Fenster mit meinen rot verfärbten Fingern auf und beuge mich weit hinaus, um zu sehen, wer vor unserer Haustür steht. »Ollie? Bist du das?«

»Nein, ich bin's.« Ein großer Mann mit Fahrrad tritt ein paar Schritte zurück und zieht seinen Hut.

»Willem? Was machst du hier?«

»Es tut mir leid«, ruft er flüsternd, um die Nachbarn nicht zu stören. »Ollie hat mir deine Adresse gegeben, aber die Wohnungsnummer nicht gesagt. Ich wusste nicht, wo ich klingeln sollte.«

»Ich komme runter.«

Kaum habe ich das Fenster geschlossen, steht Mama auf, der Klavierstuhl kratzt über den Boden. »Wer ist das?«

»Ein Freund. Er wusste nicht, welche Wohnungsnummer wir haben.« Ich ziehe mir den Mantel über. »Ich habe ihm gesagt, dass ich kurz runterkomme.«

»Nein, du wirst nicht hinuntergehen. Nicht zu einem Jungen, den ich noch nie gesehen habe.«

»Es ist Willem, der Mitbewohner von Ollie.« Die Schüssel mit den geschälten Roten Beten steht noch auf dem Boden. »Soll ich sie auf den Herd setzen?«

»*Nein.*« Mama wirft den Klavierdeckel zu, was einen unangenehmen, hölzernen Knall erzeugt. »Ich verbiete es. Du warst die ganze Nacht fort.«

»Ich werde diesmal nicht die ganze Nacht fortbleiben«, erkläre ich geduldig. »Ich möchte mich nur eine Weile mit Willem unterhalten.«

Ihr Kinn bebt und ihr Blick bekommt einen wilden Ausdruck. »Ich verbiete dir, dieses Haus zu verlassen. Du bist immer noch mein Kind, Hannie.«

»Ach Mama, ich bin nicht mehr dein Kind.« Normalerweise würde ich diesen Satz wütend hinausschreien, aber jetzt sage ich ihn müde und traurig. »Ich bringe das Geld nach Hause. Ich kaufe das Essen ein, erledige alles. Mama, *ich* bin diejenige, die für *dich* sorgt.«

Mamas Gesicht fällt zusammen, und die gute Stimmung, die sich während des Frühstücks und des Klavierspiels aufgebaut hat, ist dahin. »Die Tochter, die ich kenne, würde nie in diesem Ton mit mir sprechen.«

Das alles hat sie schon Dutzende Male zu mir gesagt, aber diesmal tut es weh. Ich bin dieser ewigen Vergleiche mit dem Mädchen, das ich vor dem Krieg war, überdrüssig. Dieser ständigen Wiederholungen, wie ich früher war und was alles verloren gegangen ist.

»Diese Tochter gibt es nicht mehr«, sage ich resigniert. »Sie ist fort und wird nie mehr wiederkommen.«

# Kapitel 23

»Alles in Ordnung?«

Willem fasst mich am Arm, sobald ich aus der Haustür komme. Vielleicht hat er den Streit durch das offene Fenster gehört oder er sieht es mir an.

»Mir geht's gut.«

»So siehst du aus, wenn es dir gut geht?«, fragt er leichthin.

»Nein, so sehe ich aus, wenn ich nicht darüber reden will.«

Hätte ich so etwas zu Bas gesagt, hätte er seine Hände wie Katzenpfoten erhoben, hätte gefaucht und die Luft gepatscht, bis ich gelacht hätte. Wenn ich Ollie so etwas sagen würde, würde er mit gleichem Sarkasmus antworten. Als ich es Willem sage, nickt er nur und sieht mich besorgt an.

»Tut mir leid«, sage ich. Ich möchte nicht an Mamas verwundeten Blick denken, als ich zur Tür hinausgegangen bin. »Hat Ollie dich geschickt?«

Ollie wollte eigentlich selbst kommen, erzählt Willem, er sollte ihn nur zwanzig Minuten schlafen lassen. »Ich lasse ihn aber schon seit Stunden schlafen«, sagt er. »Er wird stinkwütend sein, wenn er aufwacht, aber er brachte kaum noch ein vernünftiges Wort heraus. Wenn ich ihn zu dir hätte fahren lassen, hätten wir ihn heute Nachmittag aus dem Kanal fischen können. Er arbeitet zu viel. Deshalb bin ich allein, und wenn du mir hilfst, sind wir zu zweit.«

»Zu zweit wofür?«

»Sanne und Leo bringen einigen versteckten Kindern etwas zu essen. Wenn Ollie aufwacht, wird er zu Judith fahren, um etwas über die Soldaten herauszukriegen, die den Transport normalerweise anführen. Du hast dich bereit erklärt, die Uniform zu beschaffen. Und ich hoffe, dass du mir auch bei meiner Aufgabe hilfst.«

»Was ist deine Aufgabe?«

»Ich soll mir einen Fluchtweg überlegen.«

Ich kenne Willem kaum, aber er hat eine beruhigende, freundliche Art, die sich gleich vertraut anfühlt. Während wir durch das Wohnviertel spazieren, wendet er mir die ganze Zeit den Kopf zu, als wären wir in ein inniges Gespräch vertieft, aber eigentlich klärt er mich über die Schouwburg auf.

Ein wenig weiß ich bereits. Das Theater ist nur eine Sammelstelle – die Juden bleiben ein paar Tage oder Wochen dort. Die nächste Station ist ein Durchgangslager irgendwo in den Niederlanden. Auch dort bleiben die Gefangenen nicht lang, erklärt Willem. Es sind nur Zwischenstationen, bevor sie außer Landes gebracht werden, in andere Lager mit fremd klingenden Namen, an Orte, wo gesunde, junge Männer an rätselhaften Krankheiten sterben.

Aber bevor das alles geschieht, werden die Juden auf einem am Stadtrand gelegenen Bahnhof in Züge verfrachtet. Manchmal werden die Gefangenen in Straßenbahnen oder auf Lastwagen zum Bahnhof gebracht. Aber oft genug müssen sie auch zu Fuß zu gehen.

Der Weg ist nicht weit, nur zwei Kilometer. Die Straßen werden für die Transporte nicht gesperrt und es werden auch sonst keine speziellen Vorkehrungen getroffen. Manchmal findet das Ganze nachts statt, wenn der Rest der Stadt so tut, als schliefe er hinter Verdunkelungsvorhängen. Manchmal werden die Gefangenen auch am helllichten Tag transportiert.

Das ist unsere Chance. Irgendwo zwischen der Hollandsche Schouwburg und dem Bahnhof müssen wir den Fotoapparat aus dem Kinderwagen holen – in dem wahrscheinlich ein Kind liegen wird. Und ich muss Mirjam finden, die Wachen ablenken und mit ihr davonlaufen, ohne dass es jemand bemerkt. Nichts weiter.

»Aber die Soldaten?«

»Das überlegen sich Ollie und Judith«, sagt Willem. »Das ist ihre Aufgabe heute. Wir beide – wir müssen die Gegend auskundschaften. Das schaffen wir. Alles wird gut.«

Ich möchte ihm glauben. Er klingt so sicher und ich klammere mich an diese Sicherheit. Nicht weil ich glaube, dass er recht hat, sondern weil es guttut, jemanden zu haben, der einem sagt, dass alles gut wird.

Willem sieht auf seine Uhr und beschleunigt seine Schritte. »Wir müssen uns beeilen.« Er nimmt meine Hand und zieht mich weiter. »Die Gefangenen werden normalerweise in der Reihenfolge nach Westerbork deportiert, wie sie in der Schouwburg angekommen sind. Die Gefangenen der letzten Razzia, mit Mirjam und dem Kinderwagen, müssten also morgen Nacht deportiert werden. Ich hätte gern heute Abend einen Transport beobachtet und unseren Einsatz geübt. Aber heute gibt es nur einen Nachmittagstransport – dem müssen wir folgen und die Strecke auskundschaften.«

»Und wenn es auf der Strecke keine Lücken gibt?«, frage ich.

»Es gibt mindestens eine.«

»Und wo?«

»Sie denken wahrscheinlich, dass niemand so dumm ist, sich als Nazi auszugeben und einen Transport zu stoppen. So etwas erwarten sie nicht.«

Wir bleiben einen Gebäudeblock vor der Schouwburg stehen. Von hier aus können wir den Eingang sehen, ohne den Eindruck zu erwecken, dass wir ihn gezielt beobachten. Willem beugt sich über sein Fahrrad. Er hat die Kette blockiert und tut, als würde er sie reparieren und wieder auf den Zahnkranz ziehen. So können wir länger hier stehen bleiben. Während er mit der Reparatur beschäftigt ist, beobachte ich die schwere Eingangstür zum Theater.

Es ist kurz vor vier. Punkt vier geht die Tür auf. Ich stoße Willem mit dem Fuß an, er bringt die Kette mit einem Handgriff wieder zum Laufen und seufzt, als würde er sich ärgern, dass sein kaputtes Fahrrad uns so lange aufgehalten hat. Als Erstes kommen die Soldaten. Es sind zwei, ein jüngerer und einer, der mich an den älteren Bruder meines Vaters erinnert – er lebt noch in Belgien und hat mir zum Geburtstag immer Geld geschickt.

Dann kommen die Gefangenen. Sie tragen Koffer und sehen zerzaust und müde aus, als hätten sie seit Tagen nicht mehr geschlafen. Es ist eine große Gruppe, vielleicht siebzig Personen. Die Soldaten treiben sie zur Straßenmitte. Es ist ein herrlicher Wintertag in Amsterdam, und obwohl noch andere Menschen unterwegs sind, Paare wie Willem und ich, verhalten sich alle so, als sei dieser erzwungene Aufmarsch nichts Ungewöhnliches. Es ist erschreckend, was wir inzwischen als normal empfinden.

Mirjam ist nicht dabei, aber andere Mädchen in ihrem Alter und jünger, neben jungen Paaren und Männern mittleren Alters. Einer trägt einen grünen Tweedmantel und einen Filzhut. Er sieht starr nach vorn, aber etwas an seinem Blick kommt mir bekannt vor, etwas erinnert mich an Kreidestaub. Es ist mein Lehrer aus der dritten Klasse. Er hatte mittwochs immer eine Schachtel mit Lutschbonbons mitgebracht und nach dem Unterricht jedem Kind eins gegeben. Ich habe seinen Namen vergessen. Ich habe nicht gewusst, dass er Jude ist.

Der Soldat, der wie mein Onkel aussieht, schreit etwas. Es ist Deutsch. Er spricht so schnell, dass ich es nicht verstehe, aber ich verstehe, was er meint, denn er zeigt zum Ende des Häuserblocks. Direkt vor mir strauchelt eine ältere Frau. Der Mann neben ihr – so zärtlich und vertraut, wie er sie berührt, muss es ihr Ehemann sein – will ihr aufhelfen, aber der Soldat bedeutet dem Mann mit erhobenem Gewehr weiterzugehen. Wieder dreht sich der Mann um, um seiner Frau zu helfen, da dreht der Soldat sein Gewehr um und stößt den Mann mit dem Gewehrkolben vorwärts. Er kommt ins Straucheln, und nun ist es seine Frau, die ihm aufhilft. Ich versuche, nicht hinzuschauen.

»Es wäre besser, wenn an der Strecke nicht so viele offene Flächen wären«, sagt Willem und schiebt sein Fahrrad langsam weiter. Wir tun immer noch, als würden wir uns unbeschwert unterhalten. Wir tun immer noch, als würden wir die Gewaltszene nicht bemerken. »Das ist nicht gut für uns.«

Nein, diese Strecke ist nicht gut für unser Vorhaben. Es ist der kürzeste Weg zum Bahnhof und das erscheint logisch. Aber es bedeutet auch, dass der Weg über breite Straßen und offene Plätze führt, an langen Häuserzeilen entlang, von denen kaum Nebenstraßen abgehen. Es gibt nicht viele Stellen, die sich als Deckung eignen, und wir brauchen eine gute Deckung. Die Uniform allein wird uns nur eine kurze Zeit schützen können.

»Überlege genau, während du dich umschaust.«

Willems Augen schießen nach links und nach rechts und geradeaus. »Auf welchem Weg könntest du am besten abhauen, ohne gesehen zu werden?«

»Wir kommen am Oosterpark vorbei«, schlage ich vor. Der Oosterpark ist ein großer, gepflegter Stadtpark, dort könnten mit Leichtigkeit einige Menschen verschwinden, wenn es dunkel ist.

Willem überlegt. »Aber wir haben in der Nähe des Parks keine Kontakte. Dort wohnt keiner aus unserer Gruppe. Wenn man es in den Park geschafft hat, wie soll es dann weitergehen?« Er hat recht. Außerdem muss man zuerst zwei Grachten überqueren. Über Brücken zu fliehen ist problematisch, sie können zu leicht gesperrt werden.

»Es muss noch vor der ersten Gracht passieren, vor der Plantage Muidergracht«, überlege ich laut. »Von dort ist es zu Fuß nicht so weit bis zu Frau de Vries. Wir sollten versuchen, uns Mirjam und den Kinderwagen möglichst kurz nach der Schouwburg zu schnappen.«

»Du hast recht. Wenn wir erst bei der Brücke sind, haben wir kaum eine Chance.«

*Konzentriere dich auf die Fluchtwege,* sage ich mir. *Konzentriere dich darauf, dass du kurz davor bist, Mirjam zu retten. Konzentriere dich allein auf ihr Leben.* Ich muss mich auf Mirjam konzentrieren, weil ich nicht an meinen Grundschullehrer denken möchte, den ich nicht retten werde, oder an Herrn Bierman, den ich nicht retten werde, oder an Mirjams Klassenkameraden oder all die

Menschen, die jetzt ganz dicht an uns vorbeigehen. Keinem dieser Menschen werde ich helfen.

»Was hältst du davon?« Willem bleibt stehen und zeigt auf ein Gebäude, als würde ihn allein die Architektur interessieren.

Wir sind an einer Kreuzung angekommen, an der drei Straßen in so unterschiedlichen Winkeln aufeinandertreffen, dass man sie jeweils nicht einmal fünfundzwanzig Meter weit einsehen kann. Wenn Mirjam und ich von hier losrennen würden, wären wir innerhalb von fünf Sekunden außer Sicht, und die zwei Soldaten – angenommen, es sind nur zwei Soldaten, es gibt so viel, was wir nicht genau wissen! – könnten alleine nicht schnell genug herausfinden, welche Richtung wir eingeschlagen hätten.

Mein Blick schweift über die Häuserzeile und bleibt an einer Metzgerei hängen. Über dem Eingang ist eine große Markise gespannt, sie ist orange, die Farbe unserer Königsfamilie im Exil. Ich nehme es als ein gutes Omen.

»Der Metzger dort.« Ich zeige mit dem Kopf in die Richtung. »Unter der Markise.« Der Laden ist etwas weiter zurückgesetzt als die benachbarten Läden und bietet schon deshalb mehr Deckung. Unter der Markise steht eine Gipskuh in Lebensgröße, hinter der sich zwei Personen gut verstecken können.

Willem stößt einen lauten Seufzer aus und hockt sich in gespielter Verärgerung vor sein Fahrrad, mustert aber in Wirklichkeit die Metzgerei. »Gut«, sagt er. »Wenn man zwischen der Kuh und der Ladentür steht, müsste man schon sehr genau hinschauen, um zu merken, dass da jemand steht.«

Findet er die Stelle wirklich gut? Finde ich sie gut? Oder will ich einfach, dass es funktioniert? Ich weiß es nicht. Die Kreuzung, die Willem und ich ausgesucht haben – die überhängende Markise und die Gipskuh –, ist über einen Kilometer vom Muiderpoort-Bahnhof entfernt. Das klingt nach einer ziemlichen Entfernung. Weit genug, um ein Leben zu retten?

Der Transport ist weitergezogen. Reihe um Reihe ernster, schweigender Menschen werden weiß Gott wohin gebracht und wir starren ihnen nach, hilflos. Dann sind Willem und ich allein.

»Wirst du es schaffen?«, fragt er. »Was du zu tun hast? Das mit der Uniform?«

»Wird schon klappen.«

»Wenn ich dich mit jemandem in Kontakt bringen soll … ich weiß nicht, ob ich die richtigen Leute kenne, aber ich könnte –«

»Schon gut, Willem.«

Er nickt und zögert, bevor er weiterspricht. »Hanneke, ich hoffe, du verstehst mich nicht falsch. Aber eine Uniform zu beschaffen ist eine Aktion, die wir normalerweise wochenlang vorbereiten würden. Ich mag dich. Ich denke, du bist stark. Aber Ollie … er ist mein bester Freund, und ich kann nicht zulassen, dass ihm etwas zustößt. Oder den anderen. Du hast dich lange bitten lassen, uns zu helfen. Ich möchte, dass du mir sagst, ob wir dir wirklich vertrauen können.«

Zwei Jahre lang wollte ich nicht, dass mir jemand vertraut, wollte von niemandem abhängig sein. Aber jetzt habe ich einen Transport gesehen und habe ein Deportationszentrum gesehen, habe die hoffnungsvolle Handschrift eines verängstigten Mädchens gesehen, habe mutige Menschen gesehen, die sich verstecken müssen, und kleinliche Menschen, die insgeheim mutig sind. Deshalb sage ich jetzt zu Willem: »Du kannst mir vertrauen. Ich tu mein Bestes, Willem.«

Mir wird eng um den Hals und ich schaue weg. Als ich schließlich wieder hinschaue, sieht Willem mich immer noch an, ausgesprochen höflich und so besorgt, dass es mir wehtut. »Ich hoffe, es ist alles in Ordnung mit dir, Hanneke«, sagt er. »Wenn du über etwas reden willst, ich brauch den anderen nichts davon zu sagen.«

Ich beiße die Zähne zusammen. Willems Frage klingt so aufrichtig, und nach allem, was in den vergangenen vierundzwanzig Stunden passiert ist, fühle ich mich völlig ausgelaugt.

»Es ist nichts. Es geht mir gut. Ich – ich schlafe nur nicht gut«, sage ich schließlich. »Ich schlafe nicht gut, und ich kann nicht mehr weinen, seitdem Bas gestorben ist.«

Keine vollständige Erklärung. Aber mehr, als ich bisher irgendjemandem gegenüber gesagt habe.

Willem legt seine Hand auf meinen Arm. »Das bringt Bas nicht wieder zurück, Hanneke. Ich weiß, dass du das weißt. Aber nur für den Fall, dass du versuchst, dir etwas anderes einzureden. Selbst wenn du Mirjam rettest, kann es sein, dass du nachts immer noch nicht schlafen kannst.«

# Kapitel 24

Die Türklingel hat einen anderen Ton. Früher war es ein schnarrendes Summen, jetzt ist es ein heller Glockenton. Zuerst denke ich, dass ich ihn falsch in Erinnerung habe, aber wieso sollte ich mich nicht mehr an einen Ton erinnern, den ich einhundert, zweihundert, fünfhundert Mal in meinem Leben gehört habe?

Elsbeth muss eine neue Klingel eingebaut haben lassen, als ihre Eltern zu ihrer Großmutter gezogen sind und sie und Rolf das Haus übernommen haben, in dem sie aufgewachsen ist. Es ist merkwürdig, sie mir als Ehefrau vorzustellen, die den Haushalt führt und dort alle Entscheidungen trifft. Ich frage mich, ob sie auch die Tapete im Wohnzimmer erneuert hat. Sie hat jetzt vielleicht das Geld dafür und sie fand sie immer hässlich.

Niemand antwortet, ich klingele noch einmal und drücke mein Gesicht an die Glasfüllung der Tür. Dasselbe Wohnzimmer, dieselbe Tapete.

Ich habe gewusst, dass es mich nervös machen würde herzukommen. Ich habe gewusst, dass es mir unangenehm sein würde. Ich habe aber nicht geahnt, wie sehr sich die Furcht in meinem Bauch ausbreiten würde. Ich habe nicht gewusst, wie viel Kraft es mich kosten würden, die Füße fest am Boden zu halten und nicht einfach wegzulaufen. Nichts – weder Geräusche noch der Lichtschein einer Leselampe. Es ist niemand zu Hause. So ist es besser, sage ich mir. Einfacher. Ich habe für tausend Eventualitäten geplant. Sie zu Hause. Er zu Hause. Beide zu Hause. Und jetzt habe ich das beste Szenario, das ich mir vorstellen kann. Aus diesem Grund bin ich jetzt gekommen, denn ich weiß, dass es im Haus von Elsbeths Großmutter immer ein ausgiebiges Sonntagsessen gegeben hat, und ich wette, dass diese Tradition selbst in Kriegszeiten beibehalten worden ist. Warum spüre ich dann einen Funken Enttäuschung, dass ich ihr Gesicht nicht sehen kann?

Noch etwas hat sich nicht verändert: der Ersatzschlüssel oben auf dem Türrahmen, er ist ein wenig verrostet und fühlt sich kalt an.

Alles riecht wie immer: Das ganze Haus riecht nach Nelken und Waschpulver, genau wie früher, ein Geruch, der zur Familie Vos gehört und der mir auf eine tröstliche Weise vertraut ist. Aber diesmal bin ich kein Gast, ermahne ich mich. Diesmal habe ich etwas zu erledigen.

Bevor ich es mir anders überlegen kann, bin ich schon ins Haus geschlüpft. Das Elternschlafzimmer ist oben, am Ende des Flurs. Ich habe es fast nie betreten, aber Elsbeth schlich sich manchmal hinein und kam mit dem Rouge ihrer Mutter wieder, mit dem wir das Schminken übten. Doch kaum trete ich ein, merke ich, dass ich mich geirrt habe. In diesem Zimmer wird nicht geschlafen, auf dem Bett stapeln sich halb fertige Näharbeiten.

Mein Mut sinkt. Wenn Elsbeth und Rolf nicht das Elternschlafzimmer übernommen haben, muss ich ein Zimmer betreten, das ich unbedingt meiden wollte. Zurück zur Treppe. Die erste Tür rechts.

Ich mache die Tür auf und werde von Geistern heimgesucht. In Elsbeths Zimmer habe ich so viele Nachmittage verbracht: Wir übten Tanzen, und anstatt Hausaufgaben zu machen, stellten wir eine Rangliste unserer Lieblingsfilmschauspieler zusammen. Wir sprachen darüber, wie wir erwachsen werden und beide zur gleichen Zeit Kinder bekommen würden und wie wir schließlich alt werden und uns gegenseitig an den Armen stützend spazieren gehen würden. *Halt. Aufhören.*

An der Tür hängt ihr Bademantel. Er hat immer noch ein Loch im Ärmel, es stammt aus der Zeit, als wir auf dem Balkon heimlich Zigaretten rauchten.

Ich muss mich an die Einzelheiten meiner illegalen Aktion klammern, um mich gegen meine Gefühle zu wappnen. Früher hat Elsbeth das Zimmer mit ihrer großen Schwester geteilt. Nellies Schrank stand an der linken, Elsbeths an der rechten Wand. Ich wette, sie hat ihrem neuen Mann Nellies Schrank gegeben, als sie ihn in ihrem alten Kinderzimmer einquartierte. Das würde zu ihr passen, ihm einfach zu sagen, er solle die Sachen zur Seite schieben und irgendwie Platz schaffen. Vielleicht hat er einen vergessenen Büstenhalter von Nellie entdeckt und sie hat über seine Verlegenheit gelacht.

Ich öffne den rechten Schrank. Richtig vermutet. Drinnen hängen ordentlich gebügelte Männerhosen und -hemden in Reih und Glied. Das sind die Sachen von Elsbeths Mann. Ihrem Ehemann. Rolf. Für ihr neues Leben, zu dem ich nicht gehöre.

Aber keine Uniform. Die Uniform ist nicht da. Ich sehe zweimal nach. Er muss mindestens zwei besitzen – eine zum Tragen und eine zum Waschen –, aber im Schrank hängt sie nicht. Auch auf dem Stuhl liegt nichts, nichts auf dem flüchtig gemachten Bett. Wo kann sie sein?

Ich gehe wieder in den Flur und öffne den Wäscheschrank. Drinnen steht ein Weidenkorb mit lauter verkrumpelten Handtüchern und Bettlaken, die gewaschen werden müssen. Ich wühle mich weiter durch, suche nach etwas Grauschwarzem, der Farbe des Todes, der Farbe der Gestapo. Weiter unten im Schrank entdecke ich etwas Dunkles und ziehe es hervor.

Wie konnte ich das vergessen? Elsbeths Großmutter hat immer im Doppel geschenkt. Die graue Lila passte ihr nicht, und Elsbeth schenkte sie mir und kicherte über meine Miene, als ich das Ungetüm auspackte. Aber Elsbeth musste den Zwilling behalten, der ebenso grau und hässlich war.

Das Kleid riecht wie sie, nach Talkumpuder und Parfüm. Ich erinnere mich an unzählige Situationen mit

Elsbeth in diesem Kleid. Wie sie das Gesicht verzog, wenn sie es zu einem Fest anziehen sollte. Wie sie es trotzdem trug, aber »aus Versehen« ein Glas Punsch darübergoss. Wie sie auf dem Fest darüber tratschte, was für ein guter Küsser Henk war und mich altklug belehrte, dass der erste Kuss niemals an den zweiten Kuss herankäme.

*Ich habe Ollie geküsst,* möchte ich ihr sagen. Ich habe Ollie geküsst, und Bas ist immer noch tot, und wie geht es dir, und war es dumm, dass wir unsere Freundschaft beendet haben, weil du einen Jungen liebst, oder passiert das einfach?

Ich stopfe das Kleid in den Wäschekorb und greife nach einem schwarzen Hemdkragen, der ganz unten hervorlugt. Rolfs Hemd. Und gerade als ich die passende Hose dazu hervorziehen möchte, geht unten die Haustür auf.

Ohne nachzudenken, verschwinde ich im Wäscheschrank und kauere mich hinter den Wäschekorb. Meine Hände krallen sich in Rolfs verkrumpelte Uniform. Vorsichtig schließe ich die quietschende Schranktür bis auf einen Spalt – ich habe Angst vor dem Klicken beim Einrasten. Mein Herzschlag dröhnt so laut in meinen Ohren, dass es eigentlich jeder hören muss. Ich befehle meinem Herz, langsamer zu schlagen, aber es gehorcht mir nicht.

»Das kann doch nicht wahr sein, dass du den Kuchen vergessen hast. Ein Sonntagsessen ohne Kuchen ist kein richtiges Essen.«

Noch etwas, was sich nicht geändert hat: Elsbeths Stimme, neckend und fröhlich und wie ein Faustschlag in meinen Magen. Mein Mund öffnet sich zu einem Wimmern. Ich presse Rolfs Uniform an meine Lippen.

»Anscheinend ist ein Leben ohne Kuchen kein richtiges Leben für meine Frau«, neckt er sie.

»Ja, ich ziehe das süße Leben vor.« Sie lacht.

»Sollen wir noch etwas mitnehmen, wo wir schon hier sind?«, fragt Rolf.

»Ich könnte mir einen Pullover holen, Omas Haus ist ein einziger Eisschrank.«

Sie sind so normal zusammen, das habe ich nicht erwartet. Sie klingen gar nicht nach Krieg. Sie klingen nach Scherzen und Küssen, wie die Freunde, die mir abhandengekommen sind. Ich höre ihre Schritte auf der Treppe, das Quietschen der vierten Stufe. Ihr Zimmer liegt direkt neben dem Wäscheschrank. Es gibt keinen Grund, warum sie daran vorbeigehen sollte. Ich höre, wie sie nebenan den Schrank aufmacht und die Bügel durchblättert und etwas Unmelodisches summt. Elsbeth hat noch nie singen können.

»Hast du meinen gelben Pulli gesehen?«, ruft sie in die Küche hinunter.

»Hast du ihn nicht in die Wäsche getan?«

In meinem Mund sammelt sich Speichel. Ich sehe Elsbeths schlanke Fesseln näher kommen, immer näher, ihr Talkumpuder kitzelt mich in der Nase. Sie legt ihre Hand auf den Knauf. Was soll ich machen, wenn sie mich entdeckt? Ich gehe sämtliche Fluchtszenarien durch, die ich mir für Nazis zurechtgelegt habe, nur dass sie in diesem Fall wahnsinnig wären. Ich könnte sie schlagen. Ich könnte sie umarmen. Ich könnte sie begrüßen, als hätte es die vergangenen zwei Jahre nie gegeben. Aber es hat sie gegeben und jetzt muss ich Elsbeth nicht nur hassen und lieben und vermissen. Ich muss sie fürchten.

»Elsbeth, ich hab ihn gefunden«, ruft Rolf. »Dein Pulli liegt hier auf dem Stuhl.«

Sie entfernt sich wieder, ihre Absätze klackern auf dem Boden. Mir zerspringt fast das Herz vor Angst, Wut und Trauer. Und dann ist sie wieder fort, meine alte beste Freundin.

Als ich an diesem Abend nach Hause komme, sind Mama und Papa schon im Bett. Sie schlafen sicher noch nicht, aber sie stehen meinetwegen auch nicht mehr auf. Jahrelang habe ich sie darum angefleht – ins Bett zu gehen und nicht auf mich zu warten –, aber jetzt stelle ich sie mir im Nachthemd vor, wie sie hören, dass ich meinen Mantel aufhänge, und das verunsichert mich irgendwie. Seit unserem letzten Streit, als ich mit Willem weggegangen bin, hat sich etwas verändert. Ich bin immer noch ihre Tochter, aber ich bin nicht mehr das Kind.

Auf meinem Nachttisch liegt ein Brief, er lehnt an einem Buch. Die Handschrift auf dem Umschlag kenne ich nicht, und als ich ihn öffne, fällt ein sternförmiges

Briefchen heraus. Christoffel hat ihn wahrscheinlich für mich abgegeben, als ich weg war – nachdem sein Vater aus Den Haag zurückgekommen ist. Eine Antwort von Amalia. Vor zwei Tagen habe ich so darauf gehofft und jetzt spielt es keine Rolle mehr.

*Liebe Hanneke,* lese ich, nachdem ich das steife Schulheftpapier auseinandergefaltet habe. *Ich weiß nicht, wo sie ist. Ich wünschte, ich wüsste es. Ich vermisse meine Freundin sehr.*

Ich stelle mir vor, wie Mirjam und ihre Freundin wieder glücklich vereint sind, einen Stapel Zeitschriften und Wochen voller Gedanken und Gefühle im Gepäck, die sie miteinander teilen. Ein Wiedersehen, das Elsbeth und mir niemals beschert sein wird.

Beim Einschlafen habe ich wieder diesen Albtraum, der mich seit dem Tod von Bas ständig heimsucht. Er kommt in seiner Uniform auf mich zu, in der Hand den Brief, den ich zerrissen habe. Im Traum hat er ihn wieder zusammengesetzt und ist wütend, weil ich ihn nicht gelesen habe. »Das heißt, dass du mich vergessen hast«, sagt er. »Das stimmt nicht«, entgegne ich. »Das stimmt überhaupt nicht. Ich denke jeden Tag an dich.«

»Pass auf«, sage ich zu ihm, »ich lese ihn jetzt. Ich lese ihn jetzt auf der Stelle, wenn es dir so wichtig ist.« Aber mit jedem Wort, das ich lese, wird Bas ein wenig fahler und ein wenig grauer. Und als ich mit dem Brief halb durch bin, steht ein Leichnam vor mir, und ich kann den Brief nicht zu Ende lesen, weil ich weine. Als ich aufwache, sind meine Augen trocken – meine Augen sind immer trocken –, aber mein Laken ist verknittert und schweißnass.

Am nächsten Abend, kurz vor der Ausgangssperre, klopft Ollie an unsere Tür. Meine Mutter macht ihm auf, und er sagt, seine Mutter sei krank. Er und sein Vater müssten sie ins Krankenhaus bringen. Pia habe Angst allein zu Hause. Ob ich kommen und bei ihr übernachten könne?

Meine Mutter sagt nicht Ja und nicht Nein, sie sieht mich nicht einmal an. Sie dreht sich um und sagt: »Mach, was du willst, Hanneke.«

»Dann gehe ich jetzt, wegen Ollies Mutter.«

Natürlich ist Ollies Mutter putzmunter, und Pia ist wahrscheinlich zu Hause und lernt. In zwei Stunden geht Mirjams Transport los.

# Kapitel 25

*Montag*

Wir müssen ganz eng und still beieinander stehen unter der Markise der Metzgerei. Aber die Stelle ist gut. Die Markise und diese komische Kuh sind eine gute Deckung, genau wie ich gehofft habe. Schon zum zweiten Mal sind zwei Soldaten an uns vorbeigegangen, ohne uns zu bemerken. Ich hoffe nur, dass die Nacht so klar bleibt, denn wenn es zu regnen oder zu schneien beginnt, könnte irgendjemand unter der Markise Schutz suchen und uns entdecken.

Willem kann ich von hier aus nicht sehen, weiß aber, dass er nicht weit von uns ist, nur ein paar Häuserblocks von hier, wo er mit Ollies Zivilkleidung wartet.

Denn Ollie, Olivier, Laurence Olivier, wie Bas ihn immer genannt hat, wenn er in alberner Stimmung war, trägt die graue Gestapouniform von Elsbeths Mann. An den Schultern ist sie zu weit. Wenn jemand genau hinsähe, würde er merken, dass er nicht echt ist. Und wenn jemand vorbeikäme, der Ollie kennt, und ihn auf die Uniform anspräche, wäre das noch schlimmer.

So sieht unser Plan aus: Ollie und ich warten unter der Markise, bis der Transport vorbeikommt. Dann hält Ollie die Soldaten an der Spitze des Zuges an und sagt, er habe Befehl, einen Kinderwagen nach verbotenen Waren zu durchsuchen. Er konfisziert den Fotoapparat. Er trifft sich mit Willem, zieht sich um, damit misstrauische Nachbarn ihn nicht in der Uniform sehen. Bestimmt ist Ollie nervös, aber er lässt es sich nicht anmerken. Er starrt geradeaus in die Dunkelheit, auf die Menschen, die eilig an uns vorbeigehen und nach Hause wollen. Wir haben Zeit. Mindestens eine halbe Stunde – wir haben kurz vor der Ausgangssperre unsere Deckung bezogen – und wir haben die Zeit totgeschlagen, indem wir uns gegenseitig Gedächtnisstützen und Beobachtungen zugeraunzt haben.

»Du hast nur eine Minute, um sie zu holen«, sagt Ollie plötzlich. »Ich stelle ihnen Fragen zu dem Kinderwagen und lege ihnen den gefälschten Befehl vor. Ich ziehe die Befragung so lange wie möglich hin, aber du hast wenig Zeit, und sie dürfen dich auf keinen Fall sehen.«

»Ich weiß, Ollie.«

»Und dann rennst du um die Ecke, wo ich dich treffen werde und –«

»Ollie.«

Wir verfallen wieder in Schweigen. Ich kenne jeden einzelnen Schritt, weil wir alle erdenklichen Varianten des Plans durchgespielt haben und er mich schon mehrmals auf die kritischen Punkte aufmerksam gemacht hat: Wenn ich Mirjam nicht finde oder sie in der Zeit, die er braucht, um die Kamera aus dem Kinderwagen zu holen, nicht mitkommen will, dann wird sie nicht gerettet.

Dann habe ich versagt.

»Woran denkst du?«, fragt er.

»An nichts«, sage ich. »Und woran denkst du?«

Er dreht sich ein wenig zur Seite, gerade so weit, dass ich sein Gesicht im Dunkeln nicht sehen kann. »Ich denke an Bas.«

»Wirklich?«

»Du nicht?«

Doch, ich auch. Ständig. Bas, wie er mit meiner Mutter Schlittschuh läuft. Bas, der mir Kuchen bringt. Bas, der mich verrückt macht. Bas lebendig. Bas tot.

»Heute Abend denke ich an …« Er spricht nicht weiter und schluckt. »Ich überlege mir, was ihm durch den Kopf ging, als die Deutschen einmarschierten, als ihm klar wurde, dass er vielleicht sterben würde.«

»Ob er nur daran gedacht hat, wie viel Angst er hat?« Es ist nicht schwer, Ollies Gedanken fortzuspinnen, weil ich selbst so oft darüber nachgedacht habe. »Wie viel Angst er hat und wie sehr er sich wünscht, zu Hause zu sein?«

»Ob er Schmerzen hatte?«, fragt Ollie.

»Ob er wütend war?«, frage ich.

»Oder einfach nur allein?«

»Es war meine Schuld«, flüstere ich. Die Worte fallen aus meinem Mund und zerschellen vor uns auf dem Boden. »Ich bin schuld daran, dass Bas tot ist.«

Sein Gesichtsausdruck ist in der Dunkelheit unmöglich zu erkennen. »Was hast du gesagt?«

»Ich bin schuld daran, dass Bas tot ist.«

Es ist ungeheuer schrecklich und jetzt habe ich es laut ausgesprochen. Die Ungeheuerlichkeit nimmt mir die Luft. Eigentlich sollte es einem leichter werden ums Herz, wenn man etwas Schreckliches ausspricht, aber diesen Gedanken in Worte zu fassen, macht es nur noch schwerer.

»Was redest du da? Was mit Bas geschehen ist, war nicht deine Schuld. Du warst weit weg. Du hast keinen Abzug gedrückt. Du hast keine Bombe abgeworfen.«

»Das weiß ich doch.« Genau das haben mir meine Eltern gesagt, nachdem er tot war. Dass ich nicht dort gewesen bin. Dass ich ihn weder erschossen noch ertränkt, noch eine Bombe auf ihn abgeworfen habe, noch sonst etwas getan habe, was zu Bas' Tod geführt hat. »Aber ich habe ihn in den Krieg geschickt. Ich habe ihm gesagt, er soll sich melden.«

»Hanneke, du hast Bas doch gekannt. Du hast ihn genauso gut gekannt wie ich. Glaubst du wirklich, dass er nicht gehen wollte? Glaubst du wirklich, er hätte sich freiwillig gemeldet, wenn er nicht in seinem tiefsten Inneren gewollt hätte?«

Er versucht, mir gut zuzureden, aber er macht es nur noch schlimmer. Ich werde Ollie das Geheimnis verraten, das ich nie jemandem sagen wollte.

»Er hat mir gesagt, dass er nicht wollte«, sage ich.

»Auf seinem Abschiedsfest. Ich ging nach Hause, und er rannte mir hinterher und sagte mir, dass er nicht fort wolle, und ich sagte, er müsse das tun. Es sei seine Pflicht. Und er gab mir einen Brief, den ich lesen sollte, falls er stürbe. Aber ich habe ihn nicht gelesen. Ich habe ihn mit nach Hause genommen und dort weggeschmissen, weil ich ganz sicher war, dass er wiederkommen würde. Ich hatte unrecht, denn er ist nicht wiedergekommen. Verstehst du nicht, Ollie? Ich habe ihn zum Gehen überredet.«

Mein Hals ist wund, als würden mir allein die Worte, die aus meinem Mund kommen, Schmerzen bereiten. Jetzt ist alles ausgesprochen. Ich kann Ollie vor Scham nicht in die Augen sehen. Er ist ganz still, aber ich höre, dass er schwer schluckt. Als er spricht, ist seine Stimme belegt.

»Ich habe nach dem Fest auch zum letzten Mal mit Bas gesprochen. Es war sehr spät. Alle waren gegangen. Er kam in mein Zimmer, und ich fragte ihn, warum er noch nicht im Bett sei, wo er doch am nächsten Morgen so früh zur Wehrübung müsse.«

»Du hast mit ihm gesprochen, nachdem ich mit ihm gesprochen habe?« Ich weiß nicht, warum mir das nie in den Sinn gekommen ist. Natürlich hat Bas noch mit seiner Familie gesprochen – er lebte mit ihnen in einem Haus. In meiner Vorstellung war ich die Letzte gewesen, die mit ihm gesprochen hatte, bevor er starb. Das ist es, was mich jede Nacht wach hält.

»Ein paar Stunden später. Die Sonne ging schon auf.«

Ich atme kaum. »Worüber habt ihr gesprochen?«

»Ich fragte ihn, wie er sich fühle. Ich fragte ihn, ob er Angst habe. Ich sagte ihm, ich würde ihn nicht verurteilen, wenn er Angst hätte, dass ich an seiner Stelle auch Angst haben würde. Er gab zu, Angst zu haben – aber er sagte, Tapferkeit ohne Angst würde nicht zählen. Und er nannte mich ein empfindliches Pflänzchen, weil ich mich nicht freiwillig meldete. Ich fragte ihn, was für ein Pflänzchen. Und er sagte, ein Löwenmaul auf keinen Fall, noch nicht mal ein Löwenmäulchen, eher ein Angsthase.«

Und jetzt lächelt Ollie über diese Erinnerung an den frechen, albernen Bas, und erstaunlicherweise lächle auch ich, obwohl wir beide so traurig sind.

»Und er hat mir auch einen Brief gegeben.«

Ich erstarre. Ollie zieht einen Brief aus seiner Hosentasche. Er ist auf eine Heftseite geschrieben, die Art von Heft, in die man Grammatikübungen schreibt, ein Heft, wie es Elsbeth und ich, Amalia und Mirjam und alle anderen in der Schule benutzt haben, um einander Geheimnisse mitzuteilen. Er hält mir den Brief hin. »Lies.«

Er ist so oft zusammengefaltet worden und hat in so vielen Taschen gesteckt, dass er an den Knicken weich und zerrieben ist. Ich muss ihn in der Dunkelheit dicht vor die Augen halten und jeden Buchstaben einzeln entziffern.

*Laurence,*

*es tut mir leid, dass ich so eine Knalltüte bin. Du warst ein guter großer Bruder.*
*Sag Mama, dass sie den guten Sohn zurückbehalten hat, auch wenn sie es zuerst nicht glauben mag (wer könnte ihr das verdenken?).*
*Unter meiner Matratze habe ich ein bisschen Geld versteckt, das kannst du haben. Aber das habe ich auch Pia gesagt, ihr müsst also sehen, wer von euch beiden schneller ist.*
*Sag Hanneke, dass ich sie liebe. Und dass sie sich einen anderen suchen soll. Nicht sofort. Vielleicht nach zwei oder drei Monaten.*

*B.*

Jetzt muss ich richtig lachen, mit der Hand vor dem Mund, weil der Brief so unangemessen ist, was wiederum typisch für Bas ist. In der einen Minute ernst, in der nächsten albern. Selbstironisch und süß. »Warum hast du mir diesen Brief nie gezeigt?«

»Weil ich annahm, dass du selbst einen hast. Und weil du nach der Trauerfeier nie mehr zu Besuch gekommen bist. Ich dachte, du wolltest mit meiner Familie nichts mehr zu tun haben.«

»Ich dachte, ihr hasst mich.«

»Ich nicht.«

»Ollie, glaubst du, er hat das ernst gemeint? Dass er Angst hatte, aber trotzdem gehen wollte?«

»Glaubst du, er hat das ernst gemeint, was er zu dir gesagt hat, dass er eigentlich nicht gehen wollte?«

Ich weiß es nicht. Zweieinhalb Jahre lang dachte ich, ich wüsste es. »Ich bin mir nicht sicher.«

»Vielleicht war Bas sich auch nicht sicher«, sagt Ollie. »Vielleicht wollte er in der einen Minute gehen und in der nächsten wieder nicht.«

*Sag ihr, dass sie sich einen anderen suchen soll,* hat Bas geschrieben. Auch das habe ich nicht fertiggebracht.

Ollie legt seinen Arm um mich. Seine Wange drückt sich an meine Stirn. Sein Atem streift meine Haare und meinen Hals, und ehe ich mich versehe, hebe ich den Kopf, sodass ich ihm direkt in die Augen blicke. Er lächelt und ich bewege meine Lippen in seine Richtung. Eigentlich will ich gar nichts von Ollie. Es ist einfach so, dass ich mich das erste Mal seit über zwei Jahren von einem Teil der Schuld befreit fühle, die ich mir auferlegt habe. Meine Lippen berühren seinen Mund und –

»Hanneke, was machst du da?« Ollie weicht zurück und hebt abwehrend beide Hände, damit ich ihm nicht zu nahe komme.

Ich schlage mir die Hand vor den Mund. »Verzeihung, Ollie. Ich – ich habe da wohl etwas falsch verstanden.«

Er schüttelt mit einer raschen Bewegung den Kopf,

trotz der Dunkelheit sehe ich, wie er errötet. »Es ist nur, Hanneke, du bist einfach nur eine Freundin für mich.«

»Klar, natürlich. Du warst einfach nur nett zu mir. Ich bin die Freundin deines Bruders.«

»Das ist es nicht«, sagt er gequält. »Ich liebe jemand anderen.«

Ich schäme mich fürchterlich. Ollie ist in den vergangenen Tagen immer so freundlich zu mir gewesen – und ich habe diese Freundlichkeit missbraucht und versucht ihn zu küssen *und* er liebt eine andere. Warum hat er mir das nicht früher gesagt? »Judith?«, rate ich. »Du bist in Judith verliebt?«

»In Judith? Nein.« Er schüttelt den Kopf. »Nicht in Judith.«

»Wer ist es dann?«

Er seufzt. »Wie soll ich das erklären? Es ist so: Du hast dem Widerstand wegen eines einzigen Menschen geholfen, Hanneke. Auch ich habe mich dem Widerstand wegen eines einzigen Menschen angeschlossen … Weißt du, Juden sind nicht die Einzigen, die unter den Nazis leiden müssen. Ich bin nicht in Judith verliebt, sondern in Willem.«

»In … *Willem?*« In meinem Kopf dreht sich alles bei dieser Vorstellung. »Du liebst Willem?«

»Niemand sonst weiß davon.«

Ich versuche, einen klaren Gedanken zu fassen. Ich weiß, dass die Nazis auch Homosexuelle und politische Gefangene verhaften. Aber ich habe noch nie so jemanden getroffen. »Bist du sicher?«, platze ich heraus. »Du hast mich geküsst, vor wenigen Tagen, unter den Augen der Grünen Polizei.«

»Ich habe dich geküsst. Und danach hast du mir gesagt, ich sei ein guter Schauspieler. Das bin ich. Vielleicht ein besserer als du. Du machst den Deutschen etwas vor, solange Krieg ist. Ich mache allen etwas vor, jeden Tag. Ich habe es noch nie jemandem gesagt. Auch ich bin ein Onderduiker. Ich muss mich immer verstecken, überall.«

»Aber ich verstehe nicht. Wie hast du das herausgefunden? Woher wusstest du, dass du … und Willem?«

»Woher wusstest du, dass du Bas liebst?«

»Einfach weil ich ihn geliebt habe«, sage ich.

»Ich weiß es, weil ich ihn liebe. Ich weiß es schon seit Langem.«

»Bist du in Gefahr?«, frage ich, denn ich bin so fassungslos, dass mir im Moment keine anderen Fragen einfallen.

»Wirst du mich verraten?«

»Natürlich nicht.«

»Dann bin ich auch nicht in Gefahr. Solange niemand davon weiß.« Seine Haltung wird starr. »Der Transport. Er kommt.«

# Kapitel 26

Das Geräusch von Schritten, Reihe um Reihe. Es ist laut, vor allem, wenn man sein Leben davon abhängig macht. Der Gedanke, dass Ollie neben mir ist, beruhigt mich, dann macht er mir Angst. So viele Menschen setzen ihr Leben aufs Spiel. Willem, der in der Dunkelheit wartet. Frau de Vries und Mina, die Mirjam aufnehmen werden, bis wir sie zu Frau Janssen bringen können. Frau Janssen, die in ihrem Haus hofft und betet.

»Blauer Mantel«, flüstere ich, als bräuchte ich eine Gedächtnisstütze. »Ich muss nach dem blauen Mantel Ausschau halten.«

Und wenn sie ihn nicht trägt? Wenn er ihr in dieser Nacht zu warm ist oder wenn sie ihn verschenkt hat oder er ihr gestohlen worden ist? Und der Kinderwagen – wenn der Kinderwagen gar nicht auf diesem Transport ist? Wenn er im Theater geblieben ist? Ollie kann nicht ewig die Gestapouniform tragen und Transporte anhalten. Mir wirbeln alle unvorhersehbaren Eventualitäten durch den Kopf, wenn ich daran denke, wie dünn das Eis ist, auf das wir all unsere Hoffnungen gesetzt haben.

Zwei Soldaten bewachen die Gefangenen, es sind dieselben, die den gestrigen Transport bewacht haben: Der ältere Mann mit dem zerfurchten Gesicht, der meinem Onkel ähnlich sieht, geht vorneweg, der jüngere geht am Schluss. Reihe um Reihe. Mein Mut verlässt mich. Ich sehe sie nicht. Überhaupt kann ich fast nur die Menschen richtig sehen, die gerade direkt an mir vorbeigehen. Jenseits davon sind alle so eng beisammen und nur der Vollmond lässt die Gesichter ein bisschen sichtbar werden.

Aber in einer der hinteren Reihen rollt groß und unverkennbar ein Kinderwagen mit quietschenden Rädern über das Pflaster. Und in der Reihe dahinter kommt noch ein weiterer.

*Zwei.* Welcher ist der von Mina? Wenn ich näher dran wäre, wüsste ich es, denn ich habe ihn schon einmal gesehen. Aber Ollie hat ihn nie gesehen. Was wird er tun? Soll ich ihm noch schnell eine Beschreibung zuflüstern? Aber schon ist er fort, die Absätze seiner Stiefel knallen hart über das Pflaster.

»Anhalten«, ruft er in seinem perfekten Deutsch. Der junge Soldat hört ihn und sieht sich verwirrt nach dem Urheber der Unterbrechung um. »Anhalten«, wiederholt Ollie und winkt forsch mit den falschen Papieren, die Willem ihm besorgt hat. »Wir haben ein Problem auf diesem Transport.«

»Halt!«, ruft der ältere Soldat. Die Gefangenen bleiben unsicher mitten auf der Straße stehen. Der Soldat leuchtet Ollie mit seiner Taschenlampe an. »Wir wissen nichts von einem Problem«, ruft er.

»Ich glaube nicht, dass die Gestapo ihre geheimdienstlichen Operationen mit Theaterwachen bespricht«, bellt Ollie. »Dieser Befehl kommt direkt von Schreieder.«

Bei der Erwähnung des obersten deutschen Gestapobeamten wechseln die Soldaten rasch einen Blick und eilen auf Ollie zu. »Fass das nicht an!«, bellt Ollie, als einer von ihnen nach seinen Papieren greift. »Glaubst du, du kannst hier meine Befehlspapiere verdrecken?«

Mein Blick klebt an den Gefangenen, die sich hinter den Soldaten zusammendrängen, ich gehe jede einzelne Reihe durch, suche verzweifelt nach dem himmelblauen Stoff. Jetzt studieren die beiden Soldaten Ollies gefälschten Befehl. Keiner sieht in meine Richtung. Ich renne los.

Ich renne mitten in die Deportierten hinein.

Ich dränge mich in das Ende des Zugs, neben eine Frau, die zurückzuckt, als ich ihre Schulter berühre. »Mirjam Roodveldt«, murmele ich, ohne die Lippen zu bewegen. »Blauer Mantel?« Sie schüttelt den Kopf und ich schiebe mich durch zur nächsten Reihe. »Fünfzehnjähriges Mädchen? Dunkle Haare?«

Ich mache mich an die nächste Reihe heran, wiederhole den Namen. Die meisten Menschen beachten mich nicht. »Mirjam Roodveldt?« Ein paar schütteln steif ihren Kopf, flehen mich mit Blicken an, keine Aufmerksamkeit auf sie zu lenken.

»Mama, dürfen wir jetzt wieder heim?«, fragt ein kleiner Junge ein paar Reihen weiter und zupft seine Mutter am Mantel. »Der Mann hat gesagt, es gibt ein Problem? Dürfen wir gehen?«

»Ruhe!«, schreit der ältere Soldat und unterbricht sein Gespräch mit Ollie, ohne aufzusehen. »Wenn das Kind nicht still ist, sorge ich dafür, dass es nicht mehr spricht.«

*Er macht nur einen Witz,* sagt die verängstigte Mutter lautlos zu ihrem Kind und hält ihm den Mund zu.

»Mirjam?«, flüstere ich und gehe zur nächsten Reihe. Jetzt sieht mich die Mutter des Jungen an. *Sei still,* sagt sie lautlos.

Drüben bei Ollie sind sich die Soldaten uneins. Der eine möchte Ollies Befehl befolgen, der andere sagt, es sei besser, ins Theater zurückzugehen und dort auf eine Bestätigung zu warten. *Ein blauer Blitz – ein leuchtendes Himmelblau.* Ich sehe es und verliere es in der Dunkelheit sogleich wieder aus dem Blick. Es war hinter der Frau mit dem rosafarbenen Hut. Es war vor der Familie mit dem stoischen Vater, der das verschlafene Mädchen im Arm hält.

»Mirjam?«, flüstere ich. »Mirjam!«, etwas lauter.

»Bitte sei still«, flüstert die Frau mit dem Hut.

»Du bringst uns alle um«, sagt der Mann neben ihr mit bebender Stimme.

»Ruhe«, schreit der Soldat. »Kurt«, befiehlt er dem jungen Soldaten neben ihm, »der Nächste, der spricht, wird erschossen.«

Die Gefangenen erstarren, ihr Atem zeichnet sich kalt und weiß in der Dunkelheit ab.

Aber ich habe etwas gesehen. Eine Bewegung, als ich das letzte Mal ihren Namen gerufen habe. Ein paar Reihen vor mir hat ein Mädchen den Kopf gedreht, nur ein paar Millimeter. Selbst in der Dunkelheit hat ihr Mantel die Farbe des Himmels. Blut rauscht in meinen Ohren, als ich eine Reihe weiter nach vorne gehe. Und noch eine Reihe, nun stehe ich direkt hinter ihr. Mein Herz schlägt rasend schnell, doch jetzt nicht nur aus Angst, sondern auch aus einem Hochgefühl über das beinah Vollbrachte. Gleich wird sie in Sicherheit sein.

Links von mir nehme ich eine andere Bewegung wahr. Die Soldaten haben ihre Meinungsverschiedenheit über Ollies Befehlspapiere beigelegt und jetzt gehen alle drei zielstrebig auf die erste Frau mit Kinderwagen zu. Mit einem Wink befehlen sie ihr, das Kind aus dem Wagen zu nehmen, und zwar schnell. Während sie die Taschenlampe auf sie richten, sieht Ollie sich hektisch suchend in der Menge um. *Geh*, sagt er stumm, als er mich sieht. *Beeil dich.*

Ich berühre Mirjam am Mantel, sie dreht sich um und sieht mich an.

»Mirjam.« Ich bewege kaum meine Lippen. »Komm mit.«

Mirjam zuckt zurück und schüttelt angsterfüllt den Kopf. Einige Meter weiter weg sagt Ollie dem Soldaten, dass es der falsche Kinderwagen sei, dass er den anderen ebenfalls überprüfen müsse. Ich höre seine Schritte auf dem Pflaster und merke, dass er bewusst langsam geht, um mir ein paar zusätzliche Sekunden Zeit zu geben. *Danke, Ollie.*

»Mirjam, keine Angst. Ich weiß, wer du bist.«

*Nein*, erwidert sie stumm.

Die Frau mit dem zweiten Kinderwagen hebt ihr Baby heraus. Das Kind beginnt zu weinen, ein dünnes, durchdringendes Wimmern, und doch laut genug, dass ich Mirjam leise meine Anweisungen geben kann.

»Wir müssen wegrennen. Folge mir. Wir werden erwartet.« Ich nehme ihre Hand und verschränke meine Finger in ihren Fingern. Ihre Hand fühlt sich klein und zerbrechlich an, wie von einem Vögelchen. Sie ist so jung.

Ollie hat den Fotoapparat mit dem Film in der Hand, der Hunderte Menschenleben wert ist. Er geht damit an uns vorbei, ich sehe im Mondlicht sein angsterfülltes Gesicht, das mich stumm anfleht zu rennen, jetzt sofort, Mirjam zurückzulassen, wenn sie mir nicht folgen will. Ich kann nicht. Ich bin so weit gekommen. Ich halte ihre Hand.

»Jetzt«, zische ich. Ich ziehe Mirjam auf die Seite. Mirjam stemmt sich dagegen. *»Los«*, flehe ich sie an.

Die Soldaten nehmen wieder ihre Plätze ein. »Beeilt euch«, sagt der eine. »Abmarsch.«

Und jetzt marschieren alle weiter und ich mittendrin. Was habe ich getan? Warum hat Mirjam nicht auf mich gehört? Ollie zieht sich weiter in die Dunkelheit zurück, mit der kostbaren Fracht, wegen der er gekommen war, und ich gerate immer weiter in Richtung Brücke, eine große, gut einsehbare, tödliche Freifläche. Wenn wir bis zum Bahnhof marschieren, werde ich womöglich auch in den Zug verfrachtet. Wir müssen weg.

Noch vierzig Schritte bis zur Brücke. Fünfunddreißig. Wir kommen zur letzten Seitenstraße, der letzten Möglichkeit wegzulaufen. Ich ziehe Mirjam mit mir mit. Warum kommt sie nicht? Was ist los mit ihr? Sie dreht ihre Hand hin und her, windet sich aus meinem Griff, reißt sich los.

Sie rennt, aber sie rennt nicht in die Richtung, in die ich renne. Sie rennt direkt auf die offene Brücke zu. *Oh Gott, oh Gott, was macht sie?* Es ist die falscheste Richtung, die sie nehmen konnte. Ihr blauer Mantel flattert im kalten Wind und sie rennt, rennt mir davon.

»*Halt!*«, schreie ich im gleichen Augenblick, als ein Soldat ebenfalls »Halt!« brüllt.

»*Halt!*«, schreit er noch einmal. Seine Stiefel trampeln über das Kopfsteinpflaster. Was soll ich tun? Soll ich ihn ablenken? Ihr hinterherlaufen? Den anderen Gefangenen sagen, sie sollen auch weglaufen?

»Halt«, schreie ich wieder auf halbem Weg zwischen der Menschenkolonne und der Seitenstraße.

Mit einem Mal wird mir die Luft abgedrückt, starke Arme fassen mich um die Taille und schleifen mich in Richtung der Seitenstraße.

»Lass mich los!«

»Dich loslassen?«, bellt Ollie laut und grimmig. »Ich habe gesehen, wie du fliehen wolltest.«

Mirjam rennt immer noch über das Kopfsteinpflaster, dann ist sie bei der Brücke mit den dicken Eisenstreben. Ihre Beine sind spindeldürr. Ihre Schuhe klackern auf den hölzernen Bohlen, sind bei dem Getrampel der Soldatenstiefel kaum zu hören. Ich zerre an Ollies Hand, versuche mich aus seinem Griff zu befreien. Der Fotoapparat gräbt sich in meine Seite und er hält mich noch fester.

»Diese Angelegenheit werde ich nicht den Wachen überlassen! Du warst eindeutig an dieser – dieser *Verschwörung beteiligt!* Du kommst unverzüglich zum Verhör!«

»Bitte«, sage ich, und ich habe meine Stimme noch nie so verzweifelt gehört.

»Nein«, flüstert er, und diesmal ist es der richtige Ollie, der zu mir spricht. »Es geht nicht.«

»Bitte«, flehe ich ihn an. »Sie werden –«

*Peng.*

Und sie tun es. Sie erschießen sie. Mitten auf der Brücke, hinten in den Hals, das Blut spritzt aus ihrer Kehle, glitzert feucht im Licht des Mondes.

»Nein«, schreie ich, aber meine Stimme wird von einem weiteren Schuss übertönt.

Mirjams Knie knicken ein, sie fasst sich mit der Hand an den Hals, aber ich weiß, dass sie tot ist, noch bevor sie den Boden berührt. Die Art, wie sie fällt, dass sie nicht versucht, ihren Sturz abzufedern, die Art, wie Kopf und Schultern auf dem Pflaster aufschlagen.

Die Gefangenen starren wie betäubt auf den Körper, der mitten auf der Brücke liegt, manche von ihnen stoßen Entsetzensschreie aus, manche schlagen in stummem Grauen die Hände zusammen. Der kleine Junge von vorhin weint. Seine Mutter hat immer noch die Hand auf seinem Mund, sodass die Tränen und die gedämpften Schluchzer durch ihre Finger quillen.

Der junge Soldat, der, der geschossen hat, nimmt seinen Posten wieder ein. »Das soll euch eine Warnung sein«, ruft er. Seine Stimme schwankt, er hat nicht damit gerechnet und weiß jetzt nicht, was er tun soll.

»Vorwärts, Marsch!«, ruft er. »Schneller!« Er schafft sie nicht einmal zur Seite. Er leitet die anderen Gefangenen um die Tote herum, die er einfach auf der Brücke liegen lässt, wo Milchmänner und Straßenfeger sie in der Früh finden werden.

Ollie zieht mich weiter, weg von der Brücke. Mit einem Arm hält er mich immer noch an der Taille fest, in der anderen Hand hält er den Fotoapparat.

»Geh weiter, Hanneke«, befiehlt er mir. »Du musst gehen.«

Ich sehe nicht, wohin er mich führt, weil ich weine. Schluchzer erschüttern meinen Körper, es sind meine ersten Tränen seit dem Tod von Bas. Sie machen mich blind, sie schmecken salzig und fremd auf meinen Lippen.

Ich weine um Mirjam, das Mädchen, das ich retten sollte, aber nicht konnte, das ich nicht einmal gekannt habe. Ich weine um die Mutter, die ihren Sohn zum Schweigen brachte, und den Mann, der mich anflehte, nichts mehr zu sagen. Ich weine um Frau Janssen, die jetzt niemanden mehr hat und der ich Hilfe versprochen hatte, die mir vertraut hat und die ich enttäuscht habe. Ich weine um Bas. Ich weine um Elsbeth und den deutschen Soldaten, den sie ihrer besten Freundin vorgezogen hat, und um Ollie, der Willem nicht lieben darf, und um all die Menschen in meinem Land, die zu Beginn der Besatzung gesehen haben, wie die Panzer in unser Land rollten, und noch darauf warten, sie wieder hinausfahren zu sehen.

# Kapitel 27

Ollie geht mit mir durch kleine Seitenstraßen und dunkle Gassen. Ich weiß nicht einmal, ob dieser Weg sicher ist, und ob wir so auf Willem treffen. Ich weiß nicht, ob die anderen wissen, was geschehen ist, oder ob sie auf unsere Rückkehr warten und denken, alles sei nach Plan gelaufen. Meine Beine bewegen sich wie von selbst. Schließlich gehen wir eine kurze Treppe hinunter, und ich begreife, dass wir in Ollies und Willems Wohnung angelangt sind.

»Tee?«, fragt er kurz angebunden.

Es ist das erste Wort, das er an mich richtet. Seine Hände zittern, als er den Schrank öffnet und wieder zuknallt, nicht mehr weiß, wo er die Tassen aufbewahrt. Er sieht ständig zur Tür. Dort draußen ist Willem. Willem und Mirjam.

»Willem ist noch –«, setze ich an.

»Ich weiß«, unterbricht mich Ollie, und ich sehe ihm an, dass er nicht darüber sprechen möchte. Schließlich hört er auf zu suchen, stützt sich am Tisch ab und umklammert die Tischkante so fest, dass seine Knöchel weiß werden. »Mit dir alles in Ordnung?«, fragt er, immer noch mit dem Rücken zu mir.

Ich antworte nicht. Was sollte ich auch sagen? Ollie schlägt mit der Faust auf den Tisch, ich zucke bei dem Geräusch zusammen. »Verdammt. *Verdammt!*«

»Was hast du vor?«, frage ich, als er zur Tür geht.

»Ich muss wissen, ob Willem etwas passiert ist.«

»Ollie, du weißt nicht, wo er ist.«

Er zieht seinen Mantel an und knöpft ihn bis oben zu, um die Gestapouniform zu verdecken. »Ich kann hier nicht einfach warten. Ich werde ihn nicht im Stich lassen. Ich muss Willem finden.«

»Ich komme mit.« Ich stehe unsicher auf. »Ich kann Mirjam auch nicht allein lassen. Ich kann sie da nicht liegen lassen.«

»Nein.« Seine Hand liegt auf dem Türknauf. »Du darfst nicht zurück. Man hat gesehen, wie du eben von einem Mitglied der Gestapo abgeführt worden bist.«

»Aber ich habe versprochen, sie zu finden. Sie ist ganz allein. Ich könnte sie zu Herrn Kreuk bringen. Ich habe einen Schlüssel. Ich werde sie dorthin bringen.« Meine Stimme schwankt, entgleitet, klingt nicht mehr wie ich.

Ollie lehnt seine Stirn an die Tür, er dreht mir den Rücken zu. Seine Schultern zucken. »Ich werde sie holen«, sagt er ruhig. »Willem und ich werden sie holen.«

»Aber warum?«, frage ich mit Tränen in den Augen.

»Ich war rücksichtslos und egoistisch. Warum willst du das für mich tun?«

Er legt seine Hände neben seine Stirn an die Tür. »Weil, als sie auf die Brücke stürzte – wir haben Bas nicht mehr zu sehen bekommen, nachdem er tot war. Wir haben ihn gar nicht mehr gesehen.«

Welche Herzensgüte. Ich weiß nicht, was ich darauf antworten soll. »Sei vorsichtig«, sage ich. »Komm heil zurück.«

»Gib mir den Schlüssel«, sagt er, und als er ihn in Händen hält: »Warte hier. Rühr dich nicht vom Fleck.«

»Versprochen.«

Ich warte sehr lange.

***Dienstag***

Ich wache auf, aber nicht auf Ollies Sofa, wo ich meiner Erinnerung nach zuletzt gesessen habe. Stattdessen liege ich in einem Bett, Sonne strömt durch die Fenster, und Ollie sitzt mir gegenüber in einem Sessel. Ich setze mich ruckartig auf. Ich erinnere mich nicht, dass ich eingeschlafen bin, und ich hasse meinen Körper dafür, dass es passiert ist. Ich muss vor lauter Sorge, Trauer und Erschöpfung zusammengeklappt sein, während Ollie nachts unterwegs war.

»Ollie«, flüstere ich. Meine Kehle brennt vom vielen Weinen.

»Guten Morgen.«

»Was ist passiert? Wo ist Willem?«

Meine Panik verschwindet, als Willem im Türrahmen erscheint.

»Ich bin hier. In Sicherheit.«

*In Sicherheit.* Keine weiteren Toten in der vergangenen Nacht außer Mirjam. Sie ist nicht in Sicherheit und wird es auch nie mehr sein. »Habt ihr …« Ich weiß nicht, wie ich es sagen soll. *Konntet ihr Mirjam von der Brücke wegschaffen?*

»Es ist erledigt«, sagt Ollie. »Es war nicht einfach. Aber es ist erledigt.«

»Ist sie bei Herrn Kreuk?«

»Ja. Und Frau de Vries weiß auch, was passiert ist. Und die Nazis denken wahrscheinlich, dass zwei Mädchen versucht haben zu fliehen und sie eine davon erschossen und die andere verhaftet haben.«

Ich schaue mich im Zimmer um, in dem zwei Schreibtische stehen, auf einem steht ein Bild von Ollies Eltern. »Du hast mir euer Bett gegeben.«

»Willem hat dich hingelegt«, sagt Ollie. »Wir haben auf dem Boden geschlafen.«

»Verzeiht mir. Verzeiht mir, dass ihr Mirjam holen musstet. Verzeiht mir, dass ich nicht rechtzeitig losgerannt bin. Verzeiht –« Es gibt so vieles, für das ich um Verzeihung bitten müsste: meine Gedankenlosigkeit, dass ich die Nerven verloren habe, dass ich alle mit hineinziehen wollte.

»Wir haben den Fotoapparat. Wenigstens das«, sagt Willem sehr freundlich.

»Was macht ihr jetzt damit? Gebt ihr ihn Mina zurück oder vernichtet ihr den Film?«

Sie wechseln einen Blick. »Wir haben noch nicht entschieden«, sagt Ollie. Er reicht mir einen Becher, der auf der Armlehne gestanden hat. »Trink.« Ich hebe den Becher automatisch zum Mund, aber als die Flüssigkeit durch meine Kehle rinnt, merke ich nicht einmal, was ich trinke. In den vergangenen zwölf Stunden habe ich so viele Gefühle durchlebt. Jetzt bin ich innerlich taub.

»Ich muss gehen.« Ich trage noch die Kleider der vergangenen Nacht, aber jemand hat mir die Schuhe ausgezogen. Ich bin zerknittert und schmutzig. In meinem Strumpf ist eine Laufmasche, es ist mein letztes Paar. Als ich aufstehen will, wird mir schwindelig.

Willem sieht Ollie besorgt an. »Sie sollte etwas frühstücken. Nicht wahr, Ollie?«

»Ich muss zu Frau Janssen. Ich muss ihr sagen, was geschehen ist.«

Mein ganzer Körper sträubt sich gegen diesen Besuch, aber ihn hinauszuschieben, würde es nur noch schlimmer machen. Hoffnung kann manchmal wie Gift sein. Ich muss Frau Janssen so schnell wie möglich die Wahrheit sagen.

Willem bringt mir die Schuhe und beteuert wieder und wieder, dass ich nicht gehen muss. Irgendwann merkt er, dass er mich nicht umstimmen kann, und packt mir etwas Brot und einen Apfel in eine Serviette. Mir ist jetzt überhaupt nicht nach Essen zumute, aber das will ich ihm nicht sagen. Ich werde den Proviant tief in meine Tasche packen, sobald ich die Wohnung verlassen habe.

Mein Fahrrad ist – ich weiß nicht mehr, wo ich mein Fahrrad gelassen habe. Wahrscheinlich steht es noch im Hausflur von Frau de Vries, dort hatte ich es abgestellt, bevor Ollie und ich unsere Stellung beim Metzger bezogen. Wäre die Geschichte glücklich ausgegangen, wäre ich jetzt nach Hause geradelt, nachdem ich Mirjam wohlbehalten dort abgeliefert hätte.

Ohne Fahrrad muss ich zu Fuß zu Frau Janssen gehen, was fast eine Stunde dauert. Ich habe noch ein paar Münzen dabei und könnte die Tram nehmen, aber ich finde, ich habe es nicht besser verdient. Den ganzen Weg lang überlege ich mir, wie ich es ihr sagen soll. Ob ich gleich mit der Sprache herausrücken soll – »Sie ist tot, Frau Janssen« – oder ob ich ganz am Anfang beginnen soll, ihr schildern, was passiert und an welchem Punkt unser Plan gescheitert ist.

Schließlich muss ich gar nichts sagen. Frau Janssen sieht es mir an, vielleicht weil ich die Schultern hängen lasse oder weil meine Kleidung so zerknittert ist, oder sie erkennt es an meinem Gang. Sie hat am Fenster zur Straße auf mich gewartet, aber als sie mich allein kommen sieht, lässt sie den Kopf sinken.

»Wie ist es passiert?«, fragt sie, kaum dass sie mir die Tür aufgemacht hat. Es kommt mir verkehrt vor, ihr die traurige Nachricht auf der Türschwelle zu präsentieren.

Andererseits kommt mir alles, was geschehen ist, verkehrt vor.

Jedes Wort, das ich hervorpresse, tut mir in der Kehle weh. »Sie ist weggerannt. Sie sollte mit mir mitkommen, aber sie ist weggerannt. Sie haben sie erwischt. Sie ist tot.« Den letzten Satz sage ich bewusst, denn *erwischt* könnte auch heißen, dass sie nur gefangen genommen wurde. Ich möchte nicht zweimal erklären müssen, dass Mirjam nie mehr zu Frau Janssen zurückkehren wird.

Frau Janssen hält sich am Türrahmen fest, es ist, als würde noch etwas in ihr zerbrechen. Benommen nehme ich ihren Arm und führe sie ins Haus. Wir setzen uns auf das hässliche Sofa im Wohnzimmer. »Was ist passiert?«, fragt sie. »Warum ist sie vor dir weggerannt?« Ihre Trauer ist still und würdevoll und das macht es irgendwie schlimmer. Ich glaube, es wäre leichter, wenn sie völlig zusammengebrochen wäre, so wie ich letzte Nacht, als Ollie mich nach Hause schleppen musste, weil ich nicht mehr klar denken konnte. Aber Frau Janssen trauert wie jemand, der es gewohnt ist, einen Verlust zu erleiden.

Warum ist Mirjam vor mir davongelaufen? Wenn sie vor den Nazis fliehen wollte, warum ist sie dann nicht mit mir gekommen, obwohl ich ihr gesagt habe, dass ich hier sei, um ihr zu helfen?

»Ich weiß es nicht«, gestehe ich. »Aber ich war eine Fremde, die mitten in der Nacht auftauchte, sie an der Hand nahm und sagte, sie solle mir folgen. Vielleicht hatte sie einfach Angst. Es war alles so verwirrend. Wir hatten alle Angst.«

»Meinst du, sie hielt dich für einen Spitzel? Oder war ihr vielleicht nicht klar, in welche Richtung sie rennen sollte?«

»Ich weiß es nicht. Ich weiß es nicht.«

»Ich hätte mitgehen sollen«, sagt sie bekümmert. »Dich hat sie nicht gekannt, aber mich kannte sie.«

»Sie hätten ihr nicht helfen können«, sage ich mit Bestimmtheit. »Keiner von uns hätte etwas ausrichten können.« Ich weiß nicht, ob das stimmt. Hätte ich Mirjam den Namen von Frau Janssen sagen sollen? Hätte das geholfen? Warum ist sie nicht mit mir mitgekommen? Schließlich sage ich ihr das einzig Tröstende, was ich habe, auch wenn es nur ein kleiner Trost ist.

»Wir haben ihren Leichnam. Meine Freunde konnten die Tote bergen. Sie ist bei Herrn Kreuk.«

»Wer ist bei ihr?«

»Im Augenblick niemand. Herr Kreuk kommt in der Regel um halb neun. Wenn er kommt, werde ich ihn bitten, sich um sie zu kümmern. Ich werde ihn bitten, eine Grabstelle für sie zu finden.«

»Ich komme für die Kosten auf«, sagt sie augenblicklich.

»Ich zahle das«, sage ich. Ich möchte mit dem Geld zahlen, das Frau Janssen mir für die Suche gegeben hat. Mehr kann ich nicht tun. Das Geld sollte für einen Grabstein reichen. Einen schlichten, aber hübschen Grabstein.

»Du solltest jetzt zum Beerdigungsinstitut gehen«, sagt Frau Janssen.

»Ich bleibe gern und leiste Ihnen Gesellschaft.«

»Nein, geh jetzt, Hanneke«, sagt sie. »Ich möchte nicht, dass sie allein ist.«

Zuerst gehe ich aber zu Frau de Vries. Dort wissen bereits alle, was in der vergangenen Nacht geschehen ist.

»Hanneke, es tut mir so leid«, sagt Frau de Vries, als sie mir aufmacht, und klingt dabei ungewöhnlich mitfühlend. Sie hat mich wahrscheinlich vom Fenster aus kommen sehen, denn die Untergetauchten sind nicht in ihrem Versteck. Die Cohens sitzen auf dem Sofa und fassen sich an den Händen. Hinter Frau de Vries taucht Mina auf und schlingt ihre Arme um mich.

»Wir haben gestern Nacht gesehen, wie der Transport die Schouwburg verlassen hat.« Sie vergräbt ihr Gesicht in meiner Schulter. »Dann haben wir nichts mehr gesehen. Wir haben die ganze Zeit gewartet, dass du sie herbringst, aber dass etwas schiefgelaufen ist, haben wir erst gemerkt, als Willem kam, weil er dich suchte.«

Die Kinder sind wach, in ihren Schlafanzügen stehen sie schlaftrunken hinter ihrer Mutter, beobachten Mina und mich und versuchen offenbar zu verstehen, was geschieht. Frau de Vries bemerkt sie und scheucht sie ins Kinderzimmer zurück. Die Cohens begleiten sie.

Mina und ich stehen in der Diele und umarmen uns lange. Aus den hinteren Zimmern der Wohnung schallt das Lachen der Zwillinge. Ich mache die Augen zu und versuche, das Geräusch auszublenden. Es erscheint mir so unpassend in diesem Moment. Ich möchte mich tagelang im Bett verkriechen. Ich möchte aufgeben.

Auch Mina weint. Die tapfere, optimistische Mina, die selbst im Versteck noch Widerstand leisten wollte. Und was hat es genützt? Was können wir überhaupt ausrichten gegen diese ungeheuerliche Maschinerie, die junge Mädchen, die vor Angst davonlaufen, von hinten erschießt?

Jemand berührt mich leicht an der Schulter. Es ist Frau Cohen. Sie hat eine Art weißes Tischtuch in der Hand. Sie entschuldigt sich für die Störung und streckt mir das Tuch entgegen. »Für deine Freundin«, sagt sie. »Ich weiß nicht, ob du schon einmal davon gehört hast – Menschen unseres Glaubens werden oft im traditionellen weißen Totengewand bestattet. Dies ist nur ein Tischtuch, in diesen Zeiten können wir nicht alle Traditionen aufrechterhalten. Aber vielleicht möchtest du deine Freundin in das Tuch hüllen, bevor sie unter die Erde kommt. Nur wenn du willst. Ich möchte dich nicht drängen.«

Stumm nehme ich das Tuch, der weiche Leinenstoff kräuselt sich unter meinen Fingern.

»Wir würden auch gern eine Totenwache halten, damit die Verstorbene nicht allein ist. Wir können natürlich nicht zur Beerdigung kommen«, sagt Frau Cohen. »Aber wenn du uns sagst, wann die Beerdigung ist, werden mein Mann und ich genau zu diesem Moment mit dem Totengebet beginnen.«

»Danke.« Bei dieser Geste fange ich beinahe wieder an zu weinen. Ich kenne die Cohens kaum. Ich weiß nicht einmal, wie weit sie darüber Bescheid wissen, was ich getan habe oder warum. »Danke«, wiederhole ich, denn ich weiß nicht, was ich sonst sagen soll.

# Kapitel 28

Herr Kreuk stellt keine Fragen. Fragt nicht, wer Mirjam war oder warum ich mich um ihre Beerdigung kümmern will, und dafür bin ich ihm dankbar. Es ist eine Entschädigung für all die Fragen, die ich nicht gestellt habe, seitdem wir uns kennen. Er klopft mir einfach auf die Schulter und krempelt sorgfältig seine Ärmel hoch, wie er es immer macht, wenn er an die Arbeit geht. Ein paar Stunden später informiert er mich, dass der Leichnam bis auf Schuhe und Strümpfe angekleidet ist.

Nachdem ich die Wohnung von Frau de Vries verlassen hatte, bin ich nach Hause gegangen und habe meine Kleidung durchforstet, um etwas Passendes für Mirjam zu finden. Mama und Papa waren bei Papas regelmäßigem Arzttermin. Ich habe ein Kleid gewählt, das sie mir vor einigen Jahren zum Geburtstag geschenkt haben. Es passt mir noch – es gehört zu dem wenigen, was mir noch passt –, aber ich habe es zusammengefaltet und meine Lieblingslacklederschuhe in einen Beutel gesteckt.

»Darf ich?«, flüstere ich. »Darf ich es heute machen?«

Herr Kreuk sieht mich überrascht an. Es ist das erste Mal, dass ich ihn bitte, mit einem Toten im selben Raum sein zu dürfen. Normalerweise werden die Toten durch den Hintereingang gebracht, gewaschen, angekleidet und in den Sarg gelegt. Ich betrete diesen Raum sonst nie.

»Wirklich?«

Ich nicke. »Es ist mir wichtig.« Weil ich versagt habe. Weil ich sie zu spät gefunden habe. Weil ihr blauer Mantel verdorben und ganz blutig ist.

Er geht mit mir in den kleinen, weiß getünchten Raum. Ich trage die Schuhe, die Strümpfe und das weiße Tischtuch von Frau Cohen. Ich hätte sie fragen sollen, was genau ich damit tun soll. Soll ich Mirjam richtig darin einwickeln oder sie einfach nur damit bedecken? Frau Janssen sagte, die Roodveldts wären keine praktizierenden Juden gewesen.

Herr Kreuk steht ein paar Schritte hinter mir. Ich betrachte den toten Körper auf dem kalten Tisch, der einmal Mirjam gewesen ist. Ich habe zwei Mal in meinem Leben einen Toten gesehen. Das war bei der Beerdigung meines Großvaters und der meiner Großmutter, als ich elf beziehungsweise zwölf war. Damals war das Licht gedämpft und Musik spielte. Hier aber ist nur Stille und Mirjam. Sie ist so klein.

Hier liegt sie, ich sehe sie jetzt zum ersten Mal. Ihr Gesicht ist herzförmig, das dunkle Haar umrahmt ihre Stirn, und links vom Kinn, das ein wenig spitz ist, hat sie ein kleines Muttermal. Ihre Wimpern sind dicht und lang. Keiner hat sie mir mit so samtigen Wimpern beschrieben. Ihre Nase ist ein bisschen zu kurz für ihr Gesicht und vorn ein bisschen platt. Auch das hat mir niemand erzählt. Direkt unter dem Kragen des Satinkleids sieht man ein kleines Stück von dem weißen Verband, der die Schusswunde bedeckt. Ich richte den Kragen, damit man den Verband nicht mehr sieht.

»Sie haben – Sie haben das wunderbar gemacht. Vielen Dank. Sie sieht fast aus wie …« Ich wollte sagen, sie sieht fast aus wie früher. Das sagen die Leute zu Herrn Kreuk, wenn sie ihm ein besonderes Kompliment machen wollen. Aber ich kann so etwas nicht sagen, denn eigentlich weiß ich überhaupt nicht, wie sie zu Lebzeiten ausgesehen hat. »Sie sieht so friedlich aus.«

»Kann ich noch etwas für dich tun? Oder für deine Freundin?«

»Ich glaube nicht.«

»Die Grabstätte. Soll es ein traditionelles Grab sein oder … etwas Spezielles?«

Wahrscheinlich will er mich fragen, ob Mirjam auf einem jüdischen Friedhof beerdigt werden soll. Ich weiß, wie schwierig es für ihn ist, eine solche Grabstätte zu finden.

»Es soll einfach schön sein. Es wird keine Trauerfeier geben. Nur das Begräbnis.«

Er zögert, als wollte er noch etwas sagen, verlässt dann aber schweigend den Raum.

Ich bringe es nicht über mich, sie zu berühren. Stattdessen sehe ich mir den blauen Mantel an, der ordentlich zusammengelegt auf einem Tisch liegt. Am Kragen und bis zu den oberen Knöpfen ist er blutverkrustet und auch der restliche Mantel ist bräunlich rot gesprenkelt. Herr Kreuk hat die Taschen bereits geleert und ihre persönliche Habe auf den Mantel gelegt. Ihr Ausweis, von der Kugel durchlöchert und ebenfalls rotbraun verfärbt, und ein Brief, der in der Seitentasche gesteckt haben muss, denn er ist sauber und weiß.

*Ich wünschte, ich hätte T niemals getroffen. Wenn ich es ändern könnte, würde ich das auf der Stelle tun. Es war wirklich dumm, so etwas zwischen uns kommen zu lassen. Ich werde es wiedergutmachen, sobald ich dich wiedersehe.*
*Alles Liebe*
*Deine Margaret*

Mirjams letzter Schulmädchenbrief, ihr letztes Liebesdrama. Warum hat sie das geschrieben? War Amalia sauer, weil sie zu viel Zeit mit Tobias verbrachte? Hat Amalia Tobias kennengelernt und fand, dass er nicht der Richtige für Mirjam war? Erstaunlich, wie unwichtig das jetzt geworden ist.

Wie Herr Kreuk versprochen hat, ist Mirjam fast vollständig angekleidet, nur die Füße und Fesseln ragen aus dem wadenlangen Kleid hervor. Ich nehme einen der beiden weißen Strümpfe und streife ihn über ihre Zehen und ihre Ferse. Ihre Füße sind so kalt. Ihre Füße sind so kalt und sind doch erst vor wenigen Stunden über das Straßenpflaster gerannt. Und plötzlich strömen Tränen über mein Gesicht. Was habe ich nicht alles versucht, um mir einzureden, dass Bas nicht allein war, als er starb. Aber wenn es so weit ist, ist jeder von uns allein.

Ich habe ihr meine schönsten Schuhe gebracht. Meine Tanzschuhe für Feste, auf die ich nicht mehr gehe. Vorn an der Spitze haben sie ein Satinschleifchen. Meine Füße sind etwas größer als ihre, die Schuhe passen nicht genau, aber das wird sie nicht mehr merken. Nachdem ich sie fertig angezogen habe, nehme ich ihre Hände und lege sie übereinander, streiche ein paar lose Haare aus ihrem Gesicht und richte den Saum des Kleides, der etwas nach oben gerutscht ist, als ich ihr die Strümpfe angezogen habe. Ich weine über die seltsamsten Dinge. Über ihre Lippen, die spröde sind wie alle Lippen im Winter. Oder ihre Knie. Ihre perfekten Knie, die so weiß und verletzlich hervorschauen, bis ich sie wieder mit dem Kleid bedeckt habe.

Ich sage Herrn Kreuk, ich sei krank und müsse nach Hause. Er weiß, dass ich lüge, sagt aber nur, er hoffe, es würde mir bald wieder besser gehen, und er wüsste gern, wie viele Menschen bei der Beerdigung zu erwarten seien.

»Nur ich«, sage ich. »Und so bald wie möglich.«

Er sagt, er habe bereits eine Grabstelle. Bis morgen Früh könne das Grab ausgehoben sein. Er nennt mir die

Zeit, wann ich zum Friedhof kommen soll. Ich weiß nicht, wie er so schnell eine Grabstelle finden konnte, außer sie gehörte jemand anderem und dieser Jemand braucht jetzt keinen Platz mehr für seine Beerdigung.

Als ich gehen will, ergreift Herr Kreuk meine Hand und legt etwas hinein. Es ist eine große Tafel belgischer Schokolade, Markenschokolade, besser als alles, was ich seit Kriegsbeginn gesehen habe. Er könnte sie für das Zwanzigfache ihres Wertes auf dem Schwarzmarkt verkaufen, und deshalb weiß ich, dass er sich um mich sorgt. Schwarzmarktware zu verschenken ist das größte Opfer für einen Schwarzhändler.

Ich mache mich auf den Heimweg. Ich hätte daran denken sollen, mein Fahrrad bei Frau de Vries abzuholen. Aber ich habe es nicht gemacht. Ich bin an diesem Vormittag alle Wege zu Fuß gegangen, kilometerweit, aber ich habe es kaum registriert. Kälte ist durch meinen Mantel gekrochen, Pflastersteine haben meine Füße malträtiert: alles willkommene Schmerzen, mit denen ich viel besser zurechtkomme als mit dem hohlen Schmerz in meiner Brust. Es dauert vierzig Minuten, bis ich mich nach Hause geschleppt habe. Mein Fahrrad steht vor der Tür und auch Ollie ist da. Er unterhält sich mit meinen Eltern über alltägliche Dinge. Seine Stimme klingt müde und angespannt.

»Ich wollte nur dein Fahrrad abstellen«, sagt er. »Aber deine Mutter hat mich gesehen und hereingebeten. Ich habe ihr gerade erzählt, dass du es mir geliehen hast, damit ich mit meinen Eltern ins Krankenhaus fahren konnte. Pia ist wirklich froh, dass du bei ihr warst.«

»Ich habe mich gefreut, sie wiederzusehen. Und ich bin froh, dass die Krankheit deiner Mutter ein Fehlalarm war.«

Es kommt mir ganz merkwürdig vor, dass ich das alles erlebt habe und Mama und Papa niemals erfahren werden, was wirklich geschehen ist. Die ganzen Lügen, wo ich angeblich gewesen bin, wer krank geworden ist, in welchem Krankenhaus Ollies Mutter liegt – das kommt mir jetzt alles so töricht vor. Ich setze mich neben Ollie, während meine Mutter das Mittagessen aufträgt. Unter dem Tisch tastet er nach meiner Hand. Seine Hand ist warm und tröstend. Ich drücke sie und er drückt meine.

»Herr Kreuk hat alles für die Beerdigung vorbereitet«, flüstere ich, als Mama wieder in der Küche ist und Papa im Wohnzimmer liest. »Danke, dass du mein Fahrrad abgeholt hast.«

»Wann ist die Beerdigung? Ich werde da sein.«

Ich sage ihm, dass das nicht nötig ist, dass er Mirjam doch gar nicht gekannt hat. Es ist dumm, so etwas zu sagen, da ich sie ja selbst nicht gekannt habe, obwohl es mir vorgekommen war, als hätte ich sie gewissermaßen doch gekannt, aber es ist müßig, das jetzt zu erklären. Ollie möchte unbedingt kommen und sagt, wir würden uns morgen auf dem Friedhof wiedersehen.

Schließlich kommen Ollie und Willem und auch Frau Janssen zur Beerdigung. Ich habe sie bis dahin noch nie außerhalb ihres Hauses gesehen. Sie stützt sich beim Gehen schwer auf ihren Stock. Christoffel hat sie im Taxi begleitet, hilft ihr beim Aussteigen und reicht ihr den Arm, als sie langsam über den unebenen, steinigen Boden geht.

Herr Kreuk hat einen schlichten Kiefernsarg für Mirjam gewählt und hat sie in seinem Leichenwagen zum Friedhof gebracht. Es ist das einfachste Modell, das wir im Angebot haben, kostet aber immerhin einen ganzen Wochenlohn von mir.

Wir stehen um die offene Grube, während der Sarg hineingelassen wird. Weder ein Pfarrer noch ein Rabbiner ist anwesend, nur wir sechs und zwei Totengräber, die ein paar Meter entfernt auf ihre Schaufeln gestützt bei einer Baumgruppe stehen.

Frau Janssens Lippen bewegen sich in einem stillen Gebet, und ich glaube, auch Willem betet leise. Ollie und ich schweigen. Nach zehn Minuten respektvoller Stille nähern sich die Totengräber und schaufeln das Loch mit Erde zu.

# Kapitel 29

***Mittwoch***

Die Beerdigung ist vorüber. Bevor Herr Kreuk mit dem Leichenwagen wieder fortfährt, sagt er mir noch, ich solle ein paar Tage freinehmen und erst wieder in die Arbeit kommen, wenn es mir besser gehe. Dann geht auch Frau Janssen, sie lässt sich beim Einsteigen ins Taxi von Christoffel helfen. Sie bittet mich, sie bald zu besuchen. Ich verspreche es ihr, obwohl ich es mir im Moment nur schwer vorstellen kann.

Wir stehen vor dem Eingang zum Friedhof. Ollie und Willem sehen mich fragend an. »Sollen wir dich nach Hause bringen?«, fragt Willem. »Wir haben heute Nachmittag keine Vorlesungen.«

»Eigentlich möchte ich nicht nach Hause.« Meine Eltern wissen nicht, dass heute kein gewöhnlicher Tag ist. Es ist mir unerträglich, sie schon wieder anlügen zu müssen, weil ich früher nach Hause komme, und dann meine Trauer vor ihnen zu verbergen. Ich könnte in die Arbeit gehen, aber für heute habe ich genug vom Tod. »Können wir nicht etwas unternehmen?«

»Was stellst du dir vor?«, fragt Ollie.

»Irgendetwas. Irgendetwas, nur nicht zu Hause hocken. Etwas Normales.«

Er sieht Willem ratlos an. Wir wissen nicht mehr, wie ein normaler Nachmittag aussieht, ein Nachmittag, an dem wir keine Kinder aus der Hollandsche Schouwburg schmuggeln, keine Verstecke für Onderduiker suchen und keine Waren auf dem Schwarzmarkt verkaufen. Wenn kein Krieg wäre, wenn wir normale junge Leute wären, was würden wir heute unternehmen?

»Wie wäre es ...« Willem nagt an seiner Lippe. »Wie wäre es mit einer Radtour?«

»Eine Radtour?« Ollies Mundwinkel zucken. Heute ist ein besonders kalter Wintertag. Wir fahren jeden Tag Rad, um dorthin zu kommen, wo wir hinmüssen, aber für eine Vergnügungsfahrt ist das Wetter kaum geeignet. »Es tut mir leid«, sagt er entschuldigend zu mir. »Ich wollte mich nicht lustig machen.«

Der Vorschlag gefällt mir aber, wie es mir auch gefallen hat, zu Fuß durch die Kälte zu gehen. Es ist mit einer gewissen Mühsal und Unannehmlichkeit verbunden. Es wäre keine reine Vergnügungsfahrt. Es hätte etwas Betäubendes und das wäre schön.

»Ja. Wir könnten nach Ransdorp fahren«, fährt Willem jetzt mit neuem Mut fort. »Wir könnten eine Landpartie machen und picknicken.«

Jetzt albert er absichtlich herum. Ransdorp ist ein Dorf auf der anderen Flussseite mit Bauernhöfen, Schotterstraßen und ein paar kleinen Läden. Es ist absolut absurd, jetzt zu einem idyllischen Ausflugsziel zu fahren.

Aber wir machen es trotzdem. Wir nehmen die Fähre über den Fluss zu derselben Anlegestelle, wo ich Christoffel ein paar Tage zuvor getroffen und ihn gebeten habe, einen Brief zu überbringen. Unterwegs halten wir an, weil wir einen Laden mit Brot entdecken. Willem und Ollie verstauen ganze Brotlaibe in ihren tiefen Manteltaschen, und ich schürze mein Kleid hoch, damit der Saum sich nicht in den Speichen verfängt.

Es ist kalt, so kalt, wie ich erwartet habe, aber die Sonne macht die Kälte erträglich. Nachdem wir von der Fähre gegangen sind, hält uns das Radeln warm. Wir bieten wahrscheinlich einen seltsamen Anblick. Ollie und Willem in dunklen Anzügen und ich in meinem einzigen schwarzen Kleid, so radeln wir hintereinander an einem Bach entlang. Von der Anstrengung bekomme ich Seitenstechen. Das fühlt sich gut an. Ich radle noch schneller, überhole die Jungen und bin ihnen erst ein kleines, dann ein großes Stück voraus.

»Wovor radelst du davon?«, ruft Willem mir hinterher. Sein Tonfall ist leicht, trotzdem ist die Frage nicht als Witz gemeint. Ich radle vor den vergangenen drei Tagen davon. Vor dem Bild von Mirjam auf der Brücke und dem Gewehrschuss in der stillen Nacht und vor Frau Janssens leerem, schicksalsergebenem Gesicht, als sie mich an ihrer Haustür erwartete. Schotter spritzt von meinem Hinterreifen.

»Mach langsam!«, ruft Ollie. Er sagt noch etwas, was ich nicht verstehe.

»Was?«

»Mach langsam, da ist –«

Mein Fahrrad schlittert über eine schwarze Eispfütze, die Räder drehen durch, ich ziehe die Bremsen, aber sie greifen nicht. Ich kann nicht mehr anhalten, das Fahrrad schlingert in den Graben, und ich fliege auf den gefrorenen Boden. Meine Hände schürfen über die Erde, als ich den Sturz abfangen will. Es tut weh, aber nicht so schlimm wie mein linkes Knie – das kracht beim Sturz über die Lenkstange auf den Lenker und landet dann auf etwas Spitzem, das höllisch wehtut.

»Hanneke«, schreit Ollie.

Ich bekomme keine Luft mehr. Ich würge. Ich schnappe nach Luft, um ihm zu antworten. »Geht schon. Es geht«, stoße ich mühsam hervor und strecke zum Zeichen meine schmutzige Hand hoch. Langsam stütze ich mich auf alle Viere, aber Aufstehen ist unmöglich, und schließlich lasse ich mir von Ollie auf eine gefrorene Grasnarbe helfen. Vorsichtig schiebe ich den Rocksaum nach oben. Mein linkes Knie sieht schlimm aus. Es blutet, in der Mitte steckt ein großer Stein und darum herum sind lauter kleine Kiessplitter.

Willem hockt sich vor mich hin und sieht sich die Wunde an. »Wir müssen sie säubern«, sagt er. »Sonst sehe ich nicht, wie schlimm es ist.« Er rennt zum Bach, tränkt sein Taschentuch und drückt es über meinem

Knie aus und wäscht die Dreckschlieren ab. Zu dritt untersuchen wir die Wunde. Der große Stein steckt nicht so tief wie befürchtet, aber als Willem ihn herauszieht, rinnt frisches Blut über mein Schienbein.

»Hat das wehgetan?«, fragt er.

»Ja«, sage ich, und dann muss ich unpassenderweise kichern, weil es, nach allem, was geschehen ist, so alltäglich erscheint, nur deshalb Schmerzen zu haben, weil man sich beim Fahrradfahren die Knie aufgeschlagen hat.

Er sieht mich seltsam an. »Alles in Ordnung?«

»Ja«, sage ich und unterdrücke ein neues Kichern.

»Gut, drück das auf das Knie«, weist er mich an und gibt mir das Taschentuch. »Es sieht nicht sehr tief aus. Außer dem Stein sind es nur Schürfwunden. Vielleicht bleibt eine kleine Narbe zurück. Meinst du, du kannst nach Hause radeln, wenn wir das Knie mit dem Taschentuch verbinden?«

Nachdem das Knie verbunden ist, lasse ich mir von Willem und Ollie aufhelfen. Ollie wuchtet mein Fahrrad auf die Straße und fährt ein paar Proberunden, um zu prüfen, ob noch alles funktioniert. Ich betrachte mein fachmännisch bandagiertes Knie. Wenn ich es beuge, schießt der Schmerz bis zum Knöchel hinunter, aber es ist ein verkraftbarer Schmerz.

»Bestimmt alles in Ordnung?«

»Ja.« Aber als ich wieder auf das Rad steige, merke ich, dass ich mir doch nicht ganz sicher bin. Es ist nicht der

Schmerz. Etwas anderes plagt mich, ich komme nur nicht drauf, was es ist.

»Wir müssen uns nicht beeilen«, sagt Ollie. »Wenn du willst, fährt einer von uns vor und organisiert ein Auto.«

Was ist es, was mich so beunruhigt? Ich trete langsam in die Pedale, ein ständiger Wechsel von stumpfem und stechendem Schmerz, je nachdem, welches Knie gerade gebeugt wird. Was ist es, was mich so beunruhigt? Es will mir einfach nicht einfallen.

»Oder du könntest dich bei einem von uns auf den Gepäckträger setzen und wir holen dein Fahrrad später ab«, schlägt Willem vor.

»Es geht schon.«

*Mein Knie. Mein aufgeschlagenes, bald vernarbtes Knie.*

Mirjams Knie. Ihre nackten weißen Beine, als ich ihr die Schuhe und Strümpfe anzog.

»Hanneke?«, sagt Willem. »Ich habe dich gefragt, ob du vorne oder hinten fahren willst. Hanneke?«

Judith erinnerte sich, wie Mirjam ihren hübschen blauen Mantel bekommen hatte. Es war nicht einfach ein Geschenk, es war ein Trostgeschenk, weil ihr anderer Mantel zerrissen war und nicht mehr geflickt werden konnte und weil sie sich so am Knie verletzt hatte, dass eine dauerhafte Narbe zurückblieb.

An den Knien im Keller von Herrn Kreuk war keine Narbe, sie waren glatt, weiß und knochig.

Ollie radelt vor mir, wedelt nach rechts und nach links

und sieht sich um, ob ich wieder gefallen bin. »Ollie! Wolltest du heute nach Judith sehen?«

Er verlangsamt und hält an. »Warum?«

»Könntest du sie dann fragen, ob sie sich an das Muttermal an Mirjams Kinn erinnert? Frag sie … Nein, das ist alles. Frag sie nur das.«

Ollie und Willem wechseln einen Blick. »Hanneke, vielleicht wartest du hier mit Willem und ich versuche, einen Arzt aufzutreiben«, schlägt Ollie vor.

Ich schüttele den Kopf. Etwas stimmt nicht, aber nicht, was Ollie denkt.

»Ich muss zurück, sofort. Wenn du mit ihr gesprochen hast, komm zu –« Ich überlege mir, wo ich sein werde und wo er mich am besten erreichen wird. »Ruf mich bei Frau de Vries an. Sie besitzt noch ein Telefon.«

»Was ist los mit dir? Hanneke, bleib stehen.«

Meine Beine brennen, aber ich zwinge sie, schneller zu treten, bis ich Ollie überholt habe und über die Schotterstraße hinunter zur Fähre sause. Ollie und Willem stehen neben ihren Rädern und überlegen, ob sie mir folgen sollen. Ich möchte keine weitere Zeit für Erklärungen verschwenden.

Ich weiß, was ich gesehen habe. Ich weiß genau, was ich gesehen habe, als ich Mirjam gestern auf dem Tisch ankleidete. Ich weiß, dass ihre Knie glatt waren.

Ich keuche schwer, aber ich glaube nicht, dass das an der schnellen Fahrt oder der kalten Luft oder meinem Sturz liegt.

Jetzt kommt die Fähre in Sicht. Einzelne Passagiere steigen aus. Mein Knie sticht, aber ich kann mich jetzt nicht auf den Schmerz konzentrieren. In dieser vor meinen Augen zerbrechenden Welt kann ich mich nur auf eine Sache konzentrieren, und das ist die Tote, die ich gestern angekleidet habe. Die Tote, die ich beweint habe. Ich habe nur noch dieses Wort dafür: die Tote. Denn wen auch immer ich angekleidet habe, wer immer es gewesen sein mag, Mirjam Roodveldt ist es nicht gewesen.

# Kapitel 30

Wieso ist das Mädchen auf dem Tisch nicht Mirjam Roodveldt gewesen?

Hat es auf dem Transport noch ein anderes Mädchen in einem himmelblauen Mantel gegeben? Ein Mädchen, das ich nicht gesehen habe?

Bei Frau de Vries angekommen, schwirren mir immer noch dieselben Fragen durch den Kopf. Frau de Vries reagiert nicht auf mein Klingeln, aber ich weiß, dass Mina da ist. Nach dreimaligem Klopfen rufe ich schließlich leise durch die Tür, dass ich es bin und dass ich allein bin.

»Was ist los?«, fragt Mina hinter der Tür versteckt und öffnet sie einen Spalt weit, damit ich hineinschlüpfen kann. »Du weißt doch, dass ich niemandem aufmachen darf – die Nachbarn könnten mich sehen.«

»Wo ist Frau de Vries?«

»Mit den Jungs bei ihrer Mutter.«

»Und die Cohens?«, frage ich leise.

»Machen ein Nickerchen im Gästezimmer. Was ist passiert?«

Ich nehme Mina am Arm und gehe mit ihr in das Arbeitszimmer von Herrn de Vries, in dem wir erst wenige Tage zuvor zusammengesessen sind. »Ich muss mir noch einmal die Dias anschauen. Die von vergangener Woche. Bitte frag mich nicht, warum«, bitte ich sie beim Anblick ihrer verblüfften Miene.

»Du … was?«

»Die von der Hollandsche Schouwburg. Hat der Bekannte von Frau de Vries eigentlich den Projektor gebracht?«

»Ja«, antwortet sie unsicher. »Gestern erst. Wir haben ihn noch nicht aufgebaut.«

»Dann los.«

Der Projektor steht in einem speziellen Koffer neben dem Schreibtisch. Ich knipse das Licht aus und schließe die Tür, während Mina den wuchtigen schwarzen Apparat auspackt und ihn so auf dem Schreibtisch platziert, dass die Linse auf eine leere Wand zeigt. Dann steckt sie den Stecker ein und drückt einen roten Knopf. Ein weißes Rechteck aus Licht erscheint an der Wand.

»Du willst das Bild mit Mirjam sehen?«, fragt sie. Ich nicke, und sie durchsucht die Diapositive und steckt schließlich das gewünschte Bild in die Halterung. Das weiße Lichtrechteck verschwindet.

Auf dem kleinen Glasbild war Mirjam selbst mit Lupe nur als kleiner himmelblauer Fleck am unteren Bildrand zu erkennen gewesen. Jetzt, auf der Zimmerwand, ist sie mehrere Zentimeter groß. Ich sehe sie jetzt besser, auch wenn es immer noch schwierig ist, Details auszumachen. Sie ist immer noch ein blauer Mantel im Profil, der am unteren Bildrand verschwindet.

»Mina.« Ich zeige auf das Mädchen. »Ist das Mirjam?« Ich spreche beherrscht, fast gefühllos. Ich möchte ihre Antwort nicht durch meinen Tonfall beeinflussen.

Mina sieht flüchtig hin, dann dreht sie sich zu mir um. »Was redest du da? Natürlich ist das Mirjam. Du hast gesagt –«

»Vergiss alles, was ich gesagt habe. Ich möchte, dass du dir dieses Bild ansiehst und mir sagst, ob sie das Mädchen ist, mit dem du in die Schule gegangen bist. Schau genau hin.«

Mina stützt sich auf die Ellbogen und sieht sich das Bild noch einmal genau an. Der Projektor gibt ein leises, tiefes Brummen von sich. Ich rühre mich nicht vom Platz. »Und?«, frage ich schließlich, als ich es nicht mehr aushalte.

»Ehrlich gesagt bin ich mir nicht ganz sicher. Es ist ihr Mantel. Zumindest ist es genau der gleiche Mantel, den Mirjam in der Schule anhatte. Aber es ist so weit entfernt und sie dreht gerade ihr Gesicht weg. Es ist viel zu verschwommen. Warum fragst du überhaupt?«

»Mina, schau bitte genau hin. Ist dieses Mädchen Mirjam oder nicht?«

»Ich *weiß* es nicht, Hanneke.« Ihre Stimme klingt ein wenig gereizt. »Wenn mich jemand fragen würde: Siehst du ehemalige Klassenkameraden auf diesem Bild?, dann wüsste ich nicht, auf wen ich zeigen sollte. Aber wenn jemand sagen würde: Zeig mir Mirjam Roodveldt auf diesem Bild, dann würde ich auf das Mädchen im blauen Mantel zeigen. Kannst du mir jetzt bitte verraten, was das Ganze soll?«

»Ich weiß nicht. Irgendetwas stimmt nicht, aber ich weiß noch nicht was. Kannst du es nicht schärfer stellen? Indem du den Projektor näher zur Wand rückst oder so?«

Ich untersuche das Bild von links nach rechts, als würde ich in einem Buch lesen. Da sind die Soldaten. Die verängstigten Menschen. Dort, ein Fleck weiter links, eine Mitarbeiterin der Krippe. Dort, in der unteren rechten Ecke, ist das Mädchen, das wie Mirjam aussieht.

Das Läuten des Telefons zerschneidet die Luft, ich zucke zusammen. Vielleicht ist es Ollie. Ich habe ihm gesagt, er soll versuchen, mich hier zu erreichen. »Gehst du ans Telefon?«, frage ich Mina.

»Das kann ich nicht. Du weißt doch, offiziell gibt es mich gar nicht.«

Ich stürze zur Haustür, wo der Telefonapparat steht, und hebe beim vierten Klingeln ab. Es ist Ollie, ich höre Lärm im Hintergrund.

»Hanneke, ich habe gerade mit unserer Freundin auf dem Land gesprochen.« Seine Stimme klingt förmlich und eigenartig ruhig. »Du weißt doch, die gemeinsame Bekannte von der Schule, an die du dich nicht mehr genau erinnern konntest? Sie hatte kein Muttermal am Kinn.«

Ich bemühe mich um einen ebenso gleichmütigen Ton. »Interessant«, sage ich. »Aber vielleicht meinen wir nicht dieselbe Person. Ist deine Freundin sich sicher?«

»Ganz sicher. Das Mädchen hatte allem Anschein nach einen kleinen Leberfleck am Hals und Narben auf den Knien, aber kein Muttermal am Kinn.« Eine lange Pause entsteht. »Hättest du Lust, heute Abend zum Essen zu kommen?«, fragt er und meint damit: *Was ist da eigentlich los?*

»Danke, das ist sehr freundlich.« Mir fällt es ebenso schwer wie ihm, meine Stimme zu beherrschen. »Aber heute nicht. Ich melde mich wieder.«

Ich unterbreche die Verbindung, indem ich den Knopf auf dem Sockel des Apparats drücke, und rufe unverzüglich bei Frau Janssen an. Meine Finger zittern, als ich die Nummer wähle. Stumm bete ich, dass sie noch einen Anschluss hat. Es klingelt.

Was mache ich da? Ein Mädchen ist gestorben. Wir haben es heute Morgen beerdigt. Egal, wer sie war, es war traurig und schrecklich und endgültig. Vielleicht sollte ich es dabei belassen. Frau Janssen hat genug durchgemacht.

Beim vierten Klingeln geht sie ans Telefon, benommen, als hätte ich sie gerade geweckt. Ich sage ihr, wie leid es mir tue, sie anzurufen. Ich hätte eine Frage, die ihr vielleicht merkwürdig vorkäme.

»Hanneke? Bist du das?«

»Ein paar Freunde und ich haben wegen unserer gemeinsamen Bekannten, Fräulein R., gewettet«, sage ich und warte einen Moment, damit sie mir folgen kann. »Es ging darum, ob sie am Kinn ein Muttermal hatte. Erinnern Sie sich daran?«

»Warum fragst du so etwas?«

Ich schließe meine Augen. »Bitte. Beantworten Sie einfach meine Frage. Hatte sie eins?«

»Ich kann mich nicht erinnern. Nein? Oder doch? Ich weiß es nicht. Willst du mir nicht sagen, was los ist?«

»Ich werde später vorbeikommen. Ich weiß nicht genau wann, aber ich komme bestimmt noch«, sage ich, bevor ich auflege.

Mirjam Roodveldt hatte kein Muttermal, aber sie hatte Narben am Knie. Das Mädchen auf dem Tisch von Herrn Kreuk hatte eindeutig ein Muttermal, aber keine Narben. Das Mädchen in der Speisekammer von Frau Janssen hatte vielleicht ein Muttermal, Frau Janssen kann sich nicht daran erinnern, kann es aber auch nicht ausschließen. Jetzt ist das Mädchen unter der Erde, und es ist zu spät, jemanden zu fragen, der sie gekannt hat.

Hatte ich von Anfang an recht, als ich Ollie sagte, dass es nicht Mirjam sein müsse, die ins Theater gebracht worden war? Habe ich noch eine Möglichkeit, die echte Mirjam zu retten?

Ich gehe in das Arbeitszimmer zurück. Mina sitzt noch genauso da, wie ich sie verlassen habe. Sie fragt mich nicht, wer angerufen hat. Offensichtlich erwartet sie nicht mehr, Antworten von mir zu bekommen. Das Bild ist immer noch an die Wand projiziert. Alles sieht genauso aus wie vor fünf Minuten. Es ergibt einfach keinen Sinn. Da sind die Soldaten. Dort die verängstigten Menschen. Die braunen Mäntel. Die fliederfarbenen Hüte.

Beim dritten Durchgang sehe ich es. Mit einem Mal ist es so offensichtlich, ich kann kaum glauben, dass ich es nicht früher gesehen habe. »Irgendetwas stimmt nicht mit diesem Bild«, flüstere ich.

»Was meinst du? Die Farben sind vielleicht nicht ganz richtig, weil der Film in Eile entwickelt wurde.«

»Das meine ich nicht.« Ich trete zur Seite, damit Mina sieht, wovon ich spreche. »Sieh genau hin. Ganz genau. Sag mir, was dir am Gesicht dieses Mädchens auffällt.«

Mina runzelt die Stirn. »Das habe ich doch schon gesagt. Es ist so verschwommen, man sieht ihr Gesicht kaum. Aber ich glaube, sie sieht verängstigt aus. Das ist auch kein Wunder.«

»Nicht ihr Gesichtsausdruck. Die Richtung.« Mit der Fingerspitze ziehe ich eine imaginäre Linie durch die Luft. »Hier links ist der Soldat. Siehst du? Er gibt den Gefangenen Anweisungen. Und direkt vor ihm steht sein Kamerad.«

»Und?«

»Und alle Menschen auf dem Bild haben *vor den Soldaten* Angst. Siehst du, wie der Soldat seinen Arm ausstreckt? Und wie alle anderen in die Richtung sehen, in die er zeigt? Es sieht aus, als würde er den Leuten sagen, wo es in das Theater hineingeht.«

Langsam beginnt Mina zu begreifen. »Wohin sieht Mirjam?«

Mirjams Gesicht zeigt in eine andere Richtung. Sie achtet überhaupt nicht darauf, was die Soldaten sagen. Sie sieht etwas, was weiter entfernt ist, außerhalb des Bildes. Das kann purer Zufall sein. Vielleicht hat sie ebenfalls die Soldaten angesehen und ist nur kurz von einem Geräusch oder einer Bewegung abgelenkt worden. Das wäre die logischste Erklärung, das ist mir klar. Aber ich werde das andere Gefühl nicht los.

*Doppelgänger-Mirjam, wer du auch sein magst. Kann es sein, dass du nicht nur vor den Nazis Angst hattest?*

# Kapitel 31

Frau Janssen reagiert nicht auf mein Klopfen. Ich versuche es noch einmal, so laut es geht, ohne die Nachbarn auf mich aufmerksam zu machen. »Hallo? Frau Janssen. Ich bin es, Hanneke«, rufe ich leise.

»Sie ist ausgegangen«, ruft eine Frau mittleren Alters, die auf dem Treppenabsatz des gegenüberliegenden Hauses steht. Es ist Frau Veenstra, die Frau, deren Sohn an dem Tag, als Mirjam – oder eine andere als Mirjam – verschwand, so spät von der Arbeit kam.

»Frau Janssen geht nie allein aus dem Haus.«

»Ich weiß, aber heute ist sie rausgegangen, vor zehn Minuten ungefähr. Ich habe ihr angeboten, für sie einzukaufen, aber sie sagte, sie müsse das selbst erledigen.«

»Hat sie gesagt wohin?«

»Nein, aber sie sah beunruhigt aus. Ich nehme an, sie hat schlechte Nachrichten über einen ihrer Söhne erhalten. Möchtest du bei mir auf sie warten?«

»Ich warte einfach …« Eigentlich will ich sagen, dass ich hier vor dem Haus warten werde, dann fällt mir ein, dass ich noch gar nicht den Türknauf probiert habe.

Nach mehrmaligem Drehen springt die Tür auf. Im Nachbarhaus fängt Fritzi an zu bellen. »Ich warte einfach drinnen. Sie weiß, dass ich komme.«

Frau Veenstra sieht mich unsicher an. »Ich wollte unbedingt heute noch vorbeischauen«, plappere ich freundlich los und überlege mir eine Ausrede, die sie davon überzeugt, dass ich in dieses Haus gehöre. »Wissen Sie, wegen Jans Geburtstag. Wahrscheinlich ist sie deswegen so beunruhigt. Ich wette, sie ist in der Kirche.« Ich habe keine Ahnung, wann Jan Geburtstag hat, aber ich nehme an, Frau Veenstra weiß es auch nicht so genau. Hoffentlich merkt sie nicht, wie unangenehm mir die Situation ist. Erst vor einer Woche war ich in diesem Haus und musste mich zusammenreißen, mich höflich zu benehmen wie bei einem Kaffeeklatsch. Jetzt muss ich mir schon wieder Lügen und Ausreden einfallen lassen. »Soll ich ihr etwas von Ihnen ausrichten?«

Schließlich geht Frau Veenstra wieder ins Haus und lässt mich allein. Bei Frau Janssen ist es still. Eine Uhr tickt. Eine halb leere Tasse Ersatztee steht auf dem Küchentisch, daneben liegt eine angebissene Scheibe Brot. Das sind die einzigen Anzeichen, dass sie hier gewesen ist. Ich gehe rasch durch die übrigen Räume, um sicherzugehen: die leeren Zimmer von Frau Janssens Söhnen, Frau Janssens Schlafzimmer, das nach Rosenparfüm duftet und auch ein wenig muffig riecht. Das Arbeitszimmer von Herrn Janssen, das seit seinem Tod nicht mehr genutzt wird. Sie ist wirklich nicht da.

Mein Knie pocht. Es ist immer noch mit Willems Taschentuch verbunden, rote Flecken zeichnen sich auf dem weißen Stoff ab. Ich wasche das Taschentuch in der Spüle aus und binde es wieder um. Ob Frau Janssen irgendwo Aspirinpulver im Haus hat? Mama bewahrt es in der Speisekammer auf. Die Tür zur Speisekammer steht weit offen, der Riegel der Geheimtür ist zurückgeschoben, und hinter den Einmachgläsern ist das Versteck zu sehen. Die Decke auf dem Klappbett ist zerknittert und in der Mitte leicht eingedrückt. Frau Janssen muss in der vergangenen Nacht hier gewesen sein.

Egal, was ich mache, ob ich nach Aspirin suche oder sonst etwas mache, immer werde ich auf mein Thema gestoßen.

Die Chronik der Ereignisse bringt keine Klarheit, egal wie oft ich sie durchgehe. Vor vier Wochen tauchte ein Mädchen an dieser Haustür auf, das Mirjam Roodveldt gewesen ist oder auch nicht. Vor einer Woche ist dieses Mädchen verschwunden, und Frau Janssen hat mich engagiert, um sie wiederzufinden. Vor zwei Tagen ist ein Mädchen bei einer Razzia aufgegriffen und in die Hollandsche Schouwburg gebracht worden. Ich habe versucht, ihr zur Flucht zu verhelfen. Sie ist erschossen worden. War es dasselbe Mädchen, das an Frau Janssens Tür geklopft hatte? Oder war es ein anderes Mädchen, eins, das in den fünf Tagen seit Mirjams Verschwinden an ihre Kleidung und Papiere gekommen war?

Spielt das jetzt überhaupt noch eine Rolle? Ein Mädchen ist gestorben.

»Hallo?« Durch mehrere Zimmer hindurch höre ich, wie die Haustür mit einem Quietschen aufgeht. Jemand ruft: »Hallo, Frau Janssen?«

Ich verlasse eilig die Speisekammer und werfe die Tür hinter mir zu. In der Diele steht eine junge, blonde Frau, die ich noch nie gesehen habe. Sie ist wie eine Sekretärin oder eine Verkäuferin gekleidet.

»Kann ich Ihnen helfen?«

»Oh!« Sie legt mit einer theatralischen Geste die Hand auf ihre Brust. »Wo ist Frau Janssen?«

»Wer sind Sie? Was machen Sie hier?«, frage ich. Mit unhöflichen Gegenfragen möchte ich ihren Fragen ausweichen.

»Ich bin Tessa Koster. Ich arbeite – ich habe für Herrn Janssen gearbeitet, im Möbelladen. Die Tür stand offen. Sind Sie … Frau Janssens Gesellschafterin?«

»Ja. Frau Janssen ist nicht da. Womit kann ich Ihnen helfen?«

»Ach nein. Ich wollte nur etwas für sie abgeben, aber ich komme wieder, wenn sie zu Hause ist.«

Tessa Koster lächelt verlegen und wendet sich zum Gehen. In diesem Augenblick kann ich sie in einen Zusammenhang bringen. Die Angestellte des Möbelladens. Die, die am Tag nach der Razzia in die Flitterwochen gefahren ist. »Die Fotos«, sage ich. »Sie bringen Frau Janssen die Fotos, die aus dem Hinterzimmer.«

Sie sieht mich verunsichert an, womöglich denkt sie, ich wäre ein Spitzel und wollte ihr eine Falle stellen. »Kommt Frau Janssen bald zurück? Ich muss persönlich mit ihr sprechen.«

Ich verneine kopfschüttelnd und sehe sie möglichst mitfühlend an, denn ich will, dass sie mir die Fotos gibt. »Ich weiß nicht, wann sie zurückkommt. Vielleicht können Sie morgen wiederkommen? Ich finde es sehr mutig von Ihnen, mit diesen Fotos durch die Gegend zu laufen. Sind sie nicht« – ich senke meine Stimme zu einem Flüstern – »illegal?«

»Das – das geht schon in Ordnung.«

»Haben Sie die Familie im Versteck eigentlich kennengelernt?«, frage ich, um ihr zu zeigen, dass ich mehr weiß, als sie annimmt. »Die Tochter? Mirjam?«

»Nein. Sie wissen es?« Sie sieht sich nach der Tür um.

»Und Sie haben sie wirklich nie gesehen? Sie haben mehrere Monate dort gelebt. Sie haben doch bestimmt etwas vermutet?« Frau Koster weicht meinem Blick aus und starrt auf ihren neuen Ehering. Ich habe einen neuen, hässlichen Verdacht.

»Frau Koster. Haben Sie der Polizei erzählt, dass Herr Janssen in seinem Hinterzimmer Menschen versteckt hat? Haben Sie ihn angezeigt?«

»Hören Sie.« Ihr Blick geht zur Seite. »Ich billige nicht, was Herr Janssen getan hat, aber ich habe ihn nicht angezeigt. Ich wusste nicht einmal davon. Ich kam zur

Arbeit und die Razzia war schon vorbei. Die Fotos waren im Hinterzimmer, voller Blut. Ich habe sie mit nach Hause genommen, um die Flecken abzuwaschen, und dann schrieb Frau Janssen mir, dass sie sie wiederhaben wollte. Mehr will ich mit der Sache nicht zu tun haben. Darf ich sie Ihnen geben? Dann muss ich nicht wiederkommen.«

Sie wühlt in ihrer Handtasche, blonde Locken fallen in ihr Gesicht. Schließlich zieht sie einen Briefumschlag hervor. »Hier. Bitte schön.«

Ich tue, als müsste ich überlegen. »Wirklich? Sie wollen bestimmt nicht warten?«

Sie drückt mir den Umschlag in die Hand. »Nehmen Sie.«

Kaum ist sie gegangen, nehme ich den Packen Fotos mit in die Küche. Diesmal überstürze ich nichts. Ich bin unendlich genau. Ich bin unendlich geduldig. Ich setze mich an den Küchentisch, lege den Umschlag gerade vor mich hin, werde von einem Gefühl gebremst, das ich zuerst nicht zuordnen kann. Angst.

Das meiste Blut ist von den Fotos abgewischt worden. Nur an den Ecken kleben sie noch zusammen, sodass sie sich schlecht voneinander trennen lassen. Ich lege sie Stück für Stück in einer Reihe vor mich hin, diese klebrige Geschichte über eine Familie, über Leben und Tod.

Das sind Herr und Frau Roodveldt, nehme ich an. Sie haben ein Baby in einem weißen Kleidchen im Arm und stehen hinter einem Tisch mit einer Torte. Ein Geburtstag. Das ist ein früheres Foto: Frau Roodveldts Hochzeitsporträt, der Blick ist gesenkt, ein Spitzenschleier bedeckt ihr Haar, in der Hand hält sie einen kleinen Veilchenstrauß.

Die Fotos sind wild durcheinander, mal aus früheren, mal aus späteren Jahren. Losgelöst von der Zeit wandert die Familie über den Küchentisch, strahlt mich an, in den Momenten, als sie am glücklichsten war. Feste. Ferien. Eine neue Wohnung, ein neues Baby, ein anderes als auf dem ersten Bild.

Und hier ist ein Bild mit zwei halbwüchsigen Mädchen, die Arme umeinander gelegt. Das Mädchen zur Linken hat dunkle Locken, ein blasses Muttermal am Kinn und dichte, lange Wimpern. Ihre Augen – die ich auf dem Tisch von Herrn Kreuk nur geschlossen gesehen habe – sind groß und ausdrucksvoll.

Das Mädchen zur Rechten ist ein wenig größer und hat ebenfalls dunkles Haar, sie lacht mit offenem Mund. Sie hat eine Geburtstagskrone aus Papier auf dem Kopf. Ich habe dieses Mädchen noch nie gesehen.

Mit zitternden Fingern drehe ich das Foto um: *Amalia und Mirjam an Mirjams 14ten Geburtstag.*

Es gibt so vieles, was ich gern vergessen würde. Die schlimmen Dinge. Die hässlichen Wunden unter vernarbter Haut, Dinge, die ich zum Verschwinden bringen möchte, indem ich sie ignoriere.

Meine letzte Begegnung mit Elsbeth, bevor ich mich in ihre Wohnung schlich. Es war ein paar Monate nach jenem Tag in meinem Zimmer, als ich ihr sagte, ich wünschte, Rolf wäre gestorben anstatt Bas.

Sie besuchte mich noch ein Mal. Sie hatte zwei Einladungen für ihre Hochzeit dabei, eine für mich und eine für meine Eltern. Sie ließ sich von meiner Mutter Tee vorsetzen und beantwortete verlegen ihre Fragen nach dem Brautkleid und dem Blumenschmuck für die Kirche. Als meine Mutter uns schließlich allein ließ, damit wir »in Ruhe miteinander reden« könnten, sagte Elsbeth zu mir: »Meine Mutter möchte, dass ich dich einlade. Sie hat gesagt, Hochzeiten überwinden Unstimmigkeiten. Aber du wirst wohl nicht kommen wollen.« Ich konnte die Gefühle in ihrem Blick nicht einordnen. War es Hoffnung? Oder Angst? Wollte sie, dass ich komme, oder signalisierte sie mir, dass ihr ein Nein lieber wäre?

»Nein«, sagte ich. »Ich denke nicht, dass ich kommen werde.«

»Also gut«, sagte sie. »Das ist dann wohl ein endgültiger Abschied.«

Es klang so würdevoll. Das machte es auch so traurig. Eine zwölfjährige Freundschaft auf diese Weise zu beenden, hier an unserem Küchentisch, mit zwei Hochzeitseinladungen in der Hand. Eigentlich war das unverzeihlich, und ich habe das ganze letzte Jahr überlegt, ob es genauso unverzeihlich war wie die Person, die Elsbeth heiraten wollte, und wer von uns beiden sich bei wem entschuldigen sollte.

Es zeigt sich, dass es viele Arten zu töten gibt. Die Deutschen haben Bas mit Granatwerfern getötet. Elsbeth und ich haben unsere Freundschaft mit Worten getötet.

# Kapitel 32

Mein Herz bleibt beinahe stehen.

Amalia. *Amalia.*

Amalia war das Mädchen, das Ollie in der Stille der Nacht zu Herrn Kreuk gebracht hat. Amalia ist das Mädchen, das tot unter der Erde liegt. Das Mädchen, nach dem ich die ganze Zeit gesucht habe. Ich halte die klebrige Fotografie von der Geburtstagsfeier in meiner Hand. Ich habe aus Versehen überall Fingerabdrücke hinterlassen, habe die Gesichter dieser toten und verschwundenen Mädchen berührt.

Wieder höre ich die Haustür gehen, begleitet von einem kalten Windhauch. Frau Janssen? Aber ich höre nicht das leise Schlagen ihres Gehstocks. Ist Tessa Koster noch einmal zurückgekommen?

»Ich bin in der Küche«, rufe ich. Meine Stimme klingt heiser.

»Frau Janssen?«, ruft jemand verwirrt. »Ich bin es, Christoffel.«

»Ach, Christoffel, ich bin's, Hanneke.« Reflexartig schiebe ich die Fotografien zusammen und packe sie wieder in den Umschlag. Gerade noch rechtzeitig habe ich den Umschlag unter das Teeservice geschoben, als Christoffel die Küche betritt. Er trägt immer noch seine Sonntagskleidung, in der er Frau Janssen heute Morgen zur Beerdigung begleitet hat.

»Wo ist Frau Janssen?« Er wischt sich mit dem Ärmel den Schweiß von der Stirn. »Als ich vorhin vorbeikam, sagte sie, ich solle sie irgendwo hinbringen. Ich musste noch schnell einen anderen Botengang machen, wollte aber danach gleich zu ihr.«

»Frau Janssen …« Ich verstumme. Das Sprechen fällt mir schwer. War *Amalia* in der Hollandsche Schouwburg gefangen gewesen? Amalia, Mirjams beste Freundin? Amalia, die angeblich in Kijkduin war? Ich merke, dass Christoffel immer noch auf das Ende meines Satzes wartet. »Frau Janssen war schon weg, als ich gekommen bin. Hat sie dir gesagt, wohin du sie bringen solltest?«

Er runzelt die Stirn. »Sie sagte, sie wolle zu dir. Aber du bist hier. Es klang dringend, und sie regte sich auf, weil ich nicht sofort Zeit für sie hatte.«

»Ja, ja. Wir haben uns wohl missverstanden, wer zu wem kommen sollte.« Verdammt. Ich hätte ihr am Telefon sagen sollen, dass sie auf jeden Fall zu Hause bleiben soll. Außerdem frage ich mich, wie sie mich hätte treffen wollen. Sie weiß doch gar nicht, wo ich wohne. Ich glaube, sie kennt nicht einmal meinen Nachnamen. Wäre Christoffel nicht hier, könnte ich mich umsehen, ob sie eine Nachricht für mich hinterlassen hat.

»Sie klang wirklich sehr besorgt«, sagt Christoffel. »Ich warte hier, bis sie zurückkommt.«

»Du musst bestimmt noch einiges erledigen, Christoffel. Ich kann dir etwas Geld geben, weil du extra gekommen bist, und dann machst du deinen üblichen Kram weiter.«

Doch er, aufreizend pflichtbewusst, setzt sich an den Tisch und spielt mit einer der Teetassen. Die Minuten schleichen dahin. Wenn Frau Janssen mich nicht findet, was wird sie dann tun? Hoffentlich nichts Unüberlegtes? Will sie vielleicht zu Herrn Kreuk? Oder zu Ollie? Wie viel habe ich ihr über ihn und den Widerstand erzählt?

»Meinst du wirklich, ich kann gehen? Ich müsste tatsächlich noch woandershin«, sagt Christoffel schließlich.

»Natürlich. Ich sage ihr, dass du hier warst«, dränge ich ihn zum Gehen. Selbst das Schabegeräusch, als ich meinen Stuhl zurückschiebe, klingt ungeduldig.

»Wo habe ich meine Kappe?«, fragt er und sieht sich im Zimmer um.

»Hier«, sage ich entnervt und drücke ihm die graue Kappe in die Hand, die er auf den Tisch gelegt hat.

Wir sind beinahe aus dem Zimmer, als aus der Speisekammer ein Quietschen ertönt, das ächzende Klagen einer ungeölten Tür. *Verdorie.* Ich habe die Speisekammertür zugemacht, als Tessa Koster kam, aber anscheinend habe ich vergessen, den Riegel des Geheimregals vorzuschieben. Jetzt schwingt es hinter der geschlossenen Tür hin und her. »In alten Häusern hört man die komischsten Geräusche«, sage ich.

Wir stehen an der Haustür. Ich muss ihn nur noch hinausschieben, dann kann ich in Ruhe überlegen, wo Frau Janssen sein könnte. Ich werde bei Herrn Kreuk anfangen. Durch ihn habe ich sie überhaupt erst kennengelernt. Herr Kreuk hat auch den Trauergottesdienst für ihren Mann organisiert.

»Das nächste Mal bringe ich ein bisschen Schmieröl mit«, sagt Christoffel. »Das Regal quietscht immer, wenn der Riegel nicht zu ist.«

Was?

Er merkt nicht einmal, was er gesagt hat. Er merkt es nicht. Für ihn war es einfach nur ein Satz. Eine Reihe von Wörtern, eine gut gemeinte Bemerkung.

Langsam, als würde ich im Traum neben mir stehen, mache ich die Tür wieder zu. Sie fällt mit einem leisen Klicken ins Schloss.

»Hanneke?«

*Das Regal quietscht immer, wenn der Riegel nicht zu ist.* Ich wiederhole den Satz in meinem Kopf, suche nach einer Interpretation, die nicht das bedeutet, was es bedeuten muss. *Regal.* Er hat nicht Speisekammertür gesagt. Er hat ausdrücklich *Regal* gesagt. Er muss also wissen, dass das Regal mit einem Riegel geöffnet werden kann. *Immer.* Also häufig. Als wüsste er, was es mit dem geheimen, rostigen Regal auf sich hat.

»Hanneke, ich dachte, ich soll gehen.« Er sieht mich verwirrt an.

»Du weißt von dem Versteck?« Meine Stimme ist ein abgehacktes Flüstern. »Christoffel?« Er schüttelt den Kopf, aber es ist zu spät. Ich habe ein Flackern in seinen Augen gesehen. »Was weißt du davon, Christoffel?«, frage ich leise.

»Ich weiß gar nichts. Bitte sprechen wir nicht darüber. Bitte lass mich jetzt gehen.«

Er fasst nach dem Türknauf, aber ich stelle mich davor. »Ich kann dich nicht gehen lassen. Das weißt du.«

»Hanneke, bitte lass das.« Er spricht so leise, dass ich ihn kaum verstehe.

Draußen ruft ein Händler die Abendzeitung aus, jemand fegt mit einem knirschenden Wischgeräusch den Bordstein. Draußen geht das Leben weiter, und hier drin bin ich, mit einem Milchbubi, dem alles Blut aus dem Gesicht gewichen ist. »Christoffel, nur wir zwei sind hier. Egal was du mir erzählst, sei es gut oder schlecht, ich würde niemals die Polizei holen oder mit jemandem darüber reden, außer mit Frau Janssen. Aber bitte, bitte sag mir: Woher weißt du, dass hinter der Speisekammer noch ein Raum ist?«

Der Besen draußen ist auf etwas Metallisches gestoßen, vielleicht eine Münze. Christoffel starrt auf seinen Daumen, die Nagelhaut ist aufgekratzt und entzündet. Er ist ein paar Zentimeter größer als ich, schlaksig und aufgeschossen wie kurz nach einem Wachstumsschub.

»Ich wusste nichts von – von ihr«, sagt er. »Zuerst nicht. Ich schwöre, ich habe es zuerst nicht gewusst. Meistens ist Frau Janssen da, und wir reden oder machen Krach, da hört man nichts aus der Speisekammer.«

»Aber nicht immer?«

»Einmal habe ich Frau Janssen etwas gebracht und sie konnte ihren Geldbeutel nicht finden. Sie ging nach oben, um ihn zu suchen. Sie war lange weg und hier unten war es ganz still. Und da hörte ich etwas. Ein Quietschen.«

»Hast du nachgesehen, was es war?« Das wäre typisch gewesen für den hilfsbereiten Christoffel. Er hört eine rostige Türangel und schaut gleich nach dem Rechten.

»Ich musste nicht nachsehen. Ich hörte das Quietschen und dann kam sie aus dem Schrank.«

Noch jemand, der sie gesehen hatte. Noch jemand, der von ihrer Existenz wusste. Auf dem Gesicht von Christoffel zeichnet sich eine Spur von Verwunderung ab, als er sich an diesen Augenblick erinnert. Es muss seltsam für ihn gewesen sein, er steht in der Küche und plötzlich kommt ein Mädchen aus der Speisekammer. »Sie hatte meine Stimme erkannt«, erzählt Christoffel weiter. »Sie sagte, sie hätte nur auf eine Gelegenheit gewartet, wenn Frau Janssen nicht hier ist.«

*Erkannt.* Mir ist, als könnte mein Kopf nicht alles erfassen, was Christoffel erzählt, als müsste ich mich an einzelnen Wörtern festhaken. *Erkennen* ist ein interessantes Wort. Es würde mehr Sinn ergeben, wenn

Christoffel *gehört* gesagt hätte. Wir erkennen nur Dinge, die uns bekannt sind.

»Du kanntest sie«, sage ich, und während ich das ausspreche, entscheide ich, wer *sie* eigentlich war. »Du hast Amalia gekannt.«

»Woher weißt du, wie sie hieß?«

»Und du?«

»Wir sind zusammen in die Schule gegangen. Wir drei sind zusammen aufgewachsen. Ich, Amalia und –« Christoffel lässt eine Lücke, wo der dritte Name hingehört, eine Lücke, die ich einfach füllen muss.

»Und Mirjam.«

»Und Mirjam«, flüstert er. Dann macht Christoffel etwas, was ich ganz und gar nicht erwartet habe und auf das ich nicht vorbereitet bin. Er sinkt zu Boden, rutscht an der Wand nach unten. Er hebt seine geballten Hände vor die Augen und fängt an zu weinen. Nicht einfach stumme Tränen, nein, es ist ein heftiges, lautes Heulen wie bei einem kleinen Jungen.

Ich lasse mich neben ihm auf die Knie nieder. Dies ist ein Schmerz, den ich kenne. »Christoffel, hast du – hast du Mirjam geliebt?«

Seine Stimme ist heiser, es ist kaum ein Flüstern. »Für sie war ich immer nur ein guter Freund, sie hat mich wie einen Bruder behandelt. Ich dachte, sie interessiert sich nicht für mich. Letztes Jahr sagte sie dann zu mir, es läge nicht daran, dass sie mich nicht möge, sondern daran, dass Amalia in mich verliebt sei. Sie sagte, Amalia hätte sich zuerst in mich verliebt, und Mirjam wollte sie nicht betrügen. Ich glaube, in meinem Innersten habe ich das gewusst. Amalia war in meiner Gegenwart immer so zappelig. Sie lachte so komisch – so eine Art Kichern. Aber ich habe in ihr nie mehr als eine Kameradin gesehen.«

»Du bist T. Nicht Tobias. Du.« Christoffel sieht mich verwirrt an. »Ich habe einen Brief gefunden«, erkläre ich ihm. »Dort wird ein Junge erwähnt, den sie mit T. abkürzt. Ein Junge, den sie sehr mochte.«

Diese blöden englischen Prinzessinnen. Der Brief, den sie nicht hatte abschicken können, war nicht von Mirjam an Amalia. Der Brief war von Amalia an Mirjam und Mirjam hatte ihn im Unterricht gelesen.

»Mein Spitzname«, sagt Christoffel. »Ich finde ihn doof. Ich weiß nicht einmal, wann ich ihn bekommen habe. Könnte durchaus sein, dass ich dieser T. bin.«

Neulich bei der Fähre dachte ich, Christoffels Freunde hätten ihn Supermann genannt. Das bedeutet *Tof* nämlich: super. Toll. Aber das meinten sie gar nicht – sie riefen ihn Tof, weil das sein Spitzname ist, der mittlere Teil von Christoffel.

»Wie oft hast du Amalia in der Kammer gesehen?«

»Nur zwei Mal. Beim zweiten Mal wartete sie, bis Frau Janssen gegangen war, und dann erzählte sie mir, dass sie in der Zeitung eine Anzeige gelesen hätte, und ob ich ihr helfen würde zu fliehen.«

*Het Parool.* Die dreizeilige Nachricht unter den Kleinanzeigen: *Elizabeth vermisst ihre Margaret, aber sie freut sich, dass sie in Kijkduin Urlaub machen kann.*

Bei meinem ersten Besuch erzählte Frau Janssen, sie habe Mirjam eine Zeitung gebracht und ihr dann gesagt, sie müsse leise sein, weil der Botenjunge komme. Frau Janssen hatte nie erwähnt, dass sie Christoffel allein in der Küche gelassen hatte. Sie hielt das wahrscheinlich nicht für wichtig. Warum sollte Mirjam ihr Versteck einem Jungen offenbaren, der Lebensmittel ins Haus brachte?

»Du hast ihr bei der Flucht geholfen?«

»Ja.«

»Aber eins verstehe ich nicht. Sie hat dir doch sicherlich erzählt, dass Frau Janssen sie für Mirjam gehalten hat. Warum wollte sie gehen, ohne Frau Janssen Bescheid zu geben? Und wie kam Amalia am Abend der Razzia an Mirjams Papiere?«

Er reibt sich mit seinen Handtellern die Tränen fort. Ich habe kein Taschentuch, und wenn, wüsste ich auch nicht, ob ich ihm eins anbieten würde. Soll ich ihn trösten? Ihn verhören? Dieser Knabe hier hat die Antwort auf sämtliche Fragen, die mich seit einer Woche verfolgt haben. Er hat geholfen, eine Kette von Ereignissen ins Rollen zu bringen, die Schmerz und Leid gebracht haben, und ich verstehe immer noch nicht, warum.

»Sie – sie erzählte mir, sie habe Mirjam in der Nacht, als das Versteck der Roodveldts ausgehoben wurde, auf der Straße getroffen. Mirjam rannte um ihr Leben und dachte, sie würde jeden Moment geschnappt werden. Amalia überredete sie, Mantel und Papiere mit ihr zu tauschen. Amalia sagte ihr, wenn sie nichtjüdische Papiere besäße, könnte sie leichter fliehen. Sie, Amalia, könne jederzeit neue Papiere beantragen. Aber die Soldaten waren schon so nah, dass sie es nicht mehr nach Hause schaffte und Angst hatte, mit Mirjams Mantel und Papieren auf der Stelle erschossen zu werden. Deshalb rannte sie zu Frau Janssen. Mirjam hatte ihr die Adresse gegeben.«

»Aber warum hat sie dann Frau Janssen nicht gesagt, wer sie wirklich war? Warum hat sie Frau Janssen nicht gebeten, ihr neue Papiere zu beschaffen?«

Christoffel zuckt unwillig die Achseln. »Ich weiß nicht. Sie sagte nur, Frau Janssen sollte es nicht wissen.«

Weil sie Mirjam in Sicherheit wissen wollte, bevor sie jemandem die Wahrheit sagte? Weil niemand wissen sollte, dass die echte Mirjam Roodveldt geflohen war und da draußen unter falschem Namen lebte? Weil es in dieser Geschichte Stellen gibt, die niemals einen Sinn ergeben werden, egal wie viele Fragen ich stelle?

»Wohin ging sie dann?«, frage ich. »Nachdem du ihr aus dem Haus geholfen hast?«

»Sie blieb eine Weile bei mir. Papa ist so viel unterwegs, er schöpfte keinen Verdacht, dass jemand im Keller sein könnte.«

Im Keller. Bis vor wenigen Tagen wohnte das Mädchen, nach dem ich gesucht habe, zu Hause bei einem Jungen, den ich mehrere Male gesehen habe.

»Und warum ist sie gegangen?«, frage ich. Ich verstehe, warum Amalia nicht zu den Behörden ging und ihre Papiere als verloren oder gestohlen meldete: Sie war unter achtzehn, und die Behörden hätten wahrscheinlich die Unterschrift der Eltern verlangt, die waren aber gar nicht mehr in der Stadt. Ich verstehe, warum sie lieber bei Christoffel wohnen wollte als bei Frau Janssen – er war ein alter Freund und Frau Janssen eine Fremde, die nicht einmal wusste, wer sie wirklich war. Aber eins verstehe ich nicht: Warum hat sie nach all den Schwierigkeiten, die hinter ihr lagen, sein Haus wieder verlassen? »Warum floh sie immer wieder von Orten, wo sie sicher war, Christoffel? Ich brauche irgendeinen Anhaltspunkt, damit ich es verstehen kann.« Er weint immer noch, die Tränen fließen heftiger, als ich ihn zu einer Antwort dränge. »Warum verließ Amalia an jenem Abend euer Haus?«

»Weil ich ihr gesagt habe, sie soll gehen«, jault er schließlich auf. »Sie hat mir ein Geheimnis verraten und ich habe sie hinausgeworfen. Ich habe doch nicht gewollt, dass sie stirbt. Ich schwöre, dass ich das nicht gewollt habe. Ich war so wütend auf sie. Ich sagte ihr, die Nazis würden sie besser behandeln als ich, wenn sie mir noch einmal unter die Augen käme. Ich habe sie auf die Straße hinausgejagt. Sie ist vor mir davongerannt. Ich habe noch gesehen, wie sie einem Soldaten direkt in die Arme gelaufen ist. Als sie bei der Razzia aufgegriffen wurde, rannte sie vor *mir* davon.« Seine Stimme überschlägt sich.

»Was? Was für ein Geheimnis? Was war der Grund, warum du sie nicht länger bei euch wohnen lassen wolltest?«

»Ich kann nicht. Ich kann nicht.« Er wird hysterisch. Wenn ich eine Papiertüte hätte, würde ich ihn hineinatmen lassen. Stattdessen klopfe ich auf seinen Pullover, er ist nass vor Schweiß, sein Rücken wölbt sich, als er nach Luft ringt. Er ist nur wenige Jahre jünger als ich, aber jetzt ist er wieder ein kleiner Junge. »Darüber möchte ich nicht reden«, keucht er beim Luftholen. »Bitte frag nicht.«

»Schon gut. Schon gut«, sage ich immer wieder, denn ihn zu drängen würde ihn erst recht um den Verstand bringen.

Nur eines noch. Es spielt in Anbetracht der ganzen Ereignisse keine Rolle mehr, aber es würde mich zufriedener machen, wenn ich es wüsste.

»Du hast gesagt, Amalia hätte dich gebeten, ihr bei der Flucht zu helfen. Das war an dem Tag, als sie die Anzeige in der Zeitung entdeckte. Aber du konntest ihr in dem Moment gar nicht geholfen haben. Frau Janssen hatte abends noch mit ihr gesprochen. Bist du heimlich noch einmal zurückgekommen, als Frau Janssen drüben bei der Nachbarin war? Hast du herausgefunden, wie man die Hintertür von außen zumacht?«

»Nein. Sie hatte sich im Haus versteckt, als Frau Janssen bei der Nachbarin war. Ich kam erst am nächsten Tag wieder.«

Er bringt die Reihenfolge durcheinander. Am nächsten Tag war ich doch schon da. Am nächsten Tag saß ich in der Küche, und Frau Janssen erzählte mir, dass Mirjam verschwunden war. »Du verwechselst etwas. Ich war an diesem Tag hier. Ich habe dich gesehen, als du gekommen bist. Du hast ein paar Möbel zum Verkauf abgeholt.«

»Das stimmt. Ich habe die Möbel abgeholt.«

Christoffel schweigt. Ich schweige.

Er überlässt es mir, die letzten Stücke des Puzzles zusammenzusetzen, diesen Gefallen tut er mir. Ich kann Frau Janssen auch einfach erzählen, dass das Mädchen in der Speisekammer Amalia gewesen ist und dass sie tot ist. Das wäre nicht gelogen, egal wie sie geflohen ist. Oder ich setze die Stücke zusammen und alles wird noch schmerzhafter werden.

Ich setze sie zusammen. Denn ich erinnere mich mit einem Mal daran, wie Mina mir fröhlich die Babytasche auflud, die ich dann über einen Kilometer weit auf dem Rücken schleppte, ohne zu merken, dass sie Feuerholz enthielt und ein wichtiger Teil des Tricks war. Ich erinnere mich daran, dass der Kinderwagen eigentlich eine Kamera war. Ich erinnere mich daran, dass Ollie weder mich noch Judith liebt. Er liebt Willem. Ich erinnere mich daran, dass in diesem Krieg nichts ist, wie es scheint, und dass ich zu viel Zeit damit vergeudet habe, nicht zu sehen, was ich direkt vor Augen habe.

Amalia hatte sich in dem Klappbett versteckt. Christoffel rollte es auf seiner Karre hinaus. Während ich noch überlegte, ob ich Frau Janssen helfen sollte, ihr vermisstes Onderduiker-Mädchen zu suchen, war diese nur wenige Meter von uns entfernt.

»Sie wartete in dem Klappbett, dass du sie heimlich hinausbringst. Das war von Anfang an euer Plan.«

Ich bin erschöpft. Er ist erschöpft. Wir wollen beide, dass es vorbei ist, endgültig und vollkommen vorbei. »Sie wartete stundenlang«, sagt er. »Wenn Frau Janssen schlief, saß sie im Arbeitszimmer, aber sobald sie wach war, schlüpfte sie wieder in das Klappbett. Ich sagte ihr, ich würde so früh wie möglich kommen.«

»Und dann bist du gegangen. Mit ihr. Während ich in der Küche saß. Weißt du, dass Frau Janssen mich engagiert hat, sie zu finden?«

»Eine Freundin wollte meine Hilfe«, sagt er schließlich. »So habe ich es gesehen.«

Ich überlege, wie ich reagieren soll. Soll ich ihm erzählen, wie verzweifelt Frau Janssen war, als sie entdeckte, dass das Mädchen aus der Speisekammer verschwunden war? Soll ich ihm erzählen, wie es aussah, als Amalias Knie einknickten und sie auf den Boden fiel?

In die Stille hinein fängt er wieder zu weinen an.

»Schsch«, sage ich. »Schsch«, weil das die Leute zu mir gesagt haben, als ich um Bas weinte, und weil es in diesem Augenblick keine anderen Worte gibt.

# Kapitel 33

Wenn etwas völlig anders ausgeht, als man erwartet hätte, so, wie man es sich niemals hätte vorstellen können, ist es dann wirklich vorbei? Heißt das, man muss weitersuchen, nach besseren Antworten, nach Antworten, die einem nicht den Schlaf rauben? Oder bedeutet es, dass es an der Zeit ist, seinen Frieden zu machen?

Erst nach zwei Tagen habe ich einen Platz im Zug nach Kijkduin ergattert.

Der Zug fährt erst nach Den Haag. In dieser Stadt wimmelt es nur so von deutschen Soldaten, noch mehr als in Amsterdam. Ich steige nach Kijkduin um, einem am Meer gelegenen Vorort von Den Haag. Als der Zug im Bahnhof einfährt, schmeckt die Luft salzig. Ich bin die Einzige, die hier aussteigt. Mit meinem Köfferchen sehe ich wie eine verrückte Urlauberin aus, die es sich in den Kopf gesetzt hat, mitten im Winter an die See zu reisen. Der Seewind bauscht meine Haare auf, meine Augen brennen in der salzigen Kälte. Der Ort wurde ungefähr zehn Jahre vor dem Einmarsch der Deutschen zum Seebad ausgebaut. Neben dem Strand befindet sich jetzt eine Festung, die von den Deutschen als Trainingslager der Marine genutzt wird.

Auf dem Weg in den Ort begegne ich nur wenigen Menschen, Einheimischen, die das ganze Jahr über hier leben. Der zweite, den ich treffe, ist ein Junge. Er sagt, bis zu meinem Ziel sei es noch ein weiter Weg. Er bietet mir an, mich auf seinem Fahrrad mitzunehmen. Ich setze mich auf den Gepäckträger und er radelt mit mir ins Zentrum.

»Da sind wir.« Er lässt sein Fahrrad ausrollen und hält vor einer Ansammlung von Gebäuden. In der Mitte steht ein blassgrünes Haus.

Ich danke ihm und streiche meinen Rock glatt. Die Pension von Amalias Tante hat einen grün angestrichenen Vorbau, und auf einem fröhlichen Schild steht, dass auch im Winter geöffnet ist. Ich weiß, was mich hinter dieser Tür erwartet, ich glaube es wenigstens, trotzdem komme ich mir wie ein Eindringling vor. Ich habe mich nicht angekündigt. Ich habe in den vergangenen Tagen genug im Nebel gestochert. Ich möchte Gewissheit haben, greifbare Gewissheit. Das ist wahrscheinlich die Schwarzhändlerin in mir, der sich absichern will und handfeste Werte sucht.

Auf mein Klopfen öffnet eine Frau mittleren Alters. Außerhalb der Saison laufen die Geschäfte sicher zäh, vor allem seitdem die Deutschen große Teile der Küste gegen die Angriffe der Alliierten verbarrikadiert haben.

»Wollen Sie ein Zimmer mieten?« Die Frau, vermutlich Amalias Tante, streckt die Hand nach meinem Köfferchen aus. »Kommen Sie nur herein. Im Salon brennt ein Feuer und ich richte Ihnen gern etwas zu essen.«

Ich folge ihr ins Innere des Hauses und weiß nicht, was und wie viel ich ihr sagen darf. Ich habe für heute auch keine Geschichte vorbereitet. Nach allem, was ich erlebt habe, erscheint mir der Anlass meines Besuchs zu ernst für irgendwelche falschen Spiele.

Als Frau Janssen an jenem Tag nach Hause kam, sagte ich ihr dann doch die ganze Wahrheit. Ich sagte ihr, dass das Mädchen, das ich für sie hatte suchen sollen, tot sei, aber das Mädchen, das ich für sie finden sollte, wahrscheinlich noch lebe. Ich sagte ihr, dass ich ihr das Mädchen, das sie in den Wochen des Versteckens lieb gewonnen hatte, niemals würde zurückbringen können, aber dass ich sehr wahrscheinlich das Mädchen finden könnte, das seine ganze Familie verloren hat, so wie Frau Janssen ihren Sohn und ihren Ehemann verloren hatte. Ich zeigte ihr die Fotografie und sagte, ich verstünde, wenn sie es nicht begreife. Ich wolle versuchen, es ihr begreiflich zu machen, könne es aber nicht versprechen. Ich sagte ihr, dass es mir leidtue.

Christoffel weigerte sich, ihr etwas zu sagen. Er ging, bevor Frau Janssen wiederkam. Er sagte, er komme mit seiner Schuld nicht zurecht. Ich hätte ihm gern ein paar Dinge gesagt: dass er eine Katastrophe ausgelöst hat. Dass er gedankenlos gewesen ist. Dass er mir Amalias Geheimnis hätte erzählen müssen. Aber als er sagte, er breche unter der Schuld zusammen, brachte ich es nicht übers Herz, ihm so etwas zu sagen. Denn ich verstand, wie er sich fühlte. Weil es mir selbst über zwei Jahre lang so gegangen ist, den ganzen Krieg über war ich davon überzeugt, dass mein Handeln den Tod eines Menschen verursacht hat, der mir sehr wichtig war.

»Sie wollen also ein Zimmer?« Die Frau wartet auf meine Antwort.

»Ich möchte ...« Ich weiß immer noch nicht, was ich sagen soll. Soll ich direkt nach Amalia fragen? Oder soll ich damit warten, bis ich ein Zimmer habe und am gemütlichen Kaminfeuer zu Abend esse? Aber es stellt sich heraus, dass ich mir darüber keine Gedanken machen muss, denn da ist sie schon.

Ein Mädchen, ein paar Jahre jünger als ich, hübsch, feine Gesichtszüge, kommt mit einem Stapel Wäsche im Arm die Treppe herab. Über ihr rechtes Knie, selbst im matten Dielenlicht zu erkennen, zieht sich eine feine, gezackte blassrote Narbe.

»Amalia«, sagt die ältere Frau, »wie es aussieht, haben wir heute Nacht einen Gast. Könntest du ihr bitte Zimmer drei zeigen?« Zu mir sagt sie mit einem Zwinkern: »Es ist unser größtes Zimmer mit dem bequemsten Bett.«

Sie hat sich seit dem Geburtstagsfoto ein wenig verändert. Im Gesicht sieht sie älter aus, und ihr Körper hat Rundungen, die das Mädchen auf dem Foto noch nicht hatte. Ich überlasse ihr mein Köfferchen, diesem Traumwesen, das vor meinen Augen Gestalt angenommen hat, und folge ihr in den zweiten Stock. Zimmer drei hat eine blassblaue Tapete mit Muschelmuster, das Fenster ist einen Spalt geöffnet, sodass frische Seeluft hereinkommt, obwohl es so kalt ist.

»Abendessen um sechs«, sagt sie, es ist das erste Mal, dass sie spricht. Ihre Stimme ist tiefer, als ich mir vorgestellt habe. »Es ist ein einfaches Essen, aber meistens gibt es frischen Fisch.«

»Ich weiß.« Mehr kommt nicht über meine Lippen. Keine großartige Rede, nur diese einfache Aussage, die ich schon seit Tagen loswerden möchte.

Sie lächelt. »Dann waren Sie früher schon einmal hier?«

Ich schüttele den Kopf und ihr Name bricht aus mir heraus. »Mirjam. Mirjam. Ich weiß.«

Alle Farbe weicht aus Mirjams Gesicht. Sie sieht sich um, ob jemand den geheimen Namen gehört hat. Die Tür ist zu. Die Straße draußen ist menschenleer. »Wer sind Sie?«

»Ich habe dir einen Brief geschrieben. Ich habe ihn zu einem Stern gefaltet.«

»Ich habe keinen Brief bekommen.«

Natürlich, Christoffel hat ihn der echten Amalia gegeben, nicht dem Mädchen in der Pension am Meer, das vorgibt, Amalia zu sein. »Ich habe dich gesucht«, sage ich, und dann fällt mir ein, dass sie überhaupt nicht weiß, was passiert ist, wenn sie den Brief nicht bekommen hat, und dass es an mir ist, ihr alles zu erzählen, von Anfang an.

Es dauert lange, bis ich alles erklärt habe: Christoffel, Amalia, die Nazis, die Brücke. Immer wieder muss ich ihr sagen, was sie offensichtlich noch nicht begreift, denn sie war davon ausgegangen, dass Amalia bald zu Besuch käme. Sie war davon ausgegangen, Amalia wäre in Sicherheit. Sie hört mir zu, fassungslos und mit versteinertem Gesicht. Sie nagt mit ihren unteren Zähnen auf ihrer Oberlippe, eine Gewohnheit, die nicht zu der Mirjam passt, die ich mir vorgestellt hatte. Ich habe eine Woche damit verbracht, Informationen über dieses Mädchen zu sammeln, aber in Wirklichkeit kenne ich sie überhaupt nicht. Es war alles ein Mischmasch aus ihr und Amalia. Ich habe gesammelt, was mir verschiedene Menschen über die eine oder andere erzählten, und habe daraus eine Person zusammengefügt, aber diese Person ist ganz anders als die, die hier vor mir steht.

Mirjam sinkt auf einen Stuhl neben der Tür. »Sind Sie sicher?«, fragt sie, als ich fertig bin. »Könnten Sie sich nicht geirrt haben?«

Genauso habe ich reagiert, als Ollie mir sagte, ein Mädchen mit dem Namen Roodveldt sei in das Theater gebracht worden. Ich hatte mir so gewünscht, dass es ein Irrtum wäre.

»Ich bin sicher. Sie starb, weil sie tat, als wäre sie du«, sage ich. Es sollte nicht harsch klingen. Ich habe es nur gesagt, weil ich immer noch verzweifelt zu begreifen versuche, was geschehen ist.

Ihre Augen füllen sich mit Tränen. »Haben Sie jemals eine beste Freundin gehabt?«

Ich nicke. Meine Kehle ist wie zugeschnürt. »Ich hatte eine. Aber jetzt habe ich keine mehr.«

»Dann wissen Sie es. Dann wissen Sie, wie es ist, jemanden so gern zu haben wie sich selbst und dann zu verlieren.«

Ich weiß nicht, ob ich sie ihrem Schmerz überlassen oder weiter in sie dringen soll, aber ich bin jetzt so weit gekommen, ich muss es einfach wissen. »Was ist an jenem Abend geschehen, Mirjam? Als ihr die Kleider getauscht habt?«

Sie sieht auf den Boden. Sie möchte es mir nicht sagen oder sie möchte sich nicht daran erinnern. Ich habe zunächst den Eindruck, dass sie überhaupt nicht antworten möchte.

»Wir hatten nur ein paar Minuten Zeit. Ich kam gerade aus dem Möbelgeschäft gerannt, wusste nicht, wohin, und dann war da plötzlich Amalia vor mir auf der Straße. Sie weinte. Ihre Haare waren nicht gekämmt, die Bluse hing ihr aus dem Rock, und als sie mich sah, umarmte sie mich so fest, dass mir fast die Luft wegblieb. Es war kurz vor der Ausgangssperre, auf den Straßen war viel los, überall Menschen, die nach Hause eilten, sodass niemand auf uns achtete. Ich erzählte ihr, was geschehen war – dass meine Familie tot war –, und sie zog, ohne zu überlegen, ihren Mantel aus. Sie sagte, ich solle ihren Platz einnehmen, in den Manteltaschen seien Ausweispapiere und

Geld. Sie wollte an diesem Abend sowieso verreisen. Hierher. Der Sitzplatz war schon reserviert. Ihre Tante hatte sie seit Kindertagen nicht mehr gesehen. Ich sollte also zu dieser Tante fahren. Und dann versprach sie mir, sie werde niemandem verraten, wo ich bin oder was passiert ist, bis sie von mir höre, dass ich in Sicherheit sei.«

»Und das war alles?«

»Fast.« Sie sieht mich wieder an, aber ihr Blick ist jetzt hart, verschlossen und abwehrend.

Es ist dieses *fast*, das mich stutzig macht, das mich schon die ganze vergangene Woche stutzig gemacht hat. Wie oft habe ich gedacht, ich hätte etwas beinahe verstanden, und dann gemerkt, dass ich keine Ahnung habe.

»Mirjam, Amalia hatte ein Geheimnis. Sie hat es Christoffel erzählt und deshalb hat er sie fortgejagt. Er war so wütend, dass Amalia Angst vor ihm hatte. Weißt du, worum es dabei ging? Womit hat Amalia ihn so wütend gemacht, dass er sie aus einem sicheren Versteck verjagte?«

Sie beißt in ihre Lippe und sieht zur Seite. »Ich weiß es wirklich nicht.«

»Bitte. Ich versuche doch nur zu verstehen, was passiert ist. Du hast keine Ahnung, wie verzweifelt man nach dir gesucht hat. Frau Janssen hätte alles darum gegeben, zu wissen, was passiert ist.«

Sie möchte es mir sagen, das sehe ich ihr an. Sie möchte genau wie ich einen Schlussstrich ziehen und einen Neuanfang machen.

»Mirjam. Du hast erzählt, dass Amalia weinte, als ihr euch auf der Straße begegnetet. Warum weinte sie? Warum war sie überhaupt um diese Zeit draußen?«

*Sag es mir. Sag es mir und dann ist gut.*

Langsam und mit Bedacht greift Mirjam in die Tasche ihres Kleides. Sie holt etwas heraus, das wie ein Stern gefaltet ist. »In Amalias Manteltasche, als wir die Mäntel getauscht hatten. In der Tasche war das Geld für die Fahrkarte. Und das hier.«

Ich nehme es und falte die Klappen auseinander. Mirjam steht auf und geht zum Fenster. Sie sieht aufs Meer hinaus.

*Liebste Elizabeth,*
*vergib mir. Vergib mir. Vergib mir, obwohl ich etwas getan habe, das du mir nie vergeben solltest.*
*Ich schreibe diese Zeilen in der Straßenbahn, und wenn ich dich rechtzeitig erreiche, wirst du sie nie zu lesen bekommen. Nur für alle Fälle. Ein Für-alle-Fälle-Brief.*
*T. und ich sind uns nähergekommen, seitdem du fort bist. Er hört zu, wenn ich rede. Er lacht über meine Witze. Als würde er mich wirklich wahrnehmen, zum ersten Mal, und ich weiß, es würde dir nichts ausmachen, weil du ihn nie so geliebt hast wie ich. Weil du immer gesagt hast, du wünschtest, er würde für mich so empfinden, wie er für dich empfindet. Und ich dachte, er würde anfangen,*

*mich zu lieben. Aber das stimmte nicht. Das stimmte nicht, denn heute Nachmittag sah er mich an und sagte: »Warum trägst du dein Haar nicht wie Mirjam? Ihre Haare sind so hübsch. Wenn der Krieg vorbei ist, kann sie es dir vielleicht beibringen.« Und ich sah ihm an, dass er mich niemals lieben würde, niemals.*

*Ich erzähle dir das, weil du verstehen sollst, dass ich todunglücklich war. Auch wenn das keine Entschuldigung ist, möchte ich, dass du verstehst, dass ich todunglücklich war, als ich nach Hause kam und mein Onkel zu Besuch war und mich fragte, warum ich so traurig aussähe. Ich möchte, dass du verstehst, dass ich nicht nachdachte, als ich ihm erzählte, ich sei traurig, weil der Junge, den ich liebte, lieber nach einem Mädchen schmachte, das sich, bis der Krieg vorüber sei, in einem Möbelladen verstecken müsse, als mit mir zu gehen. Mein Onkel lachte. Er sagte, der Junge sei dumm. Er bat mich, ihm mehr über dieses Mädchen zu erzählen. Und ich erzählte. Ich erzählte alles über dich. Ich vergaß, dass er in den NSB eingetreten war.*

*Oder hatte ich es doch nicht vergessen? Liebste Elizabeth, ich habe von dem Augenblick an darüber nachgedacht, als ich merkte, was ich getan hatte, von dem Augenblick an, als ich zur Tram rannte.*

*Hatte ich wirklich vergessen, dass er in den NSB eingetreten war? Oder erinnerte sich ein Teil von mir daran und wusste genau, was ich tat? Ich werde es verhindern. Ich werde es wieder in Ordnung bringen, wenn ich kann. Vergib mir. Vergib mir. Vergib mir.*

»Sie hat dich angezeigt«, sage ich. »Sie war der Grund, warum die Nazis euer Versteck ausgehoben haben.«

Mirjam dreht sich zu mir um. »Verstehen Sie nicht? Sie bereute es fast im selben Moment, als sie merkte, was sie angerichtet hatte. Deshalb war sie an diesem Abend unterwegs. Sie wollte uns warnen. Sie hoffte, wir hätten noch genug Zeit zu fliehen.«

»Aber es war zu spät.«

Mirjams Augen sind von Tränen verschleiert. Es ist schwer, sich vorzustellen, wie das an diesem Abend abgelaufen sein muss. Zwei beste Freundinnen begegnen sich auf der Straße und müssen sich so vieles gleichzeitig sagen: *Ich habe dich verraten. Ich hab dich lieb. Ich möchte dich retten. Es tut mir leid.* In ganz Europa sterben die Menschen zu Hunderttausenden. Und hier, in meiner Heimatstadt, haben die Nazis eine Familie abgeschlachtet, wegen einer Geschichte, die mit Liebe und Eifersucht und einer unbedachten Äußerung begann.

»Sie werden sagen, so jemanden muss man hassen.« Mirjam starrt auf ihre gefalteten Hände. »Ich habe sie gehasst. Mehr als ich sagen kann. Aber sie hat es nicht gewusst. Ich muss ihr das glauben. Als sie es ihrem Onkel erzählte, machte sie sich nicht klar, was geschehen würde. Sie wollte das nicht.« Mirjam sieht mich mit großen Augen an: »Glauben Sie mir das?«

»Ich glaube es, wenn du es glaubst«, sage ich.

Warum sollte es Mirjam wichtig sein, dass ich eine gute Meinung von Amalia habe? Sie kennt mich doch gar nicht.

Aber wäre es mir nicht auch wichtig, wenn es um mich oder meine Freunde ginge? Wir alle – Bas, Elsbeth, Ollie, ich – mir wäre es wichtig, dass jemand verstünde, dass wir Fehler gemacht, Narben davongetragen und unser Möglichstes gegeben haben in diesem Krieg. Wir waren in Dinge verwickelt, die viel größer waren als wir. Wir wussten es nicht. Wir wollten das nicht. Es war nicht unsere Schuld.

Mirjam setzt sich aufs Bett. Ich setze mich neben sie, keiner von uns sagt etwas. Wir starren einfach aus dem Fenster. Die Wellen donnern an die verbarrikadierte Küste.

# Kapitel 34

Ich übernachte dann doch nicht im Hotel von Amalias Tante. Mirjam kennt mich nicht gut genug, als dass ich ihr Trost spenden könnte, und nach einer Weile merke ich, dass ich nicht weiß, was ich sagen soll. Ich sage ihr, dass ich wieder nach Amsterdam fahren werde, wo sie bei Frau Janssen leben könne, wenn sie wolle. In Wahrheit ist es wahrscheinlich besser für sie, hier auszuharren, bis der Krieg vorbei ist. Sich mit sicheren Papieren in dem Hotel ohne Gäste zu verstecken.

Ich gehe zum Bahnhof zurück und liege dem Fahrkartenverkäufer so lange in den Ohren, bis er mir einen Platz im nächsten Zug nach Amsterdam verschafft hat. Die Frau auf dem Nachbarsitz flüstert, die Schlacht von Stalingrad sei vorüber und die Nazis hätten verloren – ihre erste offizielle Niederlage in diesem Krieg.

»Gott sei Dank«, sage ich und mache mir gleich darauf klar, was ich mit dieser Antwort riskiere. Wenn sie eine Kollaborateurin ist, hätte meine Antwort neutral oder verzweifelt klingen müssen. Aber sie nimmt meine Hand und drückt sie verstohlen, ein Zeichen dankbarer

Übereinstimmung. Und dann reden wir nicht mehr miteinander, denn keiner von uns weiß, wer vielleicht zuhört. Auf der restlichen Heimfahrt bleibt jeder für sich. Ich fühle mich erschlagen, erstaunlich erschlagen, obwohl sich so viel geklärt hat. Wahrscheinlich können wir unsere Gefühle nicht mit Gewalt unterdrücken, können böse Taten nicht mit guten Taten wettmachen und glauben, davon wieder ganz zu genesen.

Wenn ich nach Hause komme, werden Mama und Papa fragen, wo ich gewesen bin. Ich werde mit Ollie, Willem und Sanne zu Abend essen. Ich werde Mina besuchen, wenn es geht. Mir wird noch manchmal weh ums Herz sein. Vielleicht sogar noch oft. Ich glaube, man kann geheilt werden, ohne sich ganz gesund zu fühlen.

Ich habe ein Mädchen gefunden, das nicht das Mädchen war, nach dem ich suchte. Ich habe eine Freundin gehen lassen, die ich jeden Tag vermisse. Ich werde wieder arbeiten gehen. Es wird mir besser gehen. Es wird mir langsam besser gehen. Ich werde all die geheimen Dinge finden, die im Verborgenen liegen.

Das erste Mal, als ich merkte, dass ich Bas liebte.

Er war sechzehn, ich war fünfzehn. Es war nicht an dem Nachmittag, als wir bei ihm zu Hause Radio hörten. Das war, als er merkte, dass er mich liebte. Ich merkte es bereits eine Woche zuvor. Es war auf dem Schulhof. Jemand sagte, er würde immer die letzte Seite eines Buchs zuerst lesen, um sicher zu sein, dass die Geschichte gut ausgehe. Bas sagte, das sei das Dümmste, was er je gehört habe. Bas verlangte, dass man ihm das fragliche Buch gebe, und als er es in der Hand hatte, schlug er es auf der letzten Seite auf, nahm einen Stift und begann zu schreiben. Ich dachte, er würde: *Alles ist gut ausgegangen*, schreiben, aber als er das Buch zurückgab, stand da: *Alle wurden von einem Bär zerfleischt, es war sehr traurig, deshalb gehen wir jetzt Eis essen.*

Dann nahm er meine Hand, zog mich hoch und sagte: »Dich hat der Bär vielleicht nicht zerfleischt. Er hat dich nur ein bisschen gekratzt.« Ich verzog das Gesicht, und er gab mir einen Kuss, und wir zogen los, um ein Eis zu kaufen. Es war der wunderbare Beginn einer Liebe, in einer Welt, deren Ende näher war, als wir je geglaubt hatten.

## *Eine Anmerkung zur historischen Genauigkeit*

Die Geschehnisse und Personen in diesem Buch sind alle erfunden, dennoch hat es die im Buch vorkommenden Orte und historischen Ereignisse im Holland des Zweiten Weltkriegs wirklich gegeben. Im Mai 1940 überfiel Deutschland die Niederlande. In der Verteidigungsschlacht starben über zweitausend holländische Soldaten. Unter der deutschen Besatzung wurde die jüdische Bevölkerung mehr und mehr ausgegrenzt und verfolgt.

Hunderttausende holländische Juden starben im Holocaust – ungefähr drei Viertel der jüdischen Bevölkerung, ein weitaus höherer Prozentsatz als in den benachbarten Ländern. Warum das so war, darüber wird viel spekuliert: Die Niederlande sind ein flaches, hoch entwickeltes Land, in dem es kaum Wälder oder natürliche Verstecke gab. Die angrenzenden Länder waren ebenfalls besetzt, was die Fluchtwege einschränkte. Der Widerstand kam nur langsam in Gang – die Niederlande waren im Ersten Weltkrieg neutral gewesen, deshalb gab es weder bestehende Strukturen noch das Wissen, wie man ein Widerstandsnetz aufbaut. Ein relativ hoher Prozentsatz der Holländer kollaborierte mit den Nazis, und selbst diejenigen, die die Besatzung ablehnten, wiegten sich zu lange in falscher Sicherheit, da die Nazis die Einschränkungen erst nach und nach in Kraft setzten. Das Land war wie der sprichwörtliche Frosch im allmählich erhitzten Wasser.

Der Judenrat, bestehend aus den führenden Köpfen der jüdischen Gemeinde, glaubte anfangs, seine Rolle als Mittler zwischen den Nazis und der jüdischen Bevölkerung könnte die Situation der Juden in den Niederlanden verbessern. Heute glauben jedoch viele, dass die Tätigkeit des Rats es den Nazis ungewollt leichter machte, Juden aufzuspüren, zu verfolgen und in die Todeslager zu deportieren.

Andererseits gab es auch viele Menschen, die außergewöhnliche Heldentaten vollbrachten. Ollie, Judith und ihre Freunde verkörpern eine Mischung verschiedener Widerstandsaktivisten. Vorbild waren hauptsächlich die Amsterdamer Studentengruppe (*Amsterdamse Studenten Groep*), eine Organisation, die auf die Rettung von Kindern spezialisiert war, und die vorwiegend jüdischen Angestellten, die in der Hollandsche Schouwburg arbeiten mussten. Die Schouwburg war ein Ort des Grauens, aber auch Schauplatz einiger der mutigsten Rettungsaktionen in Amsterdam. Geschätzte sechshundert jüdische Kinder wurden aus der Kinderkrippe auf der gegenüberliegenden Straßenseite geschmuggelt: manche in

Wäschekörben versteckt, andere über die Hofmauer ins Nachbarhaus gebracht und andere sogar in aller Öffentlichkeit von Mitarbeitern hinausgeführt, die einfach behaupteten, sie hätten sich bei der Zahl der zu betreuenden Kinder verzählt. Die Taten meiner Charaktere sind durch die Lektüre von Aufzeichnungen oder das Anhören mündlicher Berichte über viele Menschen inspiriert, die mit dem Theater zu tun hatten. Um nur einige zu nennen: Piet Meerburg, der Mitbegründer der Amsterdamer Studentengruppe. Henriëtte Pimentel, die die Kinderkrippe leitete und 1943 in Auschwitz ermordet wurde. Walter Süskind, der in der Zeit, als er die Schouwburg leitete, die Namenslisten der Kinder fälschte und der 1945 ermordet wurde.

Die Widerstandsarbeit von Fotografen hat es ebenfalls wirklich gegeben: Ein loses Netzwerk aus Berufsfotografen wurde im Jahr 1944 offiziell unter dem Namen *De Ondergedoken Camera* (»Die untergetauchte Kamera«) bekannt. Sie setzten ihr Leben aufs Spiel, um heimlich Soldaten und Zivilisten zu fotografieren. Ihre Bilddokumente gehören zu den aufschlussreichsten Darstellungen des holländischen Lebens während der deutschen Besatzung. Weibliche Fotografen waren besonders geschickt: Sie versteckten ihre Fotoapparate in Handtaschen und Einkaufsbeuteln. Lydia van Nobelen-Riezouw, die kein Mitglied der *Ondergedoken Camera* war, wohnte unmittelbar neben der Schouwburg. Sie machte Bilder der jüdischen Gefangenen, wenn sie unter ihnen eine

Freundin aus ihrer Kindheit erkannte. Die Geschichte von Mina ist an diese historische Figur angelehnt.

Die Zeitung *Het Parool* hat es wirklich gegeben. Sie existiert sogar heute noch. Die Herausgeber riskierten mit jeder neuen Ausgabe ihr Leben. Im Februar 1943 wurden dreizehn ihrer Mitarbeiter hingerichtet, nur wenige Tage nach dem Ende der Ereignisse aus dem Buch.

Ich bin selbst Journalistin von Beruf und bin schon immer der Überzeugung gewesen, dass die realen Erlebnisse von Menschen viel bewegender, interessanter und berührender sind als ausgedachte Geschichten für einen Roman. Das Projekt nahm seinen Anfang, als ich während eines Urlaubs in Amsterdam verschiedene historische Stätten des Holocaust besuchte. Bei den dann folgenden ausführlichen Recherchen lernte ich viele Menschen kennen, die mir halfen, die wahren Geschichten aus dem Amsterdam des Jahres 1943 zu entdecken.

Bei meinen wiederholten Besuchen des US Memorial Museums in Washington DC fand ich mithilfe von Bibliothekaren stapelweise Bücher und DVDs über Themen wie Lebensmittelmarken bis hin zu Geheimcodes, die Widerstandskämpfer am Telefon benutzt hatten.

Greg Miller von der Organisation *Film Rescue International* hat sich mit mir mehrmals geduldig über die komplizierte Entwicklung von Farbfilmen in den 1940er-Jahren unterhalten. Paul Moody, der Regisseur des Holländischen Dokumentarfilms *De Ondergedoken Camera,* hat sich ebenfalls viel Zeit genommen, mit mir über die Rolle der Fotografen während des Kriegs zu korrespondieren. Er empfahl mir das Buch *De illegale Camera (1940–1945)*, eine Sammlung von Kriegsfotografien, die viele der Bilder enthält, die ich in dem Buch beschrieben und Mina zugesprochen habe. Der Militärhistoriker Allert Goossens durchforstete sein Archiv und stellte für mich ein glaubhaftes Szenario zusammen, wie Bas mit nur siebzehn Jahren, also unter dem offiziellen Einziehungsalter, in die Armee eintreten konnte. In der Stadt Holland (im US-Bundesstaat Michigan) gibt es einen holländischen Themenpark Neli's Dutch Village. Dort habe ich mich mit holländischem Essen verwöhnen lassen, unter anderem mit Banketstaafs, die als Hannekes Lieblingsnascherei im Buch vorkommen. Pat Boydens, dessen Muttersprache Niederländisch ist und der jetzt in Virginia lebt, las das Manuskript auf sprachliche Korrektheit diesbezüglich und half mir zum Beispiel, die richtigen Schimpfwörter für ein halbwüchsiges Mädchen der damaligen Zeit zu finden. Laurien Vastenhout war eine unbestechliche Faktencheckerin und durchforstete das Manuskript auf historische Authentizität. Und auch die Mitarbeiter der Literaturagentur Sebes & Van Gelderen gaben mir wertvolle historische Hinweise bezüglich der Namen meiner Charaktere und der holländischen Kultur.

An einigen Stellen im Buch bin ich von den Geschichtsbüchern abgewichen. Ein paar Beispiele: Die Kinderkrippe in der Schouwburg wird bei mir im Januar aufgelöst, in Wirklichkeit geschah das einige Monate später. In der Untergrundzeitung *Het Parool* wurden keine Kleinanzeigen geschaltet, zumindest nicht im Winter des Jahres 1943, und sie wurde meines Wissens nicht für die Weiterleitung geheimer Nachrichten benutzt. Diese sowie alle anderen historischen Abweichungen wurden von mir allein aus künstlerischen Gründen vorgenommen, und ich hoffe, dass keine davon unverzeihlich ist.

Hanneke Bakker war übrigens keine reale Person. Ebenso wenig wie Bas und Ollie van den Kamp, Mirjam Roodveldt und alle anderen namentlich erwähnten Personen dieses Buchs. Da aber Menschen immer wieder fragen, wie ein so ungeheures und grausames Ereignis wie der Holocaust geschehen konnte, wollte ich eine Geschichte über den kleinen, alltäglichen Verrat inmitten eines großen Krieges erzählen. Ich wollte den Sekundenbruchteil darstellen, in dem wir Entscheidungen von moralischer Aufrichtigkeit oder von Feigheit treffen und zu Helden oder Verbrechern werden.

## *Danksagung*

Schreiben ist ein einsamer Prozess, denn letztendlich hat nur ein Paar Hände auf der Tastatur Platz, und die meiste Zeit – zumindest wenn ich mitten in einem Projekt stecke – wünschte ich mir, es wären nicht meine Hände, sondern die irgendeiner anderen Person. Ich möchte deshalb allen Menschen danken, die die Tastatur symbolisch mit mir teilten und mir das Gefühl vermittelten, dass Schreiben ein Mannschaftssport ist.

Meine Agentin Ginger Clark war, nachdem sie nur drei Absätze eines ersten Entwurfs gelesen hatte, sofort der Meinung, dass das Buch von Teenagern und nicht wie ursprünglich geplant von Erwachsenen handeln sollte. Sie hatte, wie meistens, recht.

Meine Lektorin Lisa Yoskowitz hat so viele entscheidende Anregungen bezüglich der Handlung und der Figuren gegeben, dass ich sie hier lieber nicht aufzählen will, weil ich sonst als komplette Idiotin dastehen würde.

Mein Ehemann Robert Cox hat die verschiedenen Entwürfe des Buchs gewissenhaft kommentiert und mich mit Pfannkuchen aus dem Schnellimbiss versorgt, wenn ich sie besonders nötig hatte. Ich hätte mir keinen klügeren Leser oder besseren Partner wünschen können.

Es mag gewagt und auch ein bisschen vermessen sein, eine Geschichte zu erzählen, die in einer Kultur und einer Zeit spielt, die einem völlig fremd ist. Aber ich wollte diese Geschichte von Anfang an im Amsterdam des Zweiten Weltkriegs spielen lassen und sie sollte als unverfälscht holländisch wahrgenommen werden. Natürlich mussten die zeitlichen Abläufe und geografischen Gegebenheiten richtig wiedergegeben werden. Die kulturellen Eigenarten der Holländer richtig zu erfassen, war noch einmal eine ganz andere Aufgabe. Und deshalb bin ich dem Stadtführer in Amsterdam so dankbar, von dem ich zum ersten Mal den Satz hörte: »Gott hat die Welt erschaffen, aber die Holländer haben die Niederlande erschaffen.« Ich danke auch den Fahrradfahrern in Amsterdam, die mich freundlich zurechtwiesen, wenn ich die Regeln missachtete. Ich bin dankbar für die umfassende und fesselnde Museumslandschaft in Amsterdam und für all die von Privatpersonen erstellten Webseiten – auf Englisch! –, die sich mit Themen wie der korrekten Aussprache holländischer Namen bis hin zum Schicksal jedes einzelnen Torpedoschiffs während des deutschen Überfalls beschäftigen.

Ich bin außerordentlich dankbar – in literarischer wie in menschlicher Hinsicht – für die Mitglieder des niederländischen Widerstands, die ihre Erfahrungen später aufgeschrieben und so eine ausführliche und systematische Darstellung dieser Zeit in Amsterdam gegeben haben. Die Erinnerungen von Miep Gies, Corrie ten Boom, Hanneke Ippisch, Diet Eman und anderen haben mir sehr viel über das Leben in Amsterdam während des Zweiten Weltkriegs vermittelt. Und zum Schluss: So vieles, was die Welt über den Krieg, diese Stadt und die menschlichen Erfahrungen in dieser Zeit weiß, beruht auf einem besonderen Buch, das in der Besatzungszeit auf einem Dachboden geschrieben wurde. Mein zutiefst empfundener Dank gilt Anne.

Markus Zusak

# Die Bücherdiebin

592 Seiten, ISBN 978-3-570-40323-5

Am Grab ihres kleinen Bruders stiehlt Liesel ihr erstes Buch. Mit dem »Handbuch für Totengräber« lernt sie lesen und stiehlt fortan Bücher, überall, wo sie zu finden sind: aus dem Schnee, den Flammen der Nazis und der Bibliothek des Bürgermeisters. Eine tiefe Liebe zu Büchern und Worten ist geweckt, die sie auch nicht verlässt, als die Welt um sie herum in Schutt und Asche versinkt. Liesel sieht die Juden nach Dachau ziehen, sie erlebt die Bombennächte über München – und sie überlebt, weil der Tod sie in sein Herz geschlossen hat.